# Tofin

# Tofino Beach

autobiographie imaginaire

Jean-Christophe Dardenne

adventice

Photo de couverture © Michael Reh


8 rue du Fbg Poissonnière - 75010 Paris
ISBN 2-9524074-1-X

*In haec viae vinces*

À Pascal

*Avertissement*

*Ce livre est une autobiographie totalement inventée.*
*Cependant, des ressemblances avec des personnes existantes ou ayant existé, avec des événements passés ou présents ou avec des lieux réels, ne seraient en aucun cas fortuites. En effet, de larges parties de ce récit ont été (très librement !) inspirées de la réalité. Merci (et pardon) à mes muses involontaires.*
*Merci à Pascal sans qui cette « autobiographie » n'aurait jamais vu le jour.*
*Merci aussi à Arthur, maudit mais Prince parmi les poètes.*

# Livre I

# 1

# Ibiza Party

Plage d'Es Cavallet. Ibiza. Début juillet. Il fait un soleil de plomb. La plage est bondée. Des mecs nus et bronzés à perte de vue. Nous sommes arrivés il y a deux jours et déjà notre peau commence à prendre la couleur locale de circonstance et nécessaire pour draguer dans les meilleures conditions. Ici, *exit* les blancs et les rouge écrevisse. Ils n'ont aucune chance. Un bronzage uniforme sans traces de maillot est un des meilleurs arguments avant mise de la marchandise sur le marché. On s'est fait avoir la première année mais cette fois-ci, on est prêt à temps. Gélules au carotène, cure de jus de carotte, préséances bronzage sur le quai des Tuileries, un week-end dans les dunes de Berck, Fred a même fait quelques séances d'UV, de bonnes doses de crèmes et filtres solaires pour éviter les coups de soleil. Résultat : à peine deux jours et on pourrait déjà croire que ça fait une bonne semaine que nous avons débarqué. Ça nous donne une longueur d'avance sur les « blancs » qui viennent de débarquer.

C'est la deuxième année consécutive que je viens à Ibiza avec mes meilleurs amis, Pascal et Fred. Les plages, les boîtes branchées, une concentration impressionnante de beaux mecs au mètre carré, les fêtes qui durent toute la nuit et jusqu'au milieu de la matinée, les bons coups faciles et rapides dans les dunes, les plans très sexe sans prise de tête, autant de bonnes raisons pour passer ses vacances à Ibiza.

Nous avons atterri hier matin, vol direct d'Orly. L'après-midi à la plage, ici même. Le soir, bars, puis boîtes, couchés à six heures du mat'. Fred a fini dans les toilettes du Dome avec un Hollandais vraiment canon, Pascal a ramené un English à l'hôtel, qui est parti sans un mot deux heures plus tard ; pour moi, rien de vraiment concret, quelques baisers et attouchements avec un Espagnol au bout du bar où on buvait notre traditionnelle vodka. Il était très chaud et il ne portait rien sous son jean, je l'ai juste tripoté un peu après avoir baissé sa braguette, il n'était pas rasé comme c'est à la mode dans le milieu parisien et c'était tant mieux, je trouve les poils vachement excitants, surtout quand ils sont épais comme les siens, j'aime bien sentir le picotement qu'ils font dans la bouche et c'est agréable au toucher, bon, bref, il était encore plus bourré que moi, il est parti aux toilettes la queue à moitié à l'air et je suis sûr qu'il est encore en train de chercher la sortie.
Debout à deux heures de l'aprèm. Après avoir grignoté un truc dégueu dans un snack sur le port, direction Es Cavallet. Des mecs, des mecs, des mecs, à perte de vue et à en perdre la tête. Bon Dieu, Ibiza c'est le paradis. Après une heure à poil sous le soleil ibizéen, on se sent de nouveau propre et neuf, prêt à affronter de nouvelles aventures.
« Et si on allait boire un truc au Chinrin ? » demande soudain Pascal. Voilà une idée excellente. Il fait une chaleur incroyable et un Coca serait le bienvenu. Nous ramassons nos affaires, enfilons qui un maillot de bain, qui un short, et nous dirigeons vers le Chinringay, le bar branché au bout de la plage. Par chance nous trouvons une table libre, abritée sous la tonnelle. La plupart des mecs sont encore à rôtir sur la plage, certains dans l'eau, et un bon nombre à tirer leur coup dans les dunes. Tant mieux pour nous, ça laisse de la place au bar.
Le serveur, un beau spécimen local, s'approche pour la commande. Un short mini mini moule sa superbe paire de fesses que nous matons tous les trois avec concupiscence. Le Lycra laisse deviner ses formes tout autant que s'il n'avait rien

sur lui. Et son déhanchement incite à la luxure. Fred le dévore des yeux, mais il ne réagit pas à ses œillades, habitué, peut-être lassé des dizaines d'avances qui doivent lui être faites à longueur de journée. Pourtant nous ne sommes qu'au début de la saison. Dans quel état sera-t-il fin août... À moins qu'il ne préfère jouer le bel indifférent quitte à se faire prendre comme la dernière des salopes dans les toilettes. Il s'adresse à nous en anglais. Sa voix est douce mais pas efféminée. « *Hi, guys.* » Bon sang, on n'a quand même pas des têtes de rosbifs... Enfin, ça doit faire plus branché que l'espagnol local. *So, Coca Cola for everybody.*

Pendant que l'éphèbe anglophone repart vers le bar en se dandinant sous les regards envieux et expressifs de la clientèle, j'observe à mon tour l'assistance, histoire de faire mon marché, on ne sait jamais...

Toutes les tables sont occupées, il n'y a même plus un tabouret libre devant le comptoir. Pas une seule nana dans l'assistance. Même les goudous doivent avoir leur propre plage. Et pour une fois, pas une de ces filles à pédé hystériques et frustrées dans le voisinage. Tant mieux ! Beaucoup de mecs sont là, seuls, ou avec des copains, tous venus faire la fête et le plein de sexe pour l'année. Il y a visiblement peu de couples, ou alors en quête d'extras. Autour d'une table du coin, celle la moins abritée du soleil et qui met ainsi le mieux en valeur leur bronzage, trône une bande d'Italiens, cachés, mais à l'affût, derrière leurs Ray Ban. Nombreux sont ceux qui exhibent et leur musculature, et leur bronzage qui va de la couleur miel au presque chocolat. Quelques-uns sont à poil, mais beaucoup mettent en valeur leurs formes, souvent appétissantes, il faut l'avouer, dans leurs shorts ou caleçons pur Lycra. Ici, pas de maillots de chez Monoprix, que de la marque et du moule fesses ! Moi j'arbore fièrement mon petit truc acheté sur Internet. Au prix où je l'ai payé, mieux vaut le porter de temps en temps...

Pascal et Fred, eux aussi, sont attentifs au moindre sourire, au moindre regard... On n'est pas là pour palabrer, on va directement à l'essentiel. Il suffit souvent d'un signe, d'un regard et c'est parti pour un tour ! Ibiza, c'est fait pour ça : fumer, boire et baiser. Point. Et même baiser en tête de liste.

« Je crois que JC a fait une touche », fait soudain Fred en désignant un gars au bar.

Et comme je me retourne pour le regarder, il me sourit. Bien bâti, très brun, très bronzé (bien sûr !), un Espagnol sans aucun doute, un regard sombre, il est un des seuls à ne pas porter un maillot en Lycra. Mais un short de sport, rouge, très échancré, un peu comme ceux de Galfione. Et rien en dessous ! Ce qui laisse deviner ses attributs dès qu'il écarte légèrement les jambes. Ce qu'il n'hésite pas à faire dès que je me retourne. Il est assis à un coin du bar, sur un tabouret, et sirote ce qui semble être un jus de fruits. Un puriste en somme. À moins qu'il ne soigne sa gueule de bois de la veille ! Nous nous fixons un moment, je n'ai guère de doutes sur ses intentions. Je n'en ai pas beaucoup sur les miennes non plus, cela va sans dire !

« Bon, je vais soulager ma vessie puis je m'occupe de son cas. »

Je me lève et pars vers les toilettes, à l'autre bout du bar, en prenant bien soin de jeter un nouveau regard à ce super mâle.

Les toilettes sont petites. Un lavabo surmonté d'un miroir, un urinoir à côté, une deuxième porte qui donne sur les W-C. Après avoir pissé tout mon soûl – c'est la faute au Coca, ça vaut rien pour ça –, je vais me laver les mains et, à cet instant précis, la porte s'ouvre. Le super Espagnol – j'apprendrai plus tard qu'il s'appelle Julio – entre à son tour. Il est à peine à un mètre derrière moi. Il me sourit et je peux contempler nos deux visages sur le miroir en face de moi. Il tient quelque chose dans sa main. Il s'approche et dépose le tout sur le bord du lavabo. Un préservatif et une dose de gel. On ne peut pas être plus explicite ! Il pose une de ses mains sur mon cou et commence à me caresser la nuque puis l'épaule. De l'autre bras il m'enlace et sa main descend directement dans mon caleçon. Je me mets aussitôt à bander et de ses doigts doux il commence à me branler doucement. Il se colle derrière moi et pose ses lèvres sur mon cou et dans le creux de mon épaule. Je sens son corps chaud, puissant, son excitation, son sexe, de belle taille apparemment, qui commence à poindre. D'une main aveugle, mais experte, je m'en empare et le branle vigoureusement. Il est très vite à point, si je puis dire. Julio descend alors mon maillot et je me retrouve nu comme un ver, le corps arqué, les fesses en arrière, à deux pas du bar où des dizaines de mecs essaient de draguer, alors que n'importe qui peut rentrer dans les toilettes à tout moment et nous exposer à la vue d'un très large public. Loin de m'affoler, cette situation me plaît plutôt. L'Espagnol continue à me caresser et à me branler doucement, il sort son sexe raidi de son short et le promène lentement le long de mes fesses. Il descend son pénis jusqu'à l'entrée de mon cul et remonte, lentement, doucement, le long de ma raie. Ses lèvres sont collées à mon cou et je les cherche frénétiquement des miennes, derrière moi. Nos bouches finissent par se rencontrer et son souffle chaud a le goût du jus d'orange qu'il buvait quelques minutes plus tôt. Il continue son va-et-vient incessant et, les yeux fermés, je me laisse aller à mon plaisir. Chaque fois qu'il frôle mon cul, j'ai l'impression qu'il va me pénétrer mais, au dernier moment, alors que je m'ouvre pour le recevoir, il préfère monter entre l'étroit passage de mes fesses. Et à chaque fois je pousse un nouveau soupir, aussi bizarre que ça puisse paraître, non pas de dépit ou de frustration, mais de plaisir. Et j'ai l'impression de mouiller comme la dernière des salopes. Soudain, alors que rien ne le laissait prévoir, il enfonce sa queue dans mon cul avec une force inattendue, sans commune mesure avec la douceur des caresses précédentes. Sous la surprise et la douleur, je pousse un cri de plaisir, j'ouvre les yeux et je jouis dans sa main. Mais dans le miroir en face de moi ce ne sont pas nos visages que je vois.

Non.

C'est la tête du mec qui était assis juste devant moi dans le bus et que mes soupirs ont réveillé et qui s'est retourné pour me regarder. Il se demande ce qui m'arrive. Moi aussi ! Bordel, ce n'était qu'un putain de rêve ! Ibiza, c'était l'année dernière ! Julio, j'aurais dû le retrouver cet été. Si j'étais revenu à Ibiza... Mais non, il a fallu que je m'embarque pour le bout du monde, je suis dans ce car pourri et ce ne sont pas les assauts de Julio qui m'ont réveillé mais les nids-de-poule sur la route. Les vacances commencent bien. Je viens à peine d'arriver que déjà je regrette d'être là alors que tous commencent à me regarder d'un drôle d'air.

Sûrement à cause des petits cris que je devais pousser depuis un bon moment...

# 2

# Le trou du cul du monde

Bordel, mais qu'est-ce que je fous là ? Pourquoi je suis venu me paumer dans ce trou perdu ? Débarqué sur cette île maudite depuis déjà trois heures et on est encore en train de rouler dans ce vieux bus pourri, en pleine montagne et en plein brouillard. Sur cette route totalement défoncée dans cet engin sans amortisseurs avec des sièges durs comme du bois, j'ai le dos en compote, je suis complètement cassé. Le brouillard empêche de rien voir de la montagne, de la route, des forêts noires et épaisses que nous longeons. Cet air humide, qui semble absolument gelé alors qu'on est seulement début juillet, colle aux vitres. En regardant dehors je ne vois rien d'autre que cette bouillasse grise. À croire que dans ce coin paumé le soleil n'existe même pas. J'ai l'impression qu'il fait tellement froid que je me mets à trembler sans raison et je resserre mon blouson autour de moi. Et j'ai les pieds gelés. J'aurais mieux fait d'aller au pôle Nord, ça n'aurait pas été pire.

Et regardez-moi toutes ces têtes de ploucs dans ce bus. Des jeunes, ça oui. Mais enfoncés dans leurs pulls, leurs blousons, leurs casquettes Chicago Bulls délavées et pourries, leurs bottes et leurs sacs à dos noirs de crasse, rien à voir avec les mecs d'Ibiza et d'Es Cavallet. Là-bas au moins ils ont le soleil et ils savent en profiter. Et en plus on peut les admirer dans d'autres tenues, plus proches de celles que j'affectionne plus particulièrement, si vous voyez ce que je veux dire... Et là-bas ils sont chauds,

chauds, chauds… Pas comme ces hippies congelés. Dire que j'aurais pu repartir avec Fred et Pascal, retrouver Julio si sexy et si bon, prêt à tous les délires…

Si j'avais su ça, je ne serais jamais venu.
Mais j'ai cédé aux demandes de Marc…
Marc. Mon meilleur ami. Ça fait des lustres que nous ne nous sommes pas vus.

Avec Marc, on se connaît depuis toujours. Ou depuis très longtemps. En fait on s'est rencontrés au collège. Le premier jour de l'école, on s'est retrouvés côte à côte. Pendant quatre ans nous avons été inséparables. On a tout fait. Tous les coups que font les gamins de cet âge-là. Les lézards dans les trousses des filles, les blagues oiseuses sur le tableau, les bureaux entaillés au cutter pour graver nos initiales ou le nom de notre groupe préféré, la première cigarette piquée à la grande frangine et fumée dans les chiottes pendant la récré, le poil à gratter sur la chaise du prof d'histoire, les cours séchés, surtout dès qu'approchait l'été, les colles et les renvois quelques jours pour indiscipline, les rires aux éclats en plein cours, les grimaces aux filles – on s'amusait à tirer sur la bretelle de leur premier soutiens-gorge –, la mère de Marc qui se plaignait à la mienne pour la mauvaise influence que j'avais sur lui (et *vice versa*)… Pendant ces années de collège, toutes les conneries que faisait l'un, l'autre les faisait aussi. Et si possible on essayait d'anticiper les envies de l'autre. Dès que l'un émettait une idée, l'autre s'empressait de la réaliser. On était les deux gamins les plus chiants et les plus bordéliques de l'école. On a tout fait ensemble. Absolument tout.
Sauf notre première expérience sexuelle. Ça aurait pu arriver. Ça aurait même dû arriver. Mais après la troisième, nous ne sommes pas partis dans le même lycée et nous nous sommes complètement perdus de vue. Cela dit nous étions quand même plus intéressés par les conneries à faire que par les filles…

Pendant les années qui ont suivi, j'ai complètement oublié Marc. Jusqu'à cette nuit, quoi, quatre ou cinq ans après le collège ? J'étais dans un bar branché. Depuis pas mal de temps je ne sortais que dans des endroits branchés. Quand je dis branché, je ne pense pas « à la mode », non, j'entends « endroits pour mecs », « réservés aux mecs ». Là où il n'y a ni filles, ni hétéros. J'étais donc aux Docks. Au bar, un mec de mon âge, pas trop mal foutu, de beaux yeux, pour ce que je peux deviner dans la pénombre, me regarde avec insistance et en souriant. Je le fixe un bon moment et me dirige vers la backroom, espérant qu'il me suive. Cinq minutes plus tard, je reviens, penaud. Un vieux a bien essayé de me peloter, mais c'est le petit jeune du bar que je veux. Quand je m'en rapproche, il me regarde cette fois en souriant largement, en riant presque. Je le regarde aussi. Je ne le connais pas. Ou ne me souviens pas. Comme je ne suis finalement pas d'un naturel trop timide et qu'il continue de me mater, je m'approche de lui.

« Salut.

– Salut, JC, ça va ? » il me répond. Surprise.

« On se connaît ?

– Oui », me répond-il en souriant de plus belle. Putain, il commence à me plaire vraiment. Je le regarde, interloqué.

« On a déjà couché ensemble ? Je crois que je m'en souviendrais... » Il éclate de rire.

« Je suis Marc.

– Marc ?

– Marc...

– Marc !

– Nom de Dieu ! *Oh putain, c'est toi !* » Je me jette dans ses bras. J'ai envie de l'embrasser. Je l'embrasse. Je le serre dans mes bras. On éclate de rire. Et on retrouve instantanément notre complicité d'ados, nos délires, nos conneries...

On n'a jamais couché ensemble. Bon, enfin si, une fois. On était complètement bourrés tous les deux. C'était avant de vivre ensemble. On s'est couchés, je me souviens que c'était chez

Marc, dans son lit, comme tant d'autres soirs de fête quand on rentrait soûls ou célibataires, ce qui ne nous empêchait pas régulièrement de tirer notre coup dans la backroom de service, ou dans les chiottes, faute de mieux. On s'est couchés à poil, comme d'hab et on s'est retrouvés très vite en train de baiser. L'alcool, le manque d'envie, l'incertitude..., toujours est-il que ça n'a pas été génial. Le matin on a parlé de rien. Je crois que Marc ne s'en souvient même pas.

Quatre ans. Nos délires et notre amitié ont duré quatre ans. Les bars, les boîtes, les sex-clubs, les saunas, le quai des Tuileries la nuit, les cuites, les poppers, l'herbe et autres expédients moins avouables, les soirées de « rabattage et de chasse » de toute sorte de gibier, les plages naturistes l'été, quelques jours à Sitges la dernière année, sans oublier les soirées chat sur Internet, et tant d'autres choses – la majorité liée au sexe et à la fête –, ont agrémenté nos soirées, nos nuits, nos week-ends, nos vacances. On passait tout notre temps ensemble. En dehors du boulot. On a très vite pris un appartement à deux, pas forcément plus grand mais bien plus centré par rapport à notre vie nocturne que ne l'étaient nos studios respectifs. Il n'y avait qu'une seule chambre et on dormait dans le même lit. Mais contrairement à ce que beaucoup de nos amis ou relations pensaient, je le répète, on n'a jamais couché ensemble. Sauf cette fois où nous étions bourrés. Mais c'était un accident. Ça compte pour rien. Marc n'était pas mon amant. Marc n'était pas mon mari. Marc était mon meilleur ami. Mon frère.

Un jour il m'a annoncé qu'il partait. Au Canada. Sans vraiment me dire pourquoi, sans raisons.

Pour moi le Canada c'était le bout du monde. Le Canada c'était Montréal et surtout la rue Sainte-Catherine, une des plus branchées au monde à en croire *Spartacus*. Le Canada c'était le froid et l'hiver. Pas l'hiver parisien. Non. L'Hiver avec un grand H, avec des températures de pôle Nord. Et puis le Canada c'était la Céline internationale et le français avec

un accent à couper au couteau, un peu niais et très drôle. Le Canada, c'était le pays des ours et du sirop d'érable. C'est tout ce que je connaissais du Canada et franchement, j'avais pas vraiment envie d'en savoir plus. En fait Marc partait pour la côte ouest, dans un bled paumé à côté de Vancouver et dont j'avais oublié le nom. Comme tout le monde je connaissais Vancouver par cette chanson de Sanson et rien de plus.
Donc voilà des années que Marc est parti.
Tofino.
Tofino, qui a jamais entendu parler de ce trou ? Quand j'ai fini par accepter l'invitation de Marc à aller le voir, je me suis jeté sur mon dico pour savoir exactement où il vivait. Eh bien, pour Larousse, Tofino n'existe même pas ! Obligé d'aller à la Fnac pour trouver trace de ce bled sur un atlas plus complet. Franchement, il y a des gens qui peuvent aller délibérément à Tofino ? À part s'y retrouver par hasard, si l'on se perd ou si on veut fuir.
Ou pour retrouver Marc.
Ibiza ou Tofino ? Très vite la question a été Ibiza ou Marc ? Ibiza, ses nuits, ses boîtes, ses mecs beaux, bronzés, excités et excitants, Julio... ou Marc. Qui m'avait laissé tomber, abandonné. J'ai hésité. Et puis, sans trop savoir pourquoi, j'ai choisi Marc.

Un peu de géographie. Tofino se trouve sur l'île de Vancouver, sur la côte pacifique du Canada. D'après le *Routard*, c'est une côte sauvage (forcément très belle !), tempérée et très humide (!). Et Tofino c'est le trou du cul de cette île, tout au bout d'une presqu'île délimitée d'un côté par l'océan Pacifique et de l'autre par une baie déchirée qui entremêle bras de mer et îlots de rochers noirs recouverts de forêts. Tofino, c'est le dernier village au bout de la route. Un village de pêcheurs. Follement excitant ! On peut y observer des baleines. En avril ! Donc raté pour moi. Déjà en juillet le temps est pourri, alors en avril j'ose même pas imaginer... La mer est superbe, paraît-il, mais l'eau tellement froide que de toute façon on peut pas se baigner. C'est pas les vingt-huit degrés d'Es Cavallet.

Débarqué de mon avion hier après-midi après presque douze heures de vol. Vidé. Exténué. Taxi jusqu'à l'hôtel. Je n'avais pas consulté mon *Spartacus* avant de partir, ça fait que je ne suis même pas sorti. De toute façon je parle tellement mal l'anglais que ça n'aurait pas changé grand-chose. Ce matin, bus jusqu'à un petit port au nom imprononçable, au nord de Vancouver. Deux heures de traversée sans rien d'autre à voir que la brume qui envahit tout depuis mon arrivée. J'espère seulement qu'il n'y a pas d'iceberg dans le coin, j'ai pas envie de rejouer *Titanic*, je n'ai ni l'âme, ni le cachet de Leo. Et ça fait maintenant trois heures que je suis dans ce bus minable. J'ai froid. Un panneau au bord de la route : « Tofino 31 km ». Putain que c'est long ! Il me tarde d'arriver. Mais surtout il me tarde de repartir. Ces quatre semaines, presque toutes mes vacances, ça va être l'enfer. J'ai mis le temps, mais j'ai fini par comprendre que les bars et les boîtes ne doivent pas courir les rues de Tofino. Et les beaux mecs encore moins. Quatre semaines d'abstinence, je ne survivrai jamais à ça !

On arrive enfin et c'est encore pire que ce que je craignais. Quelques petites maisons de bois, des motels espacés, une rue unique, quelques magasins de souvenirs sûrement importés de Taïwan. Rien de très attrayant. Le terminus, c'est le parking devant le minuscule office de tourisme. Je descends du car, je serais descendu en courant pour fuir ce véhicule merdique si les Canadiens, avec leur esprit très civique (ou très américain, ce qui est pire !) ne se levaient et sortaient à tour de rôle, ceux de devant en premier, ceux à l'arrière en dernier. J'aurais dû m'asseoir à l'avant. J'ai heureusement fini par gagner la terre ferme et récupéré mon sac dans la soute du car. Je cherche Marc autour de moi mais je ne le vois pas. Il n'a quand même pas oublié que c'est aujourd'hui que j'arrive ! Je repère une cabine téléphonique et décide d'aller l'appeler, quand quelqu'un me tape sur l'épaule. Je me retourne. C'est lui. Je ne l'aurais pas reconnu. Pourtant il n'a pas changé, seulement d'autres vêtements plus discrets ou en harmonie locale, une autre coupe de cheveux. Il a l'air heureux de me voir. « Enfin tu es là, JC », me dit-il tout bas. Il me prend dans ses bras et me serre tout contre lui. Et je ne peux pas m'empêcher de fondre en larmes.

# 3

# (Re)trouvailles

Nous sommes installés sur la véranda de la maison. C'est drôle, ici toutes les maisons sont faites en bois. Et toutes avec des fenêtres ou des baies vitrées immenses. Sans volets. Comme si les Canadiens se croyaient au bord de la Méditerranée et non sous des contrées envahies de neige et de glace les trois quarts de l'année. Et à Tofino, pas d'exception. Du bois, pas d'étage, un sous-sol aménagé, une petite pelouse tondue de frais avec parfois (trop souvent) des nains de jardin et autres Bambi de plâtre, des façades repeintes chaque année. Quand même assez surprenant pour un Parisien, même s'il n'est pas versé dans l'art du bâtiment ou de l'architecture.

À peine arrivé chez Marc, à quelques centaines de mètres de l'office de tourisme, j'ai déposé mes affaires dans la chambre qu'il loue habituellement aux touristes de passage. Nous avons bu tranquillement un Coca glacé, mais j'avais besoin de me dégourdir les jambes, j'avais encore des fourmis et des élancements dans tout le corps, souvenir des amortisseurs du car sans aucun doute. Nous avons fait le tour du village à pied. Trois rues en longueur, quatre ou cinq qui les coupent à angle droit. Des maisons plus ou moins grandes. Un supermarché minuscule. Des restaurants. Des boutiques d'artisanat local. Un petit port de pêche. Les campings perdus à la périphérie, à un ou deux kilomètres. Point. Voilà Tofino. Trois cents, quatre cents habitants permanents ? C'est le maximum. Notre balade autour du village a duré une petite demi-heure. À part les quelques bâtiments, je n'ai rien vu à cause de la brume. La baie de Tofino est magnifique, m'assure Marc. Seul le clapotis régulier de l'eau me certifie sa présence. J'aurais peut-être l'occasion de l'admirer avant mon départ. Si le brouillard se lève d'ici là.

Au début, nous avons juste échangé quelques mots, entrecoupés de longs silences. Comme tous ces gens qui ne se sont pas vus depuis longtemps et qui ne trouvent pas les mots à dire. Ou qui ne savent pas par où commencer tant ils ont de choses à se raconter. Il y a tellement de questions que je me posais sur Marc, sur son départ, sur sa vie. Plus de six ans s'étaient écoulés depuis notre dernière rencontre, six ans pendant lesquels j'avais eu peu de nouvelles de lui, des lettres assez espacées et plutôt laconiques, une carte pour mon anniv', une autre pour la nouvelle année, un mail ou deux depuis l'hiver dernier. Pas de coups de fil.

Sa nouvelle adresse, Campbell Street, Tofino, British Columbia, Canada, n'évoquait rien pour moi. Le Canada c'était immense et loin. Très loin. C'était le Québec, Céline et son accent. C'était les forêts et l'été indien. Mais Joe Dassin, ce n'est pas ma tasse de thé non plus. Le Canada c'était l'hiver permanent. Et le froid qui règne depuis mon arrivée en est bien la preuve. Comment Marc qui adorait le soleil et les plages (surtout les naturistes !) pouvait-il vivre dans les glaces et les neiges éternelles ? C'était un mystère. Que j'espérais bien résoudre durant ces quelques jours.

Nous parlons peu. Intimidés par le temps et la distance. Par les souvenirs que nous n'avons plus en commun. Par les souvenirs de cette vie commune que nous avons commencé par évoquer. Lentement, entrecoupés de silence, en riant parfois, sans oser nous regarder. Après tout ce temps je m'aperçois maintenant que

notre vie, notre relation, était vraiment bizarre et peu courante. Notre complicité en était la base. C'était beaucoup plus que de l'amitié. Très certainement même beaucoup plus que de l'amour. Beaucoup de gens que nous croisions à l'époque ou même quelques-uns parmi nos relations habituelles pensaient que nous sortions ensemble. À vrai dire, tout pouvait le laisser croire. Un même appartement. Avec une seule chambre. Et un seul lit. Double place tout de même. Que nous partagions. Nous dormions tous les deux dans ce même lit, toujours complètement nus, parfois serrés l'un contre l'autre, parfois enlacés, parfois dos à dos. Nous n'avons jamais fait l'amour ensemble. Sauf une fois. Mais ça je crois que je l'ai déjà raconté. Parfois, dans la rue, nous nous promenions main dans la main. C'était surtout pour choquer les passants. En faisant nos courses, nous jouions les folles perdues, c'était des crises de fou rire et des cris hystériques dans les rayons de Carrefour. Et puis aussi, surtout, dans les bars, en boîte, notre attitude pouvait paraître équivoque. On était toujours ensemble. On dansait ensemble. On restait parfois de longs moments sur une banquette dans les bras l'un de l'autre. On chassait aussi ensemble, on draguait ensemble et l'un ou l'autre ramenait le gibier, et dans ce cas, celui qui rentrait seul dormait sur le canapé. Ainsi, beaucoup croyaient que nous « étions » ensemble.
« Tu te souviens de ce petit blond au Queen ? » me demande soudain Marc. Sa question m'intrigue. Mais une fois de plus, comme autrefois, nos pensées suivent le même cours. Nous nous retrouvons enfin. Il n'aura suffi que de deux petites heures.
« Comment tu peux te souvenir de lui en particulier ? Tu ne l'as vu qu'une seule fois.
– Je ne sais pas. Je n'avais pas repensé à cette soirée depuis longtemps. Je ne vois pas pourquoi maintenant. » Et après un silence : « Tu l'as revu ?
– Oui, il y a quelques semaines. Au Queen encore une fois. J'ai failli ne pas le reconnaître. Il avait beaucoup changé. Beaucoup

plus branché dans un certain sens. Il a rasé ses cheveux, il a un piercing en or à l'arcade sourcilière droite et il a fait beaucoup, beaucoup de muscu.
– Il doit être pas mal maintenant...
– Il m'a demandé de tes nouvelles.
– Ah oui...
– En fait, je crois que ce soir-là, c'était toi qui l'intéressais...
– Ah !
– On a pas mal parlé. Et bu.
– Et... ? »
Ma réponse reste un temps en suspens dans l'air froid et humide de cette fin d'après-midi. Marc se penche vers moi.
« Et... ? », me répète-t-il.
« Rien. » Je me tourne vers lui en riant. « Je crois qu'il ne m'excitait plus comme la première fois. »
Nous éclatons de rire et nous repartons pour le Queen, quelque sept ans auparavant. Il est quoi, trois heures du mat' ou quelque chose comme ça. On a pas mal forcé sur la vodka. On est déjà assez amochés. Marc est à moitié allongé sur une banquette, le dos appuyé sur un coin. Je suis serré tout contre lui, dans ses bras qu'il a passés (amoureusement ?) autour de moi. Nous sommes là depuis un bon bout de temps, la bouteille d'Absolut vide sur la table au milieu d'un fouillis de verres assortis et tout aussi vides, quelques pailles inertes et inutiles gisent au milieu d'une flaque de glace fondue. Soudain, appuyé non loin de nous, je remarque un jeune homme qui nous observe. Pas vraiment beau, pas vraiment le look branché, en un mot pas un habitué. Blond, coupe classique pas vraiment mode, jean, chemise à carreaux, pas vraiment le style des lieux, ni vraiment mon genre. Mais, en même temps, dans sa façon de nous observer, dans son attitude, dans son regard, il y a quelque chose de différent. Je le trouve, sinon beau, du moins vachement excitant. Je le regarde avec insistance. Il soutient mon regard. Même Madonna qui vient d'envahir le Queen n'arrive pas à nous arracher l'un à l'autre. Je me serre un peu

plus contre Marc et lui crie – un murmure n'aurait pas suffi dans le vacarme ambiant :
« Tu as vu ce mec là-bas au fond... le blond...
– Ouais.
– Pas mal, non ?
– Pas ton genre.
– Pas mon genre, pas mon genre... Je rentrerais bien avec... »
Nous nous mettons à l'observer tous les deux. Il nous regarde aussi et se met à sourire.
« T'as aucune chance avec lui, me dit Marc qui se veut physionomiste.
– Ah oui ? C'est ce qu'on va voir. »
Je quitte les bras de Marc et me dirige vers le beau blond qui me regarde m'approcher de lui en souriant de plus belle.
« Salut.
– Salut, » il me répond. « Tu es très mignon, mais je ne suis pas intéressé.
– Pas intéressé ? Par quoi ? » je fais, innocemment. « Je n'ai encore rien proposé. Tu prends un verre ? » Et sans attendre sa réponse, je le prends par la main et l'entraîne vers le bar. Il ne la retire pas et j'ai bonne confiance pour la fin de ma nuit.
« Un Coca non plus ça ne t'intéresse pas ?
– Va pour un Coca.
– Toi aussi tu es plutôt mignon.
– Merci. Mais un plan à trois ça ne m'intéresse pas.
– À trois ? Mais... moi non plus.
– Et ton copain, ça l'intéresse ?
– Ce n'est pas mon copain.
– Ah non ?
– Bien sûr que non.
– Ce n'est pas comme ça que tu vas me convaincre.
– On est amis, c'est tout. On ne sort pas ensemble. » Il se retourne vers Marc qui nous observe de loin.
« Dommage », soupire le beau blond.
« Comment ?

– Non, rien. » Et après un silence : « Si tu avais été seul, je serais peut-être parti avec toi...
– Mais puisque je te dis que je ne suis pas avec Marc...
– Ce n'est pas l'impression que j'avais...
– Il ne faut pas se fier aux apparences...
– Peut-être. Mais ce n'est pas ce que j'ai vu. »
Et pendant plus d'une heure nous sommes restés à parlementer, puis tout simplement à faire connaissance. Il me plaisait énormément et j'aurais beaucoup donné pour partir avec lui ce soir-là.
« Et tu n'as pas arrêté de me parler de lui pendant au moins quinze jours », me dit Marc au seuil de la nuit canadienne et dont les pensées ont suivi le même cours que les miennes. « C'était quand même assez rare que quelqu'un arrive à t'intéresser aussi longtemps, non ? Je crois que c'est le seul dont je me souvienne. »
Je me tourne vers lui et lui sourit.
« Toi mis à part. » Il me sourit à son tour.
« Je suis content que tu sois venu.
– Moi aussi. Je suis content d'être là. »
Il me prend la main et la serre dans la sienne. Nous restons ainsi, main dans la main, un très long moment, en silence. Les yeux perdus dans le brouillard qui semble s'épaissir à mesure que le temps passe, alors que le soleil quitte ce monde qu'il n'a pas vraiment éclairé au cours de toute cette journée, que la nuit sans lumière rend la visibilité plus réduite, que le noir remplace peu à peu l'opacité translucide de cette purée de pois. La rue, juste au bout du jardin sans barrière, disparaît lentement et inexorablement. Les voitures garées là ne sont bientôt plus que des ombres perdues dans l'ombre. L'arbre qui trône au milieu du jardin de Marc s'évanouit à son tour. Même les lumières des maisons voisines ne traversent que très fugacement le brouillard et la nuit.
« Un jour il faudra que tu me dises vraiment pourquoi tu es parti. »
Marc ne répond pas, il serre seulement un peu plus ma main.

L'humidité augmente encore, le froid devient plus vif et pénètre sous mon pull et mes chaussures. Je ne peux m'empêcher de frissonner.
« Allez viens, on rentre au chaud », me dit Marc.

Marc m'a préparé un vrai repas typiquement américain : hamburger au micro-ondes, frites, *ice cream* aux cacahuètes et noix de pécan, le tout arrosé de l'indispensable et indétrônable Coca-Cola. Trois semaines à ce régime et je serai gras comme un cochon prêt pour l'abattoir. D'autant plus que je ne risque pas de perdre les kilos superflus dans les folles nuits tofinoises qui s'annoncent... Draguer deviendra beaucoup plus difficile à mon retour.
« Il fait vraiment trop chaud ici, tu as mis le chauffage ou quoi ?
– Non, c'est juste bien isolé, il fait toujours très chaud à l'intérieur. »
Très vite, comme j'avais l'habitude de le faire quand nous vivions à Paris, habitude que je n'ai pas perdue après le départ de Marc, je quitte une bonne partie de mes vêtements et me retrouve rapidement à me balader dans la cuisine et le salon en tee-shirt et Calvin Klein. Bientôt accompagné par Marc qui aimait aussi adopter des tenues légères. Et pas seulement dans l'intimité de notre appartement. Nous étions aussi de fervents adeptes du naturisme.
Ce premier soir à Tofino, j'ai appris beaucoup de choses sur la vie de Marc. Après manger, nous aurions pu aller boire un verre au Héron Bleu, un des seuls pubs de la ville (et je ne parle pas de boîtes de nuit ou de bars branchés, inconnus sous ces latitudes, comme je le craignais), mais nous avons préféré rester tous les deux ensemble, pour discuter, pour nous retrouver.
Marc avait découvert Tofino à seize ans, par hasard, en feuilletant un livre sur l'Ouest canadien, chez ses grands-parents. Le nom, le lieu, l'implantation géographique l'avaient intrigué puis, très vite, fasciné. Il en avait rêvé souvent, pendant très longtemps.

Mais n'en avait jamais parlé à personne. Puis un jour, alors que son PEL arrivait à expiration, il avait décidé de franchir le pas, en secret avait recherché et acheté cette maison de bois et était parti au bout du monde. Ce qu'il me révélait comme l'aboutissement, l'accomplissement d'un rêve, d'une obsession ne m'était apparu que comme une fuite. Et m'apparaissait encore un peu ainsi.
Une partie de sa maison était louée aux touristes de passage. Beaucoup plus nombreux que ce que l'on pourrait imaginer à première vue. Au printemps, ils arrivaient par cars entiers pour observer la migration des baleines et des orques, particulièrement nombreux dans la zone. En hiver, la douceur du climat, liée à l'absence totale de neige (ce dont je doutais fortement !), offrait un lieu de villégiature particulièrement apprécié. En été, on pouvait découvrir une nature riche et exubérante, une faune, mais surtout une flore unique. Et tout au long de l'année c'était un défilé continuel de surfeurs, de hippies, de jeunes, attirés par les vagues de cet océan qui méritait bien peu son nom de Pacifique ; le courant puissant, violent et incessant de cette côte, Long Beach, était réputé dans le monde entier. Si je ne m'étais jamais intéressé au surf, je me sentais prêt à porter un intérêt particulier aux surfeurs, à leurs corps musclés et bronzés.
Marc louait tout le sous-sol, aménagé avec toilettes et coin cuisine, ainsi qu'une chambre qui jouxtait la sienne et qu'il m'avait réservée pour les semaines à venir. C'était sa principale source de revenus. Mais ce qui m'a surpris le plus, c'était son nouveau passe-temps : la peinture. Jamais, quand nous habitions Paris, il n'avait, tout comme moi, manifesté le moindre intérêt pour la peinture, ni pour quelque forme que ce soit d'art en général. En quatre ans de notre vie commune là-bas, nous n'avions pas visité le moindre musée, ni la plus petite exposition, ni ouvert un seul livre qui aurait pu améliorer notre culture générale. Et cette nouvelle passion était en passe de devenir une source importante de revenus pour lui. Il avait fait plusieurs expositions à Victoria, la capitale de la

province, deux à Vancouver l'année passée, et à l'automne il exposerait à Toronto. Si ça marchait là-bas, ce serait une sorte de consécration et les portes de plusieurs galeries new-yorkaises lui seraient ouvertes. Le Marc des boîtes de nuit parisiennes et des saunas que je connaissais était en train de devenir un artiste de stature internationale et confirmé. Voilà qui ne manquait pas de m'intriguer. J'arrivais à la trentaine (ou peut-être un peu plus, il arrive un âge où l'on arrête de compter) et je vivais toujours dans l'inconscience de mes dix-huit ans, sans penser au futur. Marc, qui avait le même âge que moi, vivait ses rêves d'enfant. Il était, sans aucun doute, beaucoup plus mûr et beaucoup plus sensé que moi. Il me proposait de visiter son atelier, si le cœur m'en disait. J'avais peur de n'y rien comprendre et par là d'être déçu. J'ai donc éludé son invitation et l'ai reportée à plus tard. Pendant deux heures, il m'a parlé de son travail, de ses espoirs, de ses expos futures. Il avait l'air heureux.

Il est plus de dix heures et nous sommes sur le canapé. Retrouvant nos habitudes d'autrefois, Marc est couché de tout son long, sa tête posée sur mes cuisses. Pendant qu'il me parle, je caresse ses cheveux, un peu plus longs qu'autrefois, un peu trop longs à mon goût, pas à la mode. Ce geste d'intimité parfaite, sans arrière-pensée, ce geste je le répète instinctivement après ces années de séparation ; nous retrouvons dans ce contact et cette union cette amitié, cette fraternité que la distance et le temps n'auront pas réussi à détruire. Rien n'a changé, nous sommes de nouveau, complètement, frères. Il est plus de dix heures et Marc s'est finalement tu. Nous restons à nous regarder en silence, en souriant.
« On se regarde un film ? », me demande soudain Marc.
« Si c'est en anglais, je vais rien comprendre.
– Tu vas voir, c'est une surprise.
– Pas *Titanic*, s'il te plaît ! »
Il se lève d'un bond et va allumer la télé et le scope, puis revient prendre sa place, la tête sur mes genoux.

« Regarde », me dit-il en appuyant sur la télécommande.
Dès le générique je reconnais. C'est un film des productions Jean-Noël René-Clair.
« C'est super, tu trouves ça ici ?
– Oui, oui... »
Mais c'est le titre qui me surprend le plus : *Chasse, pêche et turluttes*.
« Bon sang ! Mais c'est le tout dernier ! On en parle vachement. Ça fait un miniscandale. Mais je ne l'avais pas encore vu. »
En effet, après avoir écumé les casernes, les banlieues, les salles de sport et les terrains de foot, les productions JNRC se sont attaquées à un autre monde hyper macho même si *a priori* pas bandant, celui de la chasse. Oser tourner des pornos gays dans ce milieu-là a fait couler pas mal d'encre, tant dans les revues homos que dans le parti politique des chasseurs. Un peu comme si on faisait ça dans une arène ou à l'Assemblée nationale. Toujours est-il que les chasseurs en question sont plutôt pas mal, très chauds et plutôt intéressés par les gros calibres, si vous voyez ce que je veux dire. Plus que par les faisans ou les sangliers. Et pendant une heure et demie, c'est une succession de scènes de branle et de partouze, en plein bois, dans les fourrés, dans une palombière, les mecs tous habillés en kaki, ce qui n'est pas sans rappeler les uniformes qui font tant fantasmer les homos. Le film est vraiment pas mal et ça change des bidasses, des footballeurs, des voyous et des motards. Enfin un peu de nouveauté !
Mais très vite le film m'excite aussi beaucoup. Je me mets à bander comme un fou. Marc, toujours couché sur mes genoux, semble lui aussi captivé. Au bout d'un moment, après une scène entre trois chasseurs à l'affût, il se retourne sur le dos et me regarde. Un simple coup d'œil me permet de constater que lui aussi est très excité.
« Ça te plaît ? » Je hoche la tête pour toute réponse, sans quitter l'écran des yeux. Il me regarde un instant en souriant puis se retourne de nouveau vers moi, dos à l'écran. Sa bouche n'était

jusqu'à présent qu'à quelques centimètres de mon sexe. Il s'approche davantage et embrasse mon caleçon, là où il est le plus dur.
« Oui, ça a l'air », murmure-t-il doucement. Je le repousse gentiment en posant ma main sur son épaule.
« Ça va pas, non ? » Il recommence aussitôt. Juste un baiser.
« Ne dis pas que ça ne te plaît pas.
– Ça n'a rien à voir. On est amis.
– Justement. Je ne voudrais pas rester sur une mauvaise impression. » Je le regarde soudain bizarrement et lui aussi lève les yeux vers moi.
« Mais… tu veux dire… que tu… je croyais… je croyais que tu ne t'en souvenais pas…
– Je me souviens qu'on était complètement bourrés et que ce n'était pas génial.
– Mais alors… » Il se met illico à me lécher le sexe.
« Tu vas voir. Ça va être vachement mieux cette fois-ci.
– Non. Arrête. » Je le repousse doucement mais il insiste et continue de me lécher. « S'il te plaît… » Il mordille soudain mon pénis à travers le caleçon. Je ne peux pas m'empêcher de frémir.
« Laisse-toi faire », me souffle-t-il. Et il recommence de plus belle. Je sens toute résistance m'abandonner. On a déjà baisé ensemble, soûls comme des ânes, chacun pensant que l'autre avait oublié. Alors pourquoi ne pas recommencer en toute connaissance de cause ? Marc se redresse et tout en continuant de caresser mon entrejambe de sa main, il remonte en effleurant de ses lèvres mon ventre, ma poitrine et jusqu'à ma bouche. Il m'embrasse doucement puis avec de plus en plus d'intensité. Cinq minutes plus tard nous sommes dans son lit, nus, à nous embrasser, à nous caresser, à nous (re)trouver.

# 4

# Le roi ébahi

C'est la lumière du jour qui me réveille. Un rapide coup d'œil au radioréveil et je constate qu'il n'est pourtant que six heures du matin. Des rayons envahissent déjà la chambre par les interstices entre les persiennes. Une lumière irrégulière et ténue tapisse le mur face au lit. On dirait que le brouillard a enfin décidé d'émigrer pour d'autres contrées. Je vais peut-être finalement pouvoir admirer cette fameuse baie de Tofino, tant louée par Marc.

Marc. Dont je sens le corps chaud et nu tout contre moi. J'entends son souffle régulier et lent, je sais qu'il dort encore profondément. Comme à son habitude, il dort sur le ventre, la tête tournée vers le mur éclairé, une de ses jambes enrobant la mienne. Une envie irrépressible de lui caresser les fesses me prend. Aux seuls souvenirs des caresses de cette nuit, je me mets à bander comme un fou. Je n'aurais jamais pensé un jour baiser avec Marc. Coucher avec lui aura été une expérience, comment dire... intéressante. Et que j'aimerais bien renouveler aussi sec.

J'avais posé ma main sur le bas de son dos et j'approchais déjà mes lèvres quand, dans le jardin, au pied de la fenêtre, en contrebas de la maison, un oiseau s'est mis à chanter. Ce n'est pas ce piaillement des pouilleux de moineaux qui envahissent le Marais à Paris et qui de leurs cris stridents et désagréables souvent me réveillent aux premiers rayons du soleil. Ce n'est

pas non plus le pseudo-roucoulement des pigeons obèses et disgracieux, ce son qui ressemble plus à un renvoi stomacal qu'à un quelconque chant. Non, le chant de cet oiseau sous ma fenêtre est clair et fin, mélodieux, à mi-chemin entre une sonate et les accords d'une flûte à bec. Je n'avais jamais entendu un tel chant, car c'était bien un chant, une musique de simplicité et d'harmonie, quelques notes répétées à l'infini du piano de Chopin, comme ces airs simples et mélodieux que répétaient ma grande sœur quand j'étais petit. Je l'imagine cet oiseau, perché sur la plus haute branche d'un arbre fruitier en fleurs au milieu du jardin, à quelques mètres seulement de mon lit, tout de noir vêtu, d'un noir plus lumineux que l'habit terne des merles, et son bec rouge vif pointé vers le ciel. C'est son chant seul qui m'inspire cette description. C'est le chant de retour du printemps. Comme envoûté, j'abandonne mes intentions premières, de toute façon Marc dort encore, je me lève jusqu'à la fenêtre. J'entrouvre légèrement les persiennes, un flot de lumière dorée inonde la pièce. Et, effectivement, juste en face de moi, sur ce que j'imagine être un poirier – mais mes notions d'arboriculture son celles de tout Parisien moyen, c'est-à-dire quasiment nulles – se tient mon chanteur tel que je l'imaginais, sifflant pour sa dulcinée, peut-être là-haut sur le toit au-dessus de la chambre, ou plus simplement pour remercier le soleil de sa présence et de son retour. Il faut absolument que je voie la baie de Tofino ce matin, là, maintenant, au lever du soleil, au meilleur moment de la journée, sous le soleil levant, dans la même lumière claire qui nimbe le merle chanteur.
Ce besoin de prendre l'air, de me promener, de marcher dans l'air frais devient instantanément beaucoup plus fort que celui de sexe qui m'intéressait encore seulement quelques instants plus tôt.

J'enfile rapidement mon jean, le pull que j'avais hier soir à même la peau, une paire de baskets, et je me précipite à l'extérieur. La porte d'entrée donne vers le soleil couchant, toute cette partie de la maison est encore dans l'ombre. Mais l'arbre au milieu du jardinet est nimbé de la même lumière que celle qui auréole mon oiseau noir envoûtant, même si ce n'est pas un aigle. Et la pelouse a troqué sa couleur grise de la veille pour un vert printanier. Les quelques fleurs au pied de la terrasse ajoutent une touche colorée et gaie et semblent dodeliner de la tête ou danser au-dessus de l'herbe tondue à ras. Malgré les rayons puissants du soleil, l'air reste frais. Mon pull n'est pas de trop et, instinctivement, je serre les bras autour de moi pour me réchauffer. Bon, d'accord, on se croirait presque un matin d'avril, mais ce n'est pas non plus une raison pour rester enfermé dans la maison ou pour revenir sous la couette avec Marc, même si l'idée m'effleure l'esprit.

Je descends lentement le petit escalier et gagne la rue qu'aucune barrière ou grillage ne sépare de la maison, à seulement une dizaine de mètres. Contrairement à la France, ici rares sont les maisons entourées de murs. Parfois une simple balustrade, parfois quelques arbustes protègent la maison, mais le plus souvent il n'y a rien, le carré de pelouse donne directement sur la rue. Ici on semble ne pas avoir besoin de se cacher. Ça peut parfois être sympa. Si on est du genre exhib. Ou voyeur.

Je me souviens que la baie de Tofino se trouve derrière moi, vers le soleil levant. Je longe la maison de Marc par la gauche et prends la première rue de nouveau à gauche. Dès que je quitte l'ombre protectrice des arbres et de la maison, les rayons et la lumière me frappent de plein fouet. Je cligne des yeux et l'espace d'une seconde je ne vois plus rien. Je continue néanmoins à avancer. La baie se trouve là derrière, cachée par d'autres bâtisses. Arrivé sur Main Street, qui n'est pourtant ni une avenue, ni un boulevard, juste une rue, même pas plus large que les autres, je prends en descendant à droite vers le petit port de pêche où, je l'espère, je jouirai de la meilleure vue. Et, soudain, entre deux maisons, un petit morceau de cette fameuse baie m'apparaît.

Imaginez, encadré par deux murs dressés dans l'ombre, l'un rouge, l'autre blanc, une étendue d'eau bleue, scintillant de mille feux, plus loin, derrière, quelques rochers noirs, polis, mangés par une forêt de feuillus d'un vert foncé et épais, paraissant s'élever jusqu'à un ciel translucide et légèrement bleuté dans lequel trône, majestueusement, un soleil brillant dans toute la splendeur de maître de ce jour, et vous aurez alors une petite idée, comme moi, de la baie de Tofino.

Je reste quelques minutes à contempler ce paysage, cette vision, depuis cette rue qui semble abandonnée. On se croirait au premier matin du monde et j'observerais à loisir la première œuvre du Créateur. Sans ces deux murs, je pourrais être comme un explorateur foulant le premier une terre vierge.

Et les deux premiers mots qui me viennent à l'esprit pour décrire cette cascade de lumière sont « haillons d'argent ». En l'espace d'une seconde, je me retrouve alors projeté des années en arrière, au lycée, en cette période où j'avais oublié Marc sans pour autant avoir pris goût aux études, je suivais avec nonchalance et désintérêt les cours, les pires étant ceux de français. Ma prof, une vieille fille, même si, pour la soirée de Noël, elle avait emmené un fiancé si beau que toutes les filles de la classe en avaient bavé d'envie, une vieille fille donc, au physique ingrat, affligée d'une légère déformation, une épaule plus haute que l'autre, refermée, ne sachant pas sourire, vêtue de son éternel imperméable foncé et boutonné jusqu'au cou qui lui donnait un air d'agent de la Gestapo, nous gavait de Montaigne et autres auteurs tout aussi indigestes. Si j'avais pu dormir pendant ces cours, j'aurais ronflé à en faire trembler les murs. Ses cours n'étaient pas seulement un supplice, ils étaient surtout une perte de temps, aucun intérêt tant dans la forme que dans le fond.

Et puis, un jour, la révélation. Nous avons abandonné Montaigne pour nous occuper des poètes du XIXe siècle. Jusqu'à découvrir ce poète maudit, jeune, fascinant, avec ses mots étranges, ce poète de notre âge, découvrir son génie, son histoire, sa vie. Ses amours. J'arrivais alors à mettre un nom sur mon mal-être, mon désintérêt pour tout, j'ai compris, je me suis compris, découvert. Et je me suis pris de passion pour ce jeune homme jusqu'à connaître son œuvre par cœur. Ainsi, un jour, en cours d'année, alors que nous étions revenus à des auteurs nettement moins intéressants, alors que je montrais la plus grande indifférence par un bâillement outrancier, elle se tourne vers moi, revêche, me tance d'un regard hautain et me gratifie d'un « Vous pourriez au moins faire semblant de m'écouter », ce qui était pour elle signe d'une irritation suprême. Je lui réponds, sans vraiment réfléchir : « On n'est pas sérieux quand on a dix-sept ans. » Elle me regarde, étonnée que moi, son élève le plus ignare, puisse citer Rimbaud dans le texte, hésitant entre silence et cri, de longues secondes, trop longues pour qu'elles puissent passer inaperçues aux yeux de mes camarades qui, eux, ne comprenaient pas, puis, finalement, elle reprend son cours sans me répondre. J'ai compris bien plus tard qu'elle était beaucoup trop intelligente et cultivée pour des élèves comme nous, dans cette pension pour ados turbulents. Sans elle je serais peut-être aujourd'hui un être inculte et quelconque, sans autre but que le match de foot du samedi à la télé, à regarder Foucault (pas le philosophe !) et Boccolini, à se gratter les couilles en attendant le bus, à boire du Ricard et fumer des gitanes, l'hétéro beauf pur jus en somme. Alors merci de m'avoir épargné tout ça, et surtout une totale inculture !

Mais, rapidement, ce trou où la lumière pleut ne me suffit plus. Je reprends mon chemin en forçant le pas car, à quelques pâtés de maison, la rue longe directement la mer. Et, effectivement, un peu plus loin, un très léger promontoire, avec deux tables de pique-nique et trois bancs, surplombe et la baie et le petit port de pêche. Je m'approche, ébloui par toute cette lumière. Je m'assieds sur un des bancs, le regard perdu vers la baie que je peux maintenant admirer dans toute sa grandeur. La description que m'en avait faite Marc, les quelques lignes lues dans le *Routard*

ne m'avaient donné qu'une maigre et très lointaine idée du spectacle et de la beauté de ce lieu. Les couleurs, même si elles sont limitées dans leur palette, sont magnifiées en tout point par la lumière extraordinaire qui baigne l'ensemble du paysage, de la mer au ciel. J'assiste, ébloui, tel ce roi ébahi devant le corps d'une femme nue, à ces aubes particulières, cette aube batailleuse et exaltée. La mer virile et les forêts impassibles se livrent à une folle bataille, une sarabande sans fin, une valse endiablée, un tango ardent et frénétique où, tour à tour, les partenaires, les belligérants pourrais-je dire, s'ensorcellent, se livrent, s'échappent, se rattrapent, rejettent, conquièrent leur équipier. Par moment, la forêt jette ses tentacules foncés dans la mer et poste quelques pins majestueux sur de simples blocs de pierre au milieu des ondes ; la mer, à son tour, attaque la forêt par ses longs bras brillants qui s'enfoncent puis semblent se perdre dans les montagnes fières, là-bas à l'horizon. Elles veillent de loin, dans leur pénombre brumeuse à cette folle débauche des interprètes, tout en conservant leur neutralité bienveillante. Il se déroule ici des errements indicibles, sous l'arbitrage du soleil qui jette ses rayons sur tout et tous, rayons renvoyés, reflétés, rejetés en des millions d'autres soleils d'argent sur les ondes licencieuses. C'est la mer alliée avec le soleil. Il est impossible d'assister à cette danse langoureuse sans vainqueurs et sans vaincus, sans fermer les yeux et se laisser imprégner par la chaleur, par la musique de ces éveils maritimes rapportés par les vagues et le vent qui vient du levant, où l'azur et l'onde communient. Seul un bateau, voiles baissées, endormi, perdu au milieu de la baie, semble indifférent à cette danse hallucinée.
« C'est trop beau ! Trop ! Gardons notre silence. »

Après des heures de contemplation, ou qui me semblent telles, je m'arrache à cette danserie de titans et remarque alors que la ville n'est pas si déserte qu'elle en avait l'air. Quelques touristes matinaux – à moins que ce ne soient des autochtones – se promènent dans la rue. Un vieux monsieur s'approche de la

balustrade, puis, après un regard au clapotement de la mer, s'en repart. Quelques pêcheurs ou des bateliers révisent leur bateau en vue d'une journée de travail. J'ai appris, par je ne sais plus quel guide que j'ai consulté avant mon départ, que beaucoup de personnes ici vivent directement du tourisme, en faisant visiter les îles en face de moi ou, au printemps, en partant à la recherche des baleines et des orques.
Le soleil est déjà haut dans ce ciel ouvert et je dois m'arracher à ce paysage si particulier pour rentrer à la maison. Marc doit se demander ce que je fais. J'ai embrassé ce matin l'aube d'été, je reviendrai saluer la beauté jour après jour, demain matin et les autres matins, à la même heure. J'y reviendrai tous les matins de mon séjour à Tofino. Sauf un matin bien particulier. Mais n'anticipons pas, nous en reparlerons plus tard.

Quand j'arrive à la maison, Marc est levé. Il est en train de préparer le petit déjeuner. Il est vêtu d'un éternel caleçon Calvin Klein, bien moulant, qui met ses fesses en évidence, et d'un tee-shirt blanc sur lequel est écrit en gros caractères noirs « DIVA », on se demande bien pourquoi. Voir Marc dans cette petite tenue et l'odeur conjuguée du café et du pain grillé m'ouvrent d'emblée l'appétit. Je me sens en pleine forme. La journée commence bien. Il se tourne vers moi, la cafetière à la main. Il me fait un large sourire et me lance un joyeux « salut ! ». Je m'approche de lui, le prends dans mes bras, pose mes mains sur ses fesses, tente de l'embrasser sur la bouche. Il se recule légèrement, prétextant d'un simple geste cette cafetière qui le gène, il m'embrasse, chastement, d'un baiser sur le coin des lèvres.
« Alors, me demande-t-il, tu as été te promener où ? »
Je m'assieds à la table ronde qui fait office de table de salle à manger. Les chaises, en bois, sont molletonnées d'un épais coussin de couleur vert olive. Je ne savais pas que Marc aimait ce type de mobilier.
« J'ai été voir la baie.

– Et alors... ? », me demande-t-il de nouveau, curieux de connaître mes impressions. Je réfléchis quelques secondes, commence, « C'est... », puis m'arrête, ne sachant que dire, comment expliquer ce que j'ai ressenti un peu plus tôt. J'aurais pu parler de l'oiseau, très certainement un habitué des lieux et que Marc doit écouter souvent de son lit. J'aurais pu parler de cette sensation de lever du soleil du premier matin du monde. Mais je ne trouvais pas les mots exacts, ou ceux qui me venaient à l'esprit n'étaient pas suffisamment explicites ou sonnaient creux. Marc vient à mon secours. « Oui, je sais, c'est difficile à expliquer. » Je lui raconte alors cette sensation de danse, de bal fou entre la mer et la forêt. « C'est drôle, me répond-il, c'est ce que je ressens à chaque fois. » Il me sourit à nouveau tendrement avant d'aborder le sujet qui semble le préoccuper davantage que mes premières impressions tofinesques.
« Tu sais, à propos de cette nuit... »
Là, c'est moi qui termine pour lui.
« Oui, je sais, il fallait qu'on le fasse au moins une fois, c'est ça ?
– Oui. » Puis, après un court silence. « Enfin, une fois pour de vrai, la première comptait pour rien. »
On éclate tous les deux de rire. « Tu as raison, la première fois c'était pas génial. » Je recule ma chaise et lui tends une main, « viens ». Il s'approche de moi, s'assied à califourchon sur mes genoux, prend mon visage dans ses mains, se rapproche toujours plus près de moi et m'embrasse sur la bouche, langoureusement. Je lui rends son baiser et nous restons ainsi, collés, un très long moment, bouche contre bouche, à nous sourire et à nous regarder dans les yeux. Je sens son sexe qui se durcit dans son Calvin Klein, je ne parle même pas du mien qui se cherche une place dans mon jean. Il me murmure dans un souffle : « Je suis content que tu sois venu. » Je lui réponds de la même façon : « Je suis content d'être là.
– Cette nuit sera notre secret. »

Il me sourit, heureux, ses lèvres toujours collées aux miennes, un dernier petit baiser, puis il se recule d'un bond, comme pour que le souvenir reste souvenir et beau, et ne devienne pas habitude et donc ordinaire.

« Bon, on va manger avant que ça refroidisse. Au menu, œuf à la coque, *pancakes* et sirop d'érable, banane et café à volonté. Ça te va ?

– Tu crois ? J'ai une faim de tigre. »

# 5

# Petite leçon d'ethnologie

« Dis-moi, il y a des bons plans pour sortir ou pour draguer dans le coin ?
– Tu sais, ici c'est pas le Marais !
– Je me doute bien, mais quand même, il doit bien y avoir quelques petits trucs où les mecs peuvent se retrouver.
– Non, rien. Quelques bars, pas de boîtes, mais rien de branché. Mais tu verras, il y a des coins très sympas.
– Ouais ! Ça a l'air génial !
– Mais si, c'est bien, je t'assure. Seulement ici la vie n'est pas celle de Paris. On a des valeurs et des envies différentes.
– Et quand tu veux baiser, tu fais comment ?
– Tu peux aller passer un week-end à Vancouver...
– Super, le plan ! Deux jours de voyage, il te reste max trois heures à passer dans un sauna. Mieux vaut choper tout de suite, sinon tu en es pour ton argent !
– Sois pas négatif comme ça. La région est tellement belle que tu éprouves moins de besoins et d'envies que quand tu as trop de choses à portée de la main.
– Oui, la main ! Il ne va pas me rester beaucoup d'autres choix... Et puis tu ne me feras pas croire que maintenant tu fais dans l'abstinence...
– Ce n'est pas ce que j'ai dit...
– Alors... ?
– Tu n'as jamais pensé avoir une relation suivie avec

quelqu'un... ? »
Incrédulité.
« Tu ne veux quand même pas me dire que tu as un mari ? Pas toi !
– *Bueno*... (Sourire.) En fait je vois quelqu'un depuis un peu plus d'un an et demi.
– Non ? Je ne te crois pas !
– Si. Il s'appelle Eric. Il a trente ans. Il vit à Victoria.
– Tu m'en diras tant ! Ça doit être pratique, Victoria c'est au bout du monde !
– Mais non, deux petites heures de voiture.
– Ouais ! Encore un super plan ! Je préfère encore la main...
– Tu vas bien à Ibiza pour ça toi. Et c'est encore plus loin.
– Oui, mais je ne vis pas dans l'abstinence entre deux voyages !
– Bref, attends au moins de le connaître.
– Promis, j'essaierai pas de te le piquer. Je ne voudrais pas que tu t'esquintes avec la veuve poignet après.
– Bon, OK, mais je ferai quand même attention. Il travaille dans la police montée.
– Avec un pantalon hyper moulant, des bottes montantes et une veste rouge burne ?
– On peut dire ça comme ça.
– Ah oui ! Le prestige de l'uniforme ! Je te reconnais mieux là ! Finalement, tu me rassures. J'ai cru que tu étais marié pour de bon !
– Arrête un peu ! Ce n'est pas ce que tu crois, ça n'a rien à voir. Il ne m'a pas plu pour son uniforme.
– Cause toujours !
– Je n'ai su qu'il était policier que deux mois après l'avoir rencontré.
– Mais bien sûr !
– De toute façon il va venir dans quelques jours. Tu verras qu'il n'a pas besoin de ça.
– Tu as bien une petite photo de lui...

– Euh...
– En uniforme de préférence.
– Je préfère que tu le rencontres en vrai.
– Ou nu, alors...
– Non.
– Allez, ne te fais pas prier, montre-moi ! »
Nous sommes assis côte à côte sur le canapé. Je me tourne vers lui et commence à le fouiller pour lui prendre son portefeuille. Scotché comme il a l'air de l'être, je suis sûr qu'il a une photo en permanence sur lui pour pouvoir le regarder de temps en temps. Une vraie donzelle, ce Marc, je vous jure. De là à ce qu'il se mette à lire du Cartland... Il se recule pour m'empêcher de continuer mon inspection.
« Non ! Arrête ! Bas les pattes !
– Allez ! Montre-moi ! »
Il se recule, mais je ne vais pas m'avouer vaincu. Je me jette littéralement sur lui, « montre-moi », mais il glisse et nous tombons tous les deux du canapé. Je me retrouve à califourchon sur lui, j'essaie de lui retenir un bras pour arracher son portefeuille. « Allez, montre-moi. » Il se débat, il se débat, j'en profite pour lui faire des chatouilles, « arrête, s'il te plaît, arrête ». On éclate de rire et je me laisse tomber sur lui. J'aurais pu continuer mon investigation plus avant mais j'abandonne là. Nous arrivons, petit à petit, à nous calmer.
« Bon ! Il arrive quand, ton homme ?
– Normalement dans trois jours.
– OK ! J'essaierai d'attendre jusque-là. Mais ne laisse pas traîner ton portefeuille. Et cache bien les autres photos qui peuvent traîner par là, parce que si j'y tombe dessus...
– Salaud... »

Il est presque une heure, nous avons passé la matinée à discuter. Nous décidons finalement d'aller manger dans un restau sur la plage. Marc me dit qu'il y en a un super, quasiment sur la mer. Et puis, Long Beach, cette plage de plusieurs kilomètres, battue par les flots du Pacifique, est le vrai joyau de Tofino. Si la baie m'a plu, la plage devrait m'enchanter. Pas pour son sable fin, ni pour la douceur de ses eaux. Mais plutôt pour sa violence, sa sauvagerie. « Et pas pour ses surfeurs ? », je demande malicieusement à Marc.

« Tu ne changeras jamais, me répond-il en riant. Mais tu devrais. Ça a aussi du bon de pouvoir partager des choses avec quelqu'un d'autre, de savoir simplement qu'il est là et qu'il pense à toi.

– Arrête, je vais pleurer.

– Tu verras... un jour tu le rencontreras...

– Mais je ne veux surtout pas. Manger la même viande tous les jours, très peu pour moi. *"So many men, so little time"*, si je me souviens bien, c'est ce qui était inscrit sur ce tee-shirt que tu avais acheté dans le Marais, il y a bien longtemps. Je me demande bien où il doit être maintenant. Irrémédiablement perdu, sans aucun doute. Et puis, tu sais, je ne crois pas qu'il y ait quelqu'un capable de me supporter assez longtemps pour me demander en mariage. » Il me sourit de nouveau, mais sans répondre. « Oui, je sais, à part toi bien sûr. Mais tu n'as jamais fait cette demande. »

Une demi-heure plus tard, nous sommes au Wickaninnish Restaurant, au nom – mais est-il besoin de le préciser car vous aurez vous aussi buté en le lisant – imprononçable. Nous n'avons jeté qu'un rapide coup d'œil sur la plage, le restaurant se trouvant quasiment à la sortie du parking. Le peu que j'aperçois suffit pour me subjuguer. Mais nous devons nous dépêcher. Arrivés au restau, Marc insiste, dans un anglais qu'il maîtrise maintenant parfaitement, alors qu'au collège nous étions les deux cancres de la classe, pour avoir une table contre la baie vitrée, avec les vagues qui viennent se jeter sur les rochers, à peine trois mètres en dessous de nous.

« Pas mal, le serveur ! »

En effet, un des deux serveurs, au type méditerranéen, mais sans cet aspect voyou qu'on leur attribue habituellement dans les pornos gays latinos, nous accueille du bout de la salle avec un sourire. Cheveux noirs. Yeux foncés. Peau mate. Corps fin et sec mais néanmoins musclé. Mon genre à deux cents pour cent ! Il n'en faudrait pas de beaucoup pour qu'il passe à la casserole. Par manque de chance, c'est l'autre serveur, pas mal aussi mais qui ne souffre pas la comparaison avec le Latino et dont, faute de mieux, je saurais me contenter, bref, c'est le deuxième serveur qui nous place. Et va, par conséquent, s'occuper de nous. Je m'assieds dos à la baie vitrée pour garder un œil sur la salle.

« Tu n'as aucune chance avec lui. Ça fait deux ans qu'il fait la saison ici. Le boulot lui permet de se payer le logement et la bouffe. Son temps libre, il le passe sur la plage à surfer.

– Aucune chance ? Mais tu as quand même pris tes renseignements.

– Tu sais, ici c'est tout petit. Tout le monde se connaît et tout se sait. Il y en a des dizaines d'autres comme lui. Et en plus il est là avec sa copine.

– C'est pas grave, je ne suis pas jaloux. » Et après un silence : « Bon, résumons. Pas de bars, pas de boîtes, pas de plages naturistes, pas de parkings désaffectés, pas de toilettes publiques, tous ces mecs seuls qui restent ensemble tout l'été et tu voudrais me faire croire qu'il ne se passe rien ? Là, j'ai des doutes !

– Je n'ai pas dit qu'il ne se passait rien. Mais c'est pas Ibiza non plus.

– Bon, pour donner raison aux stats mondiales, même les plus basses, il y a ici des tas de mecs susceptibles d'être intéressés. À commencer par ce petit serveur. »

Marc éclate de rire. « Arrête de fantasmer comme ça. Et puis non, vas-y, tu vas prendre une putain de veste, ça pourrait être marrant.

– Ça, on verra bien. On fera le point quand je repartirai... »

Pendant tout le repas, j'observe à la dérobée, parfois de façon plus directe, sous l'air sarcastique de Marc, le jeune serveur, soutenant son regard les deux ou trois fois où il se tourne vers nous. Avec les clients il use, voire même abuse, de son charme, joue de son regard provocant, de son sourire enjôleur, de ses gestes comme des caresses, s'accroupit parfois à côté d'une table pour se trouver ainsi plus près des clients, de « ses » clients pourrait-on dire, se transformer ainsi en une vraie pute, tout ça uniquement pour vendre un dessert ou un plat plus cher, il irait jusqu'à se prostituer pour un café. Je comprends qu'ils l'aient rembauché pour une seconde saison. Et plus je l'observe, plus je suis convaincu d'atteindre mon but. Il se déplace entre les tables avec légèreté, une certaine sensualité, dégageant des effluves d'hormones. Je n'ose penser au nombre de petites culottes mouillées dans la salle... Mais il ne se prostitue pas que pour ses clients : il travaille aussi pour ses collègues, régalant à l'envi un regard, un sourire aux autres tables.
À la faveur d'un coup d'œil plus prolongé, ou qui me semble tel, je décide d'entrer dans la course. Je me lève pour aller aux toilettes et, en croisant le serveur, je ralentis intentionnellement jusqu'à le frôler en le fixant droit dans les yeux. Il soutient mon regard sans cesser de sourire. Mais peut-être comme il l'aurait fait avec n'importe quel autre client. De retour des toilettes – qui n'étaient qu'un prétexte, est-il besoin de le préciser –, il est en train de discuter à une table, lève les yeux un instant dans ma direction sans cesser son jeu de séduction avec ses clients. Je fais un détour pour passer juste derrière lui, il se pousse à peine pour me faire de la place. Alors, sans y réfléchir à deux fois, je pose ma main sur le haut de ses cuisses, remonte jusqu'à ses fesses. Il ne réagit pas, il aurait pu se retourner, me mettre un pain, crier. Mais non, il ne dit rien, ne fait rien, comme s'il attendait que je le caresse en passant derrière lui. Bien entendu, et par chance, personne n'a rien vu. Je regagne ma place, l'air de rien. De temps en temps il nous jette un coup d'œil, mais pas plus qu'aux autres tables. Bon, maintenant que le poisson

est ferré, il n'y a plus qu'à le sortir de l'eau. Mais ça, ça risque d'être plus difficile. Je fais donc tout pour retarder notre départ le plus possible. Dessert ? Oui ! Café ? Oui ! Cigarette après ? Oui ! Finalement, nous sommes les derniers à partir. Faut dire aussi que l'on n'était pas arrivé en avance.
Devant le restaurant, une grande avancée surplombe la mer, immense terrasse qui permet d'englober d'un seul coup d'œil Long Beach, la mer, le sable, la forêt. Nous nous accoudons à la balustrade pour jouir du spectacle de cette mer qui me paraît déchaînée, mais très calme d'après Marc. Immédiatement après nous, le serveur quitte le restau à son tour. Il a délaissé son « uniforme » pour une tenue davantage de circonstance : pantalon surf au niveau du genou, tee-shirt Creeks, lunettes de soleil dans les cheveux. Il part d'un pas rapide, comme s'il suivait quelqu'un puis, s'apercevant de notre présence, ralentit imperceptiblement et, après un bref regard dans notre direction, se dirige vers les toilettes qui se trouvent juste à la sortie du restaurant. Bon, voilà, il répond à mes dernières interrogations en décidant lui-même du lieu de l'exécution. Je dis à Marc, qui n'a rien remarqué et qui est en train de me parler du musée qui se trouve sous le restaurant, que je vais faire un tour aux toilettes avant de le rejoindre en bas. « Encore ! Mais c'est la prostate qui te travaille ou quoi ? "

Dans les toilettes, en entrant à droite deux lavabos avec miroir. Un mur, sur la moitié de la largeur, sépare la pièce en deux. Derrière le mur, trois urinoirs et deux cabines. Mon serveur est à l'urinoir du milieu et semble vaquer à ses occupations. Dès que j'entre, il se tourne pour voir qui arrive. Je vais au premier urinoir, contre le mur. Il ne cesse de me regarder et, à peine ai-je descendu ma braguette, baisse les yeux vers mon entrejambe. Je tire lentement, plusieurs fois, sur mon pénis et commence à me masturber doucement. Un simple coup d'œil me permet de vérifier qu'il semble hypnotisé et que son sexe commence à grossir également dans des proportions qui, si elles ne défient pas les lois de la nature, me paraissent toutefois suffisamment satisfaisantes. Je me tourne vers lui et tend la main pour le caresser et masser son sexe pour, après la taille, lui donner la consistance adéquate. Il souffle doucement et respire par à-coups. À son tour il prend mon sexe dur et dressé et se met à le branler vigoureusement. De ma main libre je modère ses ardeurs. Certes, on est dans des toilettes publiques, en plein jour, mais tout de même, y'a pas le feu. Tout en continuant de nous branler mutuellement, je m'approche davantage de lui et tente de l'embrasser. Il se recule, surpris, mais devant ma persévérance, finalement, me donne sa bouche.

Nous continuons cette étreinte furtive quelques instants, mais quelqu'un pourrait entrer à tout instant et nous surprendre. Pour être un peu plus tranquille, je décide d'aller continuer dans une cabine. Celle pour handicapés se révèle suffisamment spacieuse. J'y entraîne le serveur latino et nous pouvons poursuivre nos ébats dans une plus grande, bien que toute relative, tranquillité. Nous pouvons alors donner libre cours à d'autres envies, difficiles à assouvir à seulement deux pas de là. Je soulève son tee-shirt pour caresser son torse, mordre ses tétons, ce qui le fait sursauter et pousser un soupir de plaisir, puis je descends mes investigations le long de son ventre, enfonce ma langue dans son nombril, frôle son sexe et joue ainsi des frissons que cela déclenche dans tout son corps. Je tire langoureusement avec ma bouche sur ses poils pour lui arracher de nouveaux soupirs. Puis je lèche cette fois de façon plus consciencieuse son sexe avant de l'avaler entièrement et de le masser vigoureusement. À chaque fois que je le reprends, tout son corps frémit, il souffle longuement, bien que, je le sente, il se retienne dans ses expressions vocales. Quand j'abandonne mon massage buccal et que je remonte le long de son corps, c'est lui qui recherche avidement ma bouche pour m'embrasser violemment. Je recommence à le branler d'abord sensuellement, puis de plus en plus vite. Au bout de quelques instants, je sens

son corps s'arc-bouter dans une forte contraction, ses baisers qui s'arrêtent d'un coup, je me dégage légèrement et il éjacule sur le mur, là où je me trouvais une seconde plus tôt. Son corps, secoué de spasmes, finit par se calmer. Petit à petit sa respiration, saccadée, devient plus régulière et plus calme.
Il me regarde et me sourit, puis fait mine de vouloir remonter son pantalon. Hop là, mon petit, pas si vite ! Maintenant à mon tour. Je retiens son geste et l'empêche de remonter son slip, passe mes mains derrière lui pour englober ses fesses. Il résiste un peu mais apparemment plus par principe que par conviction et se rend bien vite à mes arguments. Son pantalon sur les pieds, il remonte lui-même sa chemise pour que je puisse apprécier tout son corps dans sa nudité : ses jambes fines et légèrement musclées, son sexe à présent au repos, son ventre plat où naissent les premiers poils, rêches et foncés, ses fesses qui ont l'air bien fermes, son torse imberbe et puissant. Je m'accroupis devant lui et commence par lui caresser les jambes, à les embrasser, puis, petit à petit, remonte le long de ses cuisses, ma langue frôlant légèrement sa peau fine et bronzée, et, au fur et à mesure, je passe derrière lui pour, en fin de compte, me retrouver le nez entre ses fesses à le lécher en profondeur.
Il se penche en avant pour m'aider dans ces nouvelles caresses. Quand toute la zone est bien imprégnée de salive, j'enfonce sans prévenir un doigt dans son anus. Il pousse un petit cri mais, d'instinct, arc-boute davantage son corps afin que je puisse pousser plus en avant mon exploration. Je joue quelques instants avec mon majeur qu'il serre avec force, comme s'il ne voulait plus s'en séparer. Mon sexe est dur comme une barre d'acier et il est à présent temps de passer à des choses plus sérieuses. Tout en continuant mon analyse digitale, de ma main libre j'extirpe de la poche de mon jean un préservatif et une dosette de gel. Avec une dextérité toute coutumière, je l'arrache de son étui, l'enfile et en imprègne de gel toute la longueur. Tout ça d'une seule main. Même manchot, je crois que j'arriverais encore à effectuer cette tâche. Il faut dire que je

me suis entraîné de longue date, et même à essayer de le faire uniquement avec la bouche. Pas sur mon sexe, bien sûr, je ne suis pas assez souple pour ça, mais bon, passons les détails, c'est une autre histoire et j'en reparlerai peut-être une prochaine fois.

Du coin de l'œil, mon serveur observe les préparatifs et semble attendre avec intérêt (avidité ?) la suite des événements. Quand je retire mon doigt pour me redresser, il a un petit soupir, mais qui n'est rien à côté de celui qu'il pousse quand je commence à le pénétrer doucement. Nous prenons appui tous les deux sur la porte des W-C afin d'intensifier notre plaisir. C'est à ce moment-là que quelqu'un rentre dans les toilettes. Dès que j'entends la porte s'ouvrir, je suspends mon travail au plus profond et attends. Le serveur lui aussi retient sa respiration. L'homme ne peut que remarquer notre présence, nos quatre mains sur la porte, les pieds et les pantalons baissés dessous. Il ne me déplairait pas de me retrouver en sandwich entre mon petit serveur et, par exemple et complètement au hasard, un bûcheron des montagnes canadiennes, musclé et viril. Mais l'homme va pisser tranquillement puis s'en va, sans essayer d'en savoir ou d'en voir plus. Je continue enfin seul jusqu'à jouir enfin en lui. Je me retire alors lentement, comme à regret. Il se rhabille rapidement mais attend que j'aie moi aussi fini de me nettoyer et remonté mon pantalon pour sortir. Il se tourne alors vers moi avec un sourire, pose ses lèvres sur les miennes en murmurant *« thank you »*.

J'attends quelques secondes supplémentaires pour quitter les toilettes à mon tour afin que personne ne nous voie ensemble. Moi je m'en fous, mais lui peut-être pas... À quelques dizaines de mètres, au bout du parking en bord de plage, une fille, jolie, sourit et fait un signe de la main. Mon serveur, qui déjà ne l'est plus, lui répond d'un même signe et se dirige vers elle. Ils s'en vont tous les deux, main dans la main, le long de la plage, sans un regard en arrière. Plusieurs personnes se trouvent devant le restaurant, accoudés à la balustrade et contemplent la mer.

Peut-être que parmi eux se trouve notre visiteur trop discret. Qui sait ? Je tourne alors mes pas vers le musée à la recherche de Marc.

# 6

# Petite leçon de géographie

J'aperçois Marc dès que je franchis la porte du musée. Il est de dos et semble chercher quelqu'un. Moi, très certainement. Je m'approche de lui et prends des airs de mauvaise fille outragée comme il m'arrive parfois de le faire. Je l'apostrophe. Deux, trois personnes se retournent. « Et alors, où tu étais ? Ça fait une plombe que je te cherche. » Un air angélique mais une vraie salope dedans. Celle que j'appelle la Barbie tapineuse. Ça marche à tous les coups.

« Et moi donc ! Je me demandais où tu avais bien pu encore aller traîner !

– Traîner ? Par ici, ça m'a l'air un peu limité.

– Bon, désolé, au moins est-ce que tu as visité le sous-marin, là-haut ?

– Tu parles si j'ai eu le temps. Je le connais par cœur.

– Bon, alors on peut sortir se balader sur la plage. Ça te dit ?

– Ah oui ! Après tout ce qu'on a mangé, ça fera du bien de prendre l'air. »

Je n'avais eu que le temps de jeter un rapide coup d'œil à la plage. Elle commence au pied du restaurant pour se terminer au-delà, d'où la vue peut porter, après l'horizon, au bout du monde, à l'entrée de Tofino, à des kilomètres d'ici. Ce n'est pas pour rien qu'on l'appelle Long Beach ! Le paysage se divise en plusieurs parties d'ouest en est, de textures et de couleurs

différentes. À gauche l'océan, puis la plage, un no man's land entre le sable et les arbres, et finalement la forêt, au-dessus de l'ensemble le ciel et le soleil inondent tout.
L'océan. Infini. Indéfinissable. Gris. Noir. Bleu. Blanc. Vert. Selon la profondeur des eaux, la hauteur des vagues, l'éclat du ciel et du soleil, la force de la houle. Terne et brillant en même temps. Dégageant une force sauvage, virile, une puissance d'un autre temps, d'un autre lieu. Sans fin, insatiablement, les vagues se déversent sur la plage en houle, épaisse et dentelée, fine et irrégulière, comme la bave de sa rage, attirante comme un poison, pâle comme la mort qu'elle semble rechercher dans son irascibilité, son intransigeance, sa détermination à conquérir la terre. Une vague n'est pas morte que la deuxième, la troisième, déjà derrière elle, la force à avancer, à monter à l'assaut, lui refusant toute retraite, à son tour victime de ses propres exactions passées depuis sa naissance, là-bas, vers l'Asie, quelque part au milieu de cet océan réputé pour son calme mais qui, ici à Tofino, ne mérite pas son nom. Une à une, inlassablement, les armées blanche et grise se forment et se meurent dans un combat sans fin. À l'arrière, le maelström des courants de l'apocalypse, les forces noires qui surplombent les abysses continuent d'haranguer la foule des combattants et les poussent toujours plus vers l'avant.
Tout comme ce matin, je reste fasciné par ce spectacle sans artifices, sans fards et sans effets spéciaux et que les studios de Spielberg ne renieraient pas. « C'est la marée montante », me dit Marc. Sa voix pénètre dans ma rêverie depuis une distance qui me paraît incommensurable et arrive seulement à me faire prendre conscience du temps qui passe. Nous sommes toujours devant le musée, peut-être déjà depuis plusieurs heures, il se peut que nous soyons déjà en milieu d'après-midi. Cet océan est d'une effrayante beauté. Effroyables les assauts des vagues, des flots déferlants. La cruauté, la peur, des cris même, semblent monter des eaux, ce vacarme qui déchire tous mes sens, me plongeant dans une passivité (et cette fois-ci sans jeu de mots !)

totale, une envie irrépressible de plonger dans cette mer de glace mouvante et noire, une incapacité quasi hypnotique d'essayer de lui échapper si, par hasard, et c'est exactement ce qui risque de se passer très rapidement, elle venait à attaquer le restaurant et le musée, si l'envie lui prenait de dévorer le monde. On dit qu'au Mont-Saint-Michel, la marée montante va à la vitesse d'un cheval au galop. Ici, à Long Beach, ce n'est pas seulement la vitesse qui est impressionnante, mais aussi la force de la marée. Imaginez une horde d'éléphants au galop à dix mètres devant vous suivie d'un torrent de boue, et vous aurez une petite idée de cette houle. Les vagues ne sont pas très hautes mais violentes et rapides. Mais, pour autant, ce n'est pas un temps de tempête, ce n'est pas un de ces fameux tsunamis, ce n'est pas un cyclone, non, juste la marée montante, la même qu'hier et la même que demain. Rien qu'un spectacle ordinaire et quotidien. J'aimerais le contempler lors des marées de solstice, les plus importantes de l'année.

Attaquée de toutes parts, la plage se meurt peu à peu. Ni blanche comme celles des Caraïbes, ni jaune comme le sable des Landes, ni grise comme celles de la mer du Nord, la couleur reste indéterminée. Hésitant entre plusieurs tons et nuances, des plus ternes au plus éclatants et brillants, je retrouve sur cette plage les champs de blé au début de l'automne, moissonnés depuis déjà des semaines, qui ont perdu la couleur paille caractéristique, la couleur des chaumes cramés par le soleil d'été et pourrissants, envahis par endroits de pousses jeunes plus claires, jeunes pieds desséchés qui n'atteindront pas l'âge adulte. Ces champs de blé ont bercé mon enfance. Quand j'étais gamin, le dimanche, mon père nous amenait, ma sœur, mon petit frère, ma mère et moi nous promener et pique-niquer à la campagne. Il aimait particulièrement l'odeur des foins fraîchement coupés au printemps et les chaumes sous la chaleur écrasante du mois d'août. Le soir, après une journée à jouer et à courir dans les prés, nous regagnions notre appartement en banlieue toulousaine.

Je ne me suis pas promené dans un champ de blé fraîchement coupé, ni ressenti ces mêmes sensations depuis des années. Je n'ai tout simplement pas revu mes parents depuis des années. Je n'ai pas parlé à mon père depuis le jour où je leur ai annoncé mon homosexualité. Pour lui je n'existe tout simplement plus. Je ne suis pas mort pour lui, il aurait alors éprouvé du chagrin, non, je n'existe pas. Point. C'est ce que j'appelle l'amour filial. De mon frère j'ai quelques nouvelles épisodiques par ma mère. Je sais qu'il s'est marié il y a deux ans, mais je n'y suis pas allé. J'avais été invité, bien sûr, mais c'était par simple obligation, je l'ai bien senti. Pas un appel de mon frère, juste un petit carton d'invitation. Je l'ai décliné. J'ai envoyé une carte et une babiole de chez Tati en guise de cadeau. Avec l'argent ainsi économisé j'ai prolongé mes vacances à Ibiza de quelques jours. Ma mère m'appelle parfois, quelque chose comme deux fois par an, pour mon anniv' et pour Noël.

Je retrouve donc sur cette plage tous mes souvenirs d'enfance, mais sans la nostalgie que l'on ressent en général à leur égard, je revois simplement une ambiance, un paysage, des odeurs, déjà vus, déjà sentis, déjà ressentis, et oubliés, sans envie de pleurer, rien de tout ça, simplement pour éprouver le plaisir des sens, devant cette plage unique.

Comme le cygne de Tchaïkovski, ce sont les derniers moments de la plage qui sont les plus beaux, quand il n'existe plus qu'une frange minuscule de sable. Quand le blanc sale se mélange une dernière fois à la houle brumeuse pour finir par se confondre avec elle. Puis, en cet instant ultime, tel le phénix renaissant, la mer, en se retirant, redonne vie à la plage. Cette lutte se termine une fois de plus sans vainqueurs et sans vaincus. Si les assauts sont violents, la retraite, elle, est progressive. En effet, bien que la déferlante des vagues semble toujours aussi puissante, à chaque nouvelle tentative, la vague arrive moins loin que la précédente. La mer, en cédant du terrain, est en train de perdre cette nouvelle bataille.

La plage renaît peu à peu. Le sable a troqué ses couleurs changeantes pour un gris humide, liquide fœtal qui tarde à se dissiper dans l'air chaud de l'après-midi. La plage renaît et avec elle la vie alentour. Les mouettes que l'on croyait mortes, mais dont le cri était seulement assourdi par le bruit des vagues, se font entendre et l'on remarque alors à nouveau leur présence. Tout comme celle des promeneurs et des surfeurs que l'on avait également oubliés.
Combien de temps a duré cette marée montante ? Je ne saurais le dire. Mais nous sommes toujours là, avec Marc, à la sortie du musée, simples spectateurs, partageant la même émotion, sans échanger un mot mais en parfaite communion d'esprit. Ce que je vois, ce que je sens, ce que j'imagine, je sais que Marc le voit, le sens, l'imagine. Frères jumeaux. *Hermanos del alma*. « Allons faire un tour sur la plage », me dit Marc dans un souffle. J'avais peur qu'il ne brise notre silence mais, en même temps, j'espérais qu'il le ferait. Je ne voulais pas briser de moi-même cet enchantement. Je pensais que lui-même, plus habitué, pouvait nous sortir de ce rêve sans le détruire. L'idée de balade me plaît et j'ai déjà complètement oublié le petit serveur qui doit se trouver quelque part sur la plage, loin devant nous.
En se retirant, la mer a vomi toutes sortes de déchets, quelques déchets organiques bien sûr, des boîtes de Coca qui viennent peut-être de Chine, des sandales déchirées, des bidons... Mais le plus surprenant est des tas noirs qui tachent la plage de loin en loin. Amas indescriptibles que l'on dirait de cordes ou de tuyaux métalliques. Je m'approche du premier, surpris, croyant tout d'abord à des rejets ou des restes d'un bateau, avant de comprendre qu'il s'agit d'algues. Algues arrachées des profondeurs de la mer et échouées, rejetées, expulsées. Dans les entrailles de la mer, elles se déroulent en de longues tiges de la grosseur d'un bras d'enfant, de plusieurs mètres ou dizaines de mètres de longueur, qui voguent au gré des courants et des désirs de la mer et se retrouvent à Long Beach, comme sûrement sur

les autres plages de Colombie-Britannique, en des tas putrides et puants, qui se décomposent en quelques jours, tas informes, noués, liés, enroulés sur eux-mêmes en des nœuds impossibles à défaire. Ces tas fumants dégagent une odeur qui, rapidement, devient entêtante. Odeur de putréfaction, de mer, de départs, de nouveaux mondes. Mélange d'odeur de fumier, de mer à marée basse, de vent du large, d'iode, de sel, d'embruns. Mais pas l'odeur des relents de la Seine les jours de grand vent. Ni le rayon poissonnerie du Carrefour de Choisy. Des tas sont ainsi disséminés un peu partout sur la plage, de façon aléatoire. Dans deux ou trois jours, ils seront remportés par les flots vers le large ou complètement pourris, et ne restera alors qu'une tache noire et sale sur le sable.

Nous avançons lentement, côte à côte, nos pieds s'enfoncent dans le sable avec un léger crissement, le vent, frais, fouette nos visages et atténue les ardeurs du soleil. D'un côté, la mer qui se retire progressivement. De l'autre... De l'autre, une muraille. Des troncs de toutes tailles, enchevêtrés, en un mur infranchissable. Des centaines, des milliers de troncs d'arbre, emmenés là par la force des flots, ils ont traversé la moitié du globe, arrachés à leur terre d'origine par quelque effroyable mousson, des arbres des forêts du Sud-Est asiatique, trimballés, polis, usés par les vagues, l'eau, le sel, le froid et le soleil, des millions d'arbres entassés tout au bout de la plage, sur des kilomètres. De toutes tailles et de toutes formes, mais tous immenses, d'une couleur uniformément grise, de bois divers, des palmiers, mais aussi sûrement des essences précieuses, du teck et de l'acajou, tous se sont échoués ici jusqu'à former un mur, une muraille, une défense naturelle contre les aléas de la mer et du vent, manteau de protection de la forêt qui commence juste derrière. Gigantesque jeu de mikado rabelaisien, cure-dents gargantuesques, résidus de quelque bataille titanesque ou champ d'entraînement d'une bande de Basques géants devenus fous, ils s'étendent irrégulièrement en monceaux emmêlés et sauvages.

Derrière commence la forêt. Sombre. Livide. Épaisse. Impénétrable. D'abord gris et noir, puis verte, d'un vert éclatant et foncé, jusqu'à l'horizon. Jusqu'aux montagnes et ensuite, au-delà des montagnes, à nouveau jusqu'à la mer. Une fois de plus, devançant mes pensées, Marc me dit : « Demain nous irons nous promener en forêt. » J'acquiesce en silence, d'un simple hochement de tête.

Le ciel, d'un bleu intense et pur, sans l'ombre d'un nuage, surplombe la terre. Le bleu est si intense qu'au fin fond de l'horizon, dans une frange comme un mirage saharien, il finit par se confondre avec la terre et la mer. Le blanc éclatant du soleil inonde la plage d'une chaleur métallique que ne parviennent pas à adoucir les embruns et le reflux des vagues.

Nous marchons, nous marchons sur des kilomètres, pendant des heures, ou ce qui pourrait être des kilomètres et des heures. Mais nous marchons sans voir le temps passer et sans fatigue. Le bruit des vagues, assourdissant, est en même temps relaxant. Son va-et-vient irrégulier rythme tout de même nos pas. Le cri perçant des mouettes vient casser cette cadence et jeter une note vive dans le brouhaha et les rugissements de la marée. Et quand, dans de rares moments, la mer se calme, on peut percevoir le bruissement du vent dans les arbres. Tout au long de la plage, et encore plus aux abords des deux ou trois parkings abrités et invisibles derrière les amas de troncs d'arbre mort qui jalonnent la plage, des badauds se promènent. Quelques couples, certains avec des enfants, d'autres avec un chien, parfois, pour les plus intrépides, avec les deux, des jeunes, des vieux, des gens, qui d'une façon ou d'une autre ont entendu parler de cette plage, profitent d'un voyage dans la région pour immortaliser ce lieu et leur passage. Mais, heureusement, il n'y a pas ces cars de Japonais pressés qui font la queue pour se faire tirer le portrait au même endroit, comme ils sont des millions à le faire chaque année sur le parvis de Notre-Dame. Un car, à chaque arrêt, c'est cinquante photos identiques, un même lieu, un même ciel, un même cadrage, les mêmes couleurs, avec à chaque fois juste une tête qui change. Je n'ose pas imaginer les retrouvailles pour échanger les photos de vacances. « T'as vu ? Là c'est moi devant Notre-Dame. » La même photo et une autre tête : « Et là c'est moi ! » Une troisième photo de Notre-Dame : « Et là c'est moi ! » Puis on prend cinquante autres mêmes photos pour les mêmes commentaires. Super ! Apparemment, et c'est tant mieux, les voyagistes japonais n'ont pas encore entendu parler de Tofino.

Mais la plus grande partie des visiteurs à cette époque-ci de l'année, ce sont les surfeurs. Quelquefois accompagnés de leurs copines, parfois des groupes de jeunes hommes seuls, jeunes, musclés et bronzés, enfin bronzés, je suppose, car vu la température de l'eau, ils sont tous vêtus de combinaisons qui, si elles ont l'avantage de les protéger du froid et de mettre en valeur leurs corps et leurs attributs, nous privent toutefois du plaisir de mater leur peau dorée. Bronzés, de toute façon ils doivent l'être car ils parcourent le monde à la recherche de vagues, consacrant leur vie à leur passion, et Long Beach n'est qu'une étape, entre Hawaii et Australie, de leur voyage, ces lieux mythiques où ils peuvent aussi abandonner leur corps aux doux rayons du soleil.

Quelques groupes sont sur la plage, certains guident leurs camarades s'élançant à l'assaut des flots, d'autres attendent un moment plus opportun, la nouvelle marée montante, et se reposent. D'autres encore se préparent au combat, lissent leurs planches, rient entre eux, échangent leurs expériences et leurs désirs.

Il y a enfin ceux qui dansent sur la mer. Apprentis ou émérites, tous se distinguent par leur pugnacité et leur volonté. La génération du plaisir et de la passion. Billy Elliot remarquables, ils virevoltent, sautent, dansent, volent sur les vagues, dans les airs, jouissant de chaque seconde, les bras étendus comme des albatros, princes des airs, demi-dieux sur leurs planches de bois, défiant les lois de la nature, ridiculisant les théories newtoniennes. Ils s'élancent dans l'eau en courant, foncent dans

les remous à plat ventre sur leur surf et, dès que la déferlante est là, se mettent debout sur la planche en un clin d'œil et commencent leur ballet incessant de libellule. J'avais vu à la télé des surfeurs sur les côtes hawaiiennes, volant sous des tonnes d'eau, surgissant de tubes hauts comme des maisons. Réellement impressionnant. Rien de tout ça ici. Les vagues sont courtes, basses. Ce qui fait leur attrait pour les surfeurs, c'est leur rapidité, leur force, leur permanence. Et les courants sous-marins qui remanient sans cesse le cours des flots et rend toute baignade dangereuse. Le surfeur qui maîtrise les vagues de Tofino sera invincible et pourra prétendre un jour à la couronne de champion du monde. Celui qui n'a pas encore affronté Long Beach demeurera toute sa vie un apprenti. Je reste en extase, non pas devant les corps mais, cette fois-ci, devant les pas, les ballets, la chorégraphie des danseurs de vague.
L'après-midi s'écoule ainsi, dans notre silence assourdissant, sans échanger quasiment une parole, au milieu du cri des vagues, des mouettes et des surfeurs. Ce n'est que lorsque le soleil commence à décliner au fond de la mer que nous songeons à rentrer. Le chemin du retour vers la voiture est long, l'air se fait de plus en plus frais et il fait déjà sombre quand nous quittons finalement Long Beach. La marche, le vent, l'air marin nous ont creusé l'appétit et, en arrivant à la maison, je me jette sur les sandwichs pain de mie-saucisson à l'ail que Marc a à peine le temps de préparer. Et pareil, *exit* les deux litres de Coca. J'en ai même oublié mes promesses d'aller voir le coucher de soleil sur la baie. Je finis par m'endormir, repu, fatigué, sur le canapé, dans les bras de Marc.

# 7

# Leo and Co

Au petit matin, c'est la même mélodie douce que la veille qui me réveille. De nouveau le soleil est là. Sans prendre le temps de me doucher, j'enfile à même la peau un bermuda et un tee-shirt, chausse une paire d'espadrilles et, sans bruit, pour ne pas réveiller Marc, quitte la maison pour mon rendez-vous matinal avec un lever de soleil tofinesque. De nouveau l'émerveillement. Comme au premier jour. Et comme les jours suivants. Et personne pour le briser. Et pour copier un autre grand poète, ici tout n'est que désordre et beauté, luxuriance et volupté.

Il est un peu plus de huit heures quand je reviens à la maison. Marc est dans la cuisine en train de préparer le petit déj', vêtu de son éternel caleçon moule fesses. Je m'approche de lui par derrière, me colle contre son corps, empoigne ses cuisses dans mes mains et l'embrasse dans le cou. « Bonjour. » Il se retourne, m'embrasse longuement sur la bouche, « bonjour, toi ». À l'avenir, à une exception près, nos relations sexuelles s'arrêteront à ces marques d'affection. Ce sont juste des signes d'amitié, de fraternité. Même s'ils arrivent souvent à nous faire bander. Deux minutes plus tard, devant un petit déjeuner copieux, Marc me fait part du programme de la journée.

« Bon, pendant que tu te promenais, j'ai appelé Tom...

– Tom ?

– Oui. C'est un gars du coin. Tu vas voir, il va te plaire.

– Ah ! Un bûcheron ? Un autre policier monté ? » Marc éclate de rire.
« Ni l'un, ni l'autre. Mais costaud et viril, oui. Et très beau gosse.
– Et en plus je parie qu'il est libre. Mais pourquoi tu l'as pas présenté avant ?
– Désolé, mais pas de chance : il a une copine.
– Alors quel intérêt de le rencontrer ?
– Il a un bateau et il amène des touristes en balade. Je lui envoie les gens qui louent ici.
– Donc, sortie en bateau ?
– C'est ça. On va aller dans les îles de l'autre côté de la baie, on peut faire de super balades en forêt, dans la boue, grimper aux arbres, escalader les rochers, tu vas voir c'est génial.
– Bouh ! Rien que d'y penser j'en meurs d'envie. » Et en même temps, j'ouvre des yeux immenses et retourne les lèvres en un rictus qui se veut désopilant.
« Arrête, tu ressembles au coyote du dessin animé.
– En attendant, j'espère que le Tom n'est pas aussi demeuré que celui de Tex Avery. »

Un peu avant onze heures, nous quittons la maison pour le port. Nous repassons devant mon poste d'observation matinal pour rejoindre les quais quelques dizaines de mètres plus bas. Sur la gauche, il y a un grand hangar qui sert peut-être de salle de tri et de vente du poisson, à vrai dire, ça ne m'attire pas trop, sauf si ça fait aussi lieu de rencontre la nuit ; un préfab' à l'entrée, le bureau du port en fait, quelques passerelles de bois forment les quais. Amarrés, quelques dizaines de bateau, juste des bateaux à moteur pour aller se balader. Pas des paquebots comme au Havre, ni des yachts comme à Saint-Trop', ni des chalutiers qui sont encore en mer, et encore moins des voiliers. Juste des barques avec un petit moteur, de quoi emmener trois ou quatre personnes en balade. Deux ou trois hommes s'affairent autour de leur bateau, pour les réparer ou les préparer en vue d'une

sortie dans la baie. Deux ou trois hommes, mais rien qui, de loin ou de près, ressemble à l'éphèbe promis.
Nous nous engageons résolument sur les passerelles où nos pas résonnent dans l'air calme de la matinée, alors que le son se répercute sur l'eau transparente. Nous nous approchons d'un des gars, penché sur son bateau. Marc l'interpelle : *« Hi, Tom. »* Il lève son regard vers nous. *« Hi, Marc. »* D'accord, il a des yeux sublimes. Mais pour le reste... impossible de savoir. Pas rasé de plusieurs jours, ce qui lui donne plus un aspect sale que viril, son chapeau de cow-boy lui mange tout le visage, son pantalon et sa veste de marin, grisâtres et amples, cachent tout son corps. Bref, pas trop mon genre. Peut-être que dans un sauna je ferais un peu moins le difficile. Il fait la bise à Marc puis tourne son regard vers moi et m'examine avec surprise une seconde, avant de me sourire franchement : le fameux accueil canadien ! *« Hi »*, me fait-il. Je lui répond « bonjour » en français, hésitant à mettre à l'épreuve mon anglais balbutiant devant Marc. Il sourit davantage, comme s'il se moquait de moi. « Tom, je te présente JC, mon ami français dont je t'ai parlé. » Ben voilà, maintenant Marc a annoncé mon arrivée à tout le pays. Manquait plus que ça. « Enchanté », me fait Tom avec un très léger accent dont je n'arrive pas à déterminer avec certitude l'origine et en me tendant la main. Je lui tends la mienne, cette fois-ci c'est moi qui sourit car il n'a pas l'accent à la Dion, sinon j'aurais carrément éclaté de rire.
« Bon, je vous emmène où ?
– On va aller à Meares Island », répond Marc. Bon, là, j'avoue qu'au retour j'ai dû consulter un des guides de Marc pour savoir ce qu'est exactement Meares, je n'ai vraiment réalisé l'immensité de cette île que quand je l'ai eue devant moi, sur une carte, cette île formidablement grande, au milieu d'une myriade d'autres îles, certaines très grandes, certaines minuscules, quelques-unes de simples amas de rochers surgissant de l'eau, entre Tofino et les montagnes.

Quelques minutes plus tard, le bateau est lancé à toute vitesse sur la mer et, tel un Patrick Dupond motorisé, saute d'une vague à l'autre, entrechats sur les flots sur une musique technoïde vrombissante et uniforme. Des millions de soleils, gouttelettes scintillantes, comme des lucioles apeurées, s'envolent à notre approche et jettent des multitudes d'arcs-en-ciel frémissants tout autour de nous. Nous fendons l'air comme un couperet et le vent détruit toute tentative de conservation de notre brushing matinal. Très rapidement j'ai froid. Je comprends mieux maintenant la tenue de notre guide. Trois allers-retours dans la journée vêtu comme moi et c'est une semaine au lit garantie. Marc, tout à l'avant du bateau, le visage face au vent, les yeux fermés, la bouche ouverte, semble goûter un plaisir particulier à cette course effrénée. Il boit le vent, le froid, les rayons du soleil, l'air marin et son odeur âcre et puissante, tel Nosferatu qui revit en sentant de nouveau couler dans son corps un sang vivifiant. Moi j'ai froid et j'essaie tant bien que mal de me cacher derrière lui pour me protéger un peu du vent et de l'eau glacée qui retombe sur nous. Et ce maudit marin d'eau douce, aussi espiègle que le chat Tom, n'a aucune pitié et paraît même vouloir accélérer encore quand je me retourne pour lui jeter un coup d'œil féroce. Mais il reste concentré sur son parcours et regarde fixement devant lui, vers la terre qui se rapproche inexorablement.

Les sapins immenses, tours de Babel d'un vert flamboyant, côtoient les nuages et semblent jouer de leur supériorité sur la mer lasse. Nous dépassons un bateau amarré au beau milieu de la baie, naviguons en zigzaguant, entre plusieurs îlots, je suis jeté d'un bord à l'autre de l'embarcation, bâbord, tribord, douche froide, mèche de cheveux dans les yeux, bâbord, tribord... marin d'eau douce ! Et puis, soudain, sans prévenir, Tom coupe les gaz et le bateau s'arrête d'un coup, comme dans les Tex Avery dont il est un digne représentant. Du coup je suis projeté en avant sur Marc, me prends les pieds sur le banc et me retrouve tête en bas (et fesses en l'air !) au fond du bateau.

Marc éclate aussitôt de rire, rejoint une seconde plus tard par Tom. Moi ça ne me fait pas rire du tout. J'ai quand même ma fierté. J'aurais même pu me retrouver à l'eau. Et là, sûr, le beau bleu des yeux de chat de Tom auraient pris des couleurs, d'un coup d'un seul. J'suis pas méchant, mais faut pas pousser...
La galère est finalement terminée et le bateau avance maintenant lentement de quelques rochers que rien ne distingue des autres. Ça doit être le point d'arrivée. J'espère que Tom va nous donner un coupe-coupe, ou mieux, une tronçonneuse pour pouvoir entrer dans la forêt car il n'y a aucun passage visible. Après nous avoir débarqués sans même un bâton de dynamite pour nous faire un chemin, sans un dernier regard, Tom s'enfuit sur les flots comme un fou. Sûrement à la recherche de nouvelles proies (poires ?) à abandonner sur une autre île déserte, et certainement pas au même endroit au cas où on l'attendrait pour lui faire la peau et rentrer sur le continent vers la civilisation. Si on peut dire que Tofino soit civilisé, ce dont je doute ! Nous voilà perdus au milieu de nulle part, et le pire c'est qu'on a payé pour ça...
« Bon, maintenant on fait quoi ? », je demande à Marc d'un air pas énervé mais presque.
« Ouh ! Je crois que toi tu as apprécié notre petite balade...
– T'as raison, je suis frigorifié et l'autre andouille a failli me mettre à l'eau !
– Arrête de râler ! Tom est très gentil, il ne l'a pas fait exprès.
– Ouais ! L'aurait plus manqué que ça ! »
Marc me sourit, puis ajoute : « Alors, tu l'as trouvé comment ?
– Quoi, comment ?
– Il est pas mal, non ?
– Tu parles, avec son chapeau et son ciré breton !
– Tu dis ça parce qu'il ne t'a même pas regardé.
– Au moins ça ! »
Nous escaladons les rochers et là, miracle, une trouée dans la forêt apparaît devant nous. Et non pas un sentier mais

carrément une passerelle en bois s'enfonce dans les fourrés. Bon, finalement, on n'est pas aussi perdus que ça. On peut espérer ne pas passer les vingt prochaines années sur cette île déserte, à vivre dans les arbres pour échapper aux ours, à manger des fruits et des vers et à passer nos jours à allumer des feux pour rappeler à l'andouille de marin d'eau douce qu'il nous a oubliés là. En fin de compte, Tom sera peut-être là dans deux heures, comme promis.

Un premier coup d'œil sous les arbres, et j'ai l'impression de me retrouver (ou plutôt de me trouver, car je n'y ai jamais été) dans *Le Retour du Jedi*. Je m'attends à voir surgir de petites peluches espiègles ou les motos volantes des méchants guerriers de l'Empire.

Mais rien de tout ça.

Seulement le silence, entrecoupé par le clapotis irrégulier des vagues sur les rochers quelques mètres derrière nous.

Et la forêt. Sombre. Ténébreuse. Impressionnante. Haute comme la nef d'une cathédrale. Profonde comme une grotte. Intimidante. Marc, féru de botanique et de climatologie, comme chacun sait, m'explique alors les particularités de ce milieu.

« Tu sais, le climat ici est très doux et très humide...

– Comme en Bretagne !

– C'est peut-être pas la meilleure comparaison. Ici c'est la Côte d'Azur canadienne.

– Oui, je vois. Saint-Trop' avec de l'eau à huit degrés.

– Oh, arrête de râler ! C'est pas beau tout ça ? » Effectivement on ne peut pas le nier.

« Oui, c'est vrai », je lui réponds doucement.

« En hiver, il ne neige pas et il ne gèle pas. Toutes les saisons sont très humides et très douces. Si l'eau est gelée, c'est à cause des courants froids qui descendent d'Alaska. Les plantes ont ici des conditions idéales, et c'est pour ça que tout pousse aussi haut et épais. C'est exactement comme la forêt vierge, mais avec les plantes et les arbres que l'on trouve chez nous.

– Et sans les moustiques !
– Ça, malheureusement, pas tout à fait ! Mais le plus impressionnant en dehors de la hauteur des arbres, c'est que le milieu est tellement riche que tout pousse vite et que toutes les plantes se parasitent entre elles pour se développer et survivre. Les graines ne poussent plus sur le sol mais directement sur les autres plantes. Tu vas voir, au bout du chemin, il y a un arbre énorme avec plein d'autres qui poussent dessus.
– Une sacrée partouze végétale, en somme ! » Marc éclate de rire.
« Je ne sais pas si c'est la meilleure définition, mais ça fait un peu ça, c'est vrai.
– Et la passerelle en bois, c'est pour quoi ?
– En fait, l'épaisseur des plantes en décomposition est tellement grande que l'on ne voit plus le sol. Ça permet de pouvoir se déplacer et sans rien abîmer.
– Ah oui, c'est pas mal. Et le tapis roulant, ils l'installent quand ? »
En rigolant et en secouant la tête, Marc me donne une tape sur le bras, signe du départ, et nous nous enfonçons dans les profondeurs. Au moins, grâce au sentier en bois, je n'ai pas besoin de remplir mes poches de cailloux pour retrouver notre chemin.
Environ un kilomètre plus loin, nous arrivons au bout du sentier. Devant nous, une aberration végétale. Un Frankenstein des bois. Fruit incestueux d'une passion amoureuse entre un baobab, un cactus et un sapin. Mais c'est incontestablement un résineux, le feuillage l'atteste. Et puis baobab et cactus ne sont pas légion sous ces latitudes. Un tronc qui à l'origine doit être énorme. Plusieurs mètres de circonférence. Mais totalement irrégulier tant les pousses et troncs parasites sont nombreux. De tous côtés, à toutes hauteurs, des arbres ont pris naissance et se sont développés sur le tronc père. Et certains, de plusieurs mètres de haut, lancent leurs racines dans le vide, vers le sol, à la recherche de nourriture, après avoir épuisé, pompé leur hôte.

À dix mètres au-dessus de nous, un sapin s'est élancé dans le vide, puis, au dernier moment, a décidé d'essayer de regagner le ciel ; son tronc est gros comme deux fois mon corps. D'autres, plus jeunes, imitent ces tentatives de suicide, ces vols planés de quelques mètres avant de se redresser. Plusieurs types d'arbres et de plantes ont élu domicile au même endroit. Le tronc originel, mourant, vidé de sa sève, rongé par les termites, l'humidité, pourri, putride, tombe en poussière, libérant de nouveaux espaces où viennent s'implanter d'autres végétaux, des fougères qui, en quelques jours, se métamorphosent en des géantes insatiables, avides de nouvelles conquêtes. Des mousses, des tonnes de mousses qui s'entassent, s'agrippent et tombent de branche en branche, en amas confus et chatoyants, des boules de mousses comme des nids abritant des spores qui partiront très vite à l'assaut d'autres branches, d'autres plantes, d'autres territoires à envahir, coton parasite, stalactites de verdures. Des lichens en couches imposantes, de toutes textures et couleurs, palettes surréalistes et naturalistes à la fois, jetées en vrac, croûte sirupeuse et envahissante, fatras de rouges, de verts, de gris et de jaunes, envahisseurs silencieux et discrets mais impitoyables. Des plantes nombreuses et inconnues, aux formes et aux couleurs variées, nécrophages impénitents, avides de fumier, de bois mort et de lumière. Champignons fins et élégants mais participant avec la même frénésie au festin et à l'euphorie, balancelles légères au gré de la brise, d'un marron uniforme et délavé. Parasites, vermines, insectes invisibles, fouisseurs, fossoyeurs, putréfacteurs, grouillant dans les entrailles mortes ou vives, soucieux de leur participation active à l'acharnement total et final, mouches, moustiques, papillons, araignées, termites, monstres à six, huit ou mille pattes. Oiseaux de toutes sortes et confessions qui ont élu domicile dans les frondaisons et dont seuls les chants, les cris et les excréments parviennent jusqu'au sol. D'autres animaux, rongeurs fouisseurs, rampants, souterrains et invisibles à nos yeux mais travailleurs infatigables. Cet arbre est un monde à lui tout seul. Un monde qui pourrait vivre en vase clos, un monde en perpétuelle évolution, en perpétuelle expansion, un monde unique.

La passerelle fait le tour de l'arbre, un banc en bois vermoulu a été installé là pour les visiteurs fatigués ou extasiés, comme devant *La Joconde*. Je m'assieds à mes risques et périls pour contempler la cathédrale face à moi. Marc préfère marcher tout autour de l'édifice, tantôt levant les yeux vers les cimes, tantôt s'approchant du sol pour observer un nouveau venu, une pousse qui sort de terre ou une araignée besogneuse. Puis il finit par s'arrêter et vient s'asseoir à côté de moi. Je sens qu'il me regarde et me sourit. Je lui souris à mon tour mais sans quitter l'arbre des yeux. Il me prend la main et vient poser sa tête sur mon épaule. Nous restons ainsi quelques instants, mais un craquement suspect d'un des montants du banc nous fait lever en sursaut et en éclatant de rire. Je n'ai pas envie de renouveler l'expérience du bateau, une fois ça suffit. Nous repartons main dans la main sur la passerelle, vers notre lieu de départ. La balade était courte, mais nous sommes déjà là depuis presque deux heures et notre guide ne va plus tarder. Nous croisons quelques personnes, un couple et son chien, un autre couple avec des gamins qui crient à tue-tête. Il y a des fois où je suis content d'être pédé rien que pour ça : ne pas avoir de gamins à supporter à longueur de journée. Enfin, bref, chacun son truc. J'ai certes la fibre sexuelle, mais certainement pas paternelle ou reproductrice.

Bien entendu, lorsque nous arrivons aux rochers, notre Tom d'exception n'est pas là. Sûrement à vouloir se faire espérer, comme une bonne femme, futile et évaporée. Nous attendons et, finalement, au bout d'un bon quart d'heure, devancé par le bruit de sa machine, il apparaît au détour d'un îlot. Mais, peut-être encore sous le charme de la balade et surtout sous l'effet d'un léger coup de coude de Marc dans mes côtes, je m'abstiens d'un quelconque commentaire sur son retard. Nous sommes en tout début d'après-midi, le soleil est haut, il fait chaud. Oubliant le froid que j'avais eu à l'aller, je monte tout à l'avant à côté de Marc et, après avoir contourné les îlots qui protègent Meares Island, nous nous lançons de nouveau, cheveux au vent, à la conquête des flots. Nous laissons les embruns gifler nos visages avec un plaisir quasi morbide. À l'horizon, Tofino et son port semblent effectuer pour nous une danse de Saint-Gui tant le bateau saute sur les vagues. Soudain, et il me surprendra toujours, au risque de voler par-dessus bord, Marc se redresse, étend les bras en croix et crie dans le vent, *« I'm the king of the world »*. Ben voilà, maintenant il nous étale sa culture cinématographique qui, compte tenu du nombre de cinémas à Tofino, reste assez limitée, il faut l'avouer. *« I'm the king... »* Sa voix se perd dans le bruit du moteur, des vagues, du vent et de son rire. Notre chauffeur-chauffard de bateau semble lui aussi goûter cet instant de pure culture et ne ralentit en rien sa vitesse. Tel le roi Leo, Marc surplombe le monde et embrasse dans son cri toutes les joies de la vie, tous les bonheurs de sa vie. Juste à côté de lui, je le tiens par la taille, comme la grosse fiancée du Titanic, pour ne pas qu'il plonge par-dessus bord à chaque nouveau soubresaut. Je me lève à mon tour, m'accroche à lui et étends aussi mes bras, comme un aigle des mers, et me mets à crier à mon tour *« I'm the king of the world »*. Nous nous mettons alors à scander en chœur et à tue-tête *« I'm the king... »* en riant, en nous étranglant avec le vent et les cheveux dans les yeux. Finalement nous arrivons à nous calmer, en restant toutefois comme le Christ sur sa croix. Je regarde Marc, la bouche ouverte, les yeux exorbités, heureux. Alors, de nouveau je me remets à hurler comme un forcené, en changeant juste un petit peu les paroles. *« I'm the queen of the bitches ! I'm the queen of the bitches ! »* Marc éclate de rire de plus belle et le bateau fait une légère embardée. Apparemment Tom apprécie aussi notre humour, ce n'est pas tous les jours qu'il doit avoir des voyageurs aussi excités. Et telle une déesse, come-back de Chantal Goya au Queen, j'offre mon corps et

mon enthousiasme à mon public invisible.
Mais la côte approche déjà et, cette fois-ci, le ralentissement et l'arrêt du bateau sont plus progressifs. Merci Tom, ce coup-là tu t'en sors mieux, aurais-tu quelque chose à te faire pardonner ?
Et nous arrivons finalement à quai, les joues rouges, la gorge enrouée et les yeux remplis de larmes. Tom, décidément en meilleure condition, nous demande si nous avons apprécié la balade, et, après avoir échangé quelques phrases avec Marc en anglais et dont je ne pipe que dalle, nous l'abandonnons sur le quai. Avant d'attaquer la petite montée vers le village, je me retourne une dernière fois. Tom n'a pas bougé de place et j'ai l'impression, mais vu la distance ce n'est sûrement qu'une impression, qu'il nous regarde en souriant. Pas pédé ? pas pédé ? peut-être ! Mais en tout cas je crois qu'il aime bien Marc...

# 8

# Et un, et deux, et trois...

« Oh ! Mais je vois que tu as tous les disques de la Chochita ! »

Nous sommes en plein après-midi et je cherche parmi les CD de Marc celui que je pourrais passer maintenant. Nous avons fini de déjeuner très tard et, digestion oblige, nous discutons tranquillement sur le canapé.

« La Chochita ?

– Mais oui ! Tu ne te souviens pas des soirées Quizz à la Reine Rouge ?

– Si, bien sûr. Mais quel rapport ?

– Attends, tu vas voir. »

J'attrape un CD et mets la chaîne en route. Inutile d'attendre les paroles, Marc, en grand fan qu'il est, reconnaît la chanson dès les premières notes.

« Je comprends toujours pas.

– Allez, cherche. »

La voix étrange et étrangement sensuelle s'élève : « Il venait d'avoir dix-huit ans... »

« Bon, tu te souviens ? Il fallait répondre à un questionnaire et tu pouvais gagner un verre.

– Oui. Mais de toute façon, Alex nous l'offrait toujours. Le privilège des habitués !

– Eh oui ! Un jour elle nous demandait le vrai nom de Dalida et on a répondu...

– Yolanda Chochita !
– Elle a failli s'étrangler quand elle a entendu ça !
– Mais elle nous a quand même offert à boire.
– Sacrée Alex. »
Alexandra, plantureuse et à la gorge opulente, fabuleuse, superbe de gentillesse, toujours vêtue de petites robes rouges à bretelles, avait ouvert un bar branché quelques années plus tôt. Elle trônait derrière son bar, princesse des mille et tant d'autres nuits, son rire unique et puissant surpassant parfois le bruit de la musique ou le brouhaha des clients. Hétéro pratiquante, elle voyait toujours avec agacement et résignation, quand c'était le cas, le bar se remplir de filles ou de couples hétéros. Les homos étaient sa clientèle privilégiée.
« Tu vas toujours là-bas ? », me demande Marc.
« Non. C'est fermé depuis longtemps.
– Oh merde ! Et que deviens Alex ?
– Je la croise de temps en temps à l'Okawa ou au London. Elle travaille dans une parfumerie, ses premières amours.
–Et Stéphane ?
– Je ne sais pas. Il a disparu. Il devait partir bosser à Barcelone. Il traîne peut-être du coté de Sitges. »
Stéphane. Le DJ de la Reine Rouge. Petit, brun, mat, type latin, mignon comme un cœur.
« Et le pire c'est que je n'ai jamais réussi à sortir avec lui.
– C'est pas faute d'avoir essayé !
– C'est bête.
– Ben oui ! »
« J'aurais voulu le retenir,
« Pourtant je l'ai laissé partir... »
Et une bonne partie de l'après-midi s'écoule ainsi, à écouter les vieux mais toujours à la mode succès de Dalida, à entamer, pieds nus sur la moquette du salon, un sirtaki endiablé, à reprendre à tue-tête, comme au bon vieux temps de la Reine, les refrains maintes et maintes fois chantés. Heureusement qu'il n'y a pas de voisins proches. Parce que Dalida par le duo Marc et JC, ça vaut le détour !

Sans commentaires !
N'est-ce pas, Gigi ?

Sur le seuil de la porte d'entrée de la maison, Marc a installé une vitrine avec des tas d'objets, des bibelots souvenirs de notre vie parisienne et de son enfance provinciale, et un cadre avec moult photos. Quelques-unes prises à la Reine Rouge, bien sûr, une photo de moi que, pour une fois et en toute modestie, je trouve plutôt réussie, des souvenirs de vacances, les blockhaus de Berck, les quais des Tuileries, une soirée Halloween tous les deux déguisés en Barbarella et, au milieu de tout ça, horreur, malheur, quelques mecs tout de bleu vêtus, et même si certains d'entre eux sont plutôt sexy, leur présence semble un peu anachronique. Et encore plus dans l'univers de Marc où le football n'a jamais tenu aucune place. Déjà au collège on essayait de se faire virer des cours de sport chaque fois qu'il y avait du foot. En fait, on essayait de se faire virer de pas mal de cours ; on y arrivait assez souvent. Au bas de cette photo, une seule inscription, « France 98 ». S'il n'y avait eu qu'une photo de Zizou, à la limite, il est tellement bon que j'aurais compris. Mais toute l'équipe...
« Non, Marc ! Ne me dis pas que maintenant tu t'intéresses au foot ! » Il s'approche.
« Oh ! Je te rassure. Ici le foot n'intéresse personne.
– C'est le paradis, quoi !
– On n'en est pas gavé comme en France. Et puis le français a beau être langue officielle, on ne parle jamais de la France ici. Alors quand ça a fait la une des journaux, eh bien, je me suis laissé prendre par un brin de nostalgie. Voilà.
– Sacré Marc ! Si tu avais été à Paris tu ne te serais pas laissé avoir.
– C'était comment ? Il paraît qu'il y avait plus d'un million de personnes sur les Champs-Élysées.
– Ne m'en parle pas ! Une horreur sans nom ! Le matraquage médiatique pendant des mois, les piquouses au football toute

la journée pendant les dernières semaines, la télé, la radio, les journaux, les affiches partout, puis les supporters du monde entier, les tarés et les fous furieux lâchés dans la ville, la grosse Thérèse, celle de la caisse du BHV où je bosse, tu te souviens, Thérèse, tellement grosse, conne et moche que l'on disait d'elle "Thérèse, deux qui la tiennent et trois qui... la tiennent", Thérèse qui n'a jamais vu un ballon de sa vie, et à plus forte raison un footballeur, qui me bassine pendant les pauses avec le match de la veille, la galère quoi ! J'aimais pas le foot avant, mais là j'ai été overdosé. Et tu me connais ! Plus on essaie de me faire faire quelque chose, plus ça m'énerve et moins je le fais. Donc, le fameux dernier soir, Pascal, qui lui est plus crédule et s'est laissé embobiner par les médias, m'invite à voir la finale chez lui. Devant une canette de bière, bien sûr. Refus strict et catégorique de ma part. Personne dans les bars, personne au sauna. J'ai fait de la résistance : plateau télé devant Arte. Ils n'ont pas dû dépasser le cap des trois ou quatre cents téléspectateurs, mais c'est pas grave. Le principal était de ne pas être un des quarante millions de moutons... Mais, bien entendu, inutile de changer de chaîne pour savoir qui était en train de gagner. Cris dans les apparts voisins, hurlements dans la rue et, deux heures après le début du match, Klaxons et hystérie en plein cœur du Marais. Et ce n'était pas la Gay Pride qui passait par là ! Et même pas cinq minutes plus tard, le téléphone qui sonne. Pascal ! Excité comme une puce. Piqué, drogué à mort ! Shooté au football ! Et accessoirement aux bières qu'il s'est enfilées (faute de mieux sûrement !) pendant le match.
"T'as vu ça ?
– Ouais... (d'un air dégoûté ou, pour le moins, pas enthousiaste).
– On a gagné ! On a gagné !
– Faut pas exagérer, t'y es quand même pas pour grand-chose."
Il ne m'écoute même pas.

"Tu viens avec nous ? Tout le monde va se retrouver sur les Champs-Élysées." Tout le monde ? Sauf moi, ça c'est clair !
"Toute l'équipe sera là ! On va faire une mégateuf !" Super ! Ça m'excite rien que d'y penser. Et puis gueule pas comme ça, je suis pas sourd !
"Bon, on est en bas, tu nous ouvres ?"
« Et je me retrouve bien malgré moi embarqué dans cette galère. Pascal, mais aussi Fred, et la petite sœur de Pascal, dix-neuf ans, avec son *boyfriend*, tout aussi jeunot et imberbe qu'elle, mais mignon comme un cœur, des bouteilles plein les bras, peints en bleu blanc rouge, bourrés comme des coins, à dix heures du soir, en chantant "et un, et deux, et trois... zéro", débarquent chez moi comme les hordes de Huns, en d'autres temps, envahirent notre pauvre et beau pays. Ils ne remarquèrent même pas ma télé branchée sur Arte. Une bière, deux bières, trois bières et me voilà embarqué comme un beauf de plus.
« Raconter comment étaient les rues ? Impossible. Une foule tellement immense et dense qu'on ne peut pas la compter, qui déambule et danse sur tous les Champs-Élysées, plus serrée que les premiers rangs des concerts de Mylène. Absolument dément ! Tout Paris est là. Toute la France est là. Le monde entier est concentré là. Des jeunes, des vieux, des hommes, des femmes, ceux du XVI$^{e}$ et ceux de Barbès, des fanas de foot et ceux qui n'y connaissaient rien trois semaines plus tôt, tout ce monde mélangé, à crier, à danser, à boire, à chanter *I Will Survive*, notre chanson à nous, récupérée, reprise par tous, même ceux de la bande à Boutin.
– Boutin ?
– Oui, je t'expliquerai une autre fois. *I Will Survive*, par des milliers, des millions de personnes, c'est hallucinant. Mélange délirant de bals populaires, de *rave party*, de Love Parade, excitation genre soirée Queen en pleine rue, j'en croyais pas mes yeux. Comme tout le monde je me suis mis à chanter et à danser, comme à la Gay Pride, et à boire aussi, mais sans pour autant adhérer à cet esprit un peu trop nationaliste à mon goût.

Enfin bref, on peut toujours faire semblant. Les sacs à main et à dos de Pascal et Fred, remplis de bières, se vident à une vitesse supersonique, et à minuit on était déjà pleins comme des huîtres. Le mot circulait que l'équipe, pardon, l'Équipe, allait défiler sur les Champs et la surexcitation était à son comble. Pascal et Fred rigolaient comme des fous et, à part l'alcool, je ne voyais pas ce qui pouvait les amuser autant, la sœur de Pascal et son copain étaient également complètement pétés, comme le million de personnes autour de nous. J'ose pas imaginer dans tout le pays. C'était le jour idéal pour envahir la France. Heureusement que les Russes et les Allemands sont devenus des copains ! La bière, ou plutôt l'abus de bière a fini par imposer son effet diurétique. Je gesticulais sur place, non pour voir Zizou, mais agité par une furieuse envie de pisser.
"Bon, les gars, bougez pas, faut que j'aille soulager ma vessie.
– T'as qu'à faire comme les autres", me dit Pascal en riant.
« À deux pas de nous, face à une bijouterie très chic, très chère, sans complexes, deux mecs sont en train de pisser au milieu de la foule. D'accord, mais moi je suis plutôt pudique, je vais pas me soulager en public.
"Oui, c'est ça... ! Je reviens dans cinq minutes.
– Attends", me fait le beauf de Pascal, "je viens avec toi."
« Nous prenons la première rue et ensuite de nouveau la première à droite, on va pas trop loin pour ne pas se perdre, ce n'est pas le moment. À peine à cinquante mètres des Champs, dans cette rue déserte, il n'y a personne. Mais le bruit de la foule est tellement assourdissant que nous ne pouvons quasiment pas parler. Un brouhaha indistinct de cris, de chants, de Klaxons, de musique, un enchevêtrement de sons, comme un roulement de tambour ou un orage lointain qui se rapproche, et la terre sous nos pieds semble trembler sous l'effet des trépignements d'un million de personnes. Mais peut-être est-ce seulement dû aux effets de l'alcool...
« Deux containers de poubelles qu'une concierge inconsciente a sortis en dépit de la fête de cette nuit et que, tapie chez elle,

elle n'ose pas ressortir pour les mettre à l'abri des vandales qui débarqueront sans aucun doute plus tard dans la nuit, nous serviront d'urinoir. Côte à côte avec le petit jeune, nous y allons alors de tout notre soûl. Avec la curiosité naturelle qui me caractérise, je mate mon voisin et le morceau de chair qui pendouille de son jean me laisse pantois. J'en connais une qui doit risquer l'étouffement à chaque fois qu'elle s'y attaque. J'espère pour lui qu'elle est suffisamment gourmande pour ça. Bref, quand il a fini, le petit mec secoue son engin pour faire tomber la dernière goutte, comme dans cette ancienne pub pour un fameux café, "bon jusqu'à la dernière goutte", mais, comme saisi de Parkinson, il s'entête dans cette opération sans, à mon avis, se rendre compte que son sexe augmente et de volume et de consistance. Il rigole tout seul, sous l'effet de sa biture monumentale, sans s'apercevoir, et sans le chercher non plus, que son obstination à faire tomber la dernière goutte commence à m'exciter drôlement.

"Tu veux un coup de main", je lui propose gentiment. Il ne répond pas, il ne paraît pas avoir compris ma question non plus. Je tends la main et me saisis de son sexe que je commence, non pas à agiter comme il faisait, mais à malaxer dans toute sa longueur et qui prend très vite des proportions inquiétantes. Encore plus que la règle que j'avais au collège et qui ne contenait jamais dans ma trousse trop petite. "Putain de sort." Je le masturbe consciencieusement, presque professionnellement, mais, en moins de deux minutes, il éjacule sur la poubelle. Comme quoi, haute technologie et fiabilité ne vont pas forcément de pair. Avec l'alcool qu'il a dans le corps, on pourrait (presque) lui pardonner. Mais du plaisir que, théoriquement, il a eu, il n'a en apparence même pas conscience et il continue d'agiter sa queue comme s'il n'avait rien senti. Si t'as encore envie, on va t'arranger ça ! Aussitôt dit, aussitôt fait. J'enfonce ma main sous son pantalon et son slip, entre ses fesses, et de mon doigt, le majeur bien sûr, même s'il ne souffre pas la comparaison avec son ustensile, cherche un endroit où le mettre bien au chaud et, dès que j'arrive à la zone idoine, l'enfonce d'un seul coup. Le p'tit mec a un léger sursaut mais il continue de sourire en tirant sur son propre sexe et ne semble pas s'offusquer de mon intrusion.

« Bon ! Tu vas dire que j'ai profité de la situation, qu'il était complètement bourré, qu'il ne s'apercevait de rien. Peut-être. Mais il ne faut pas oublier que premièrement, moi aussi j'étais bourré, deuxièmement, c'est lui qui a commencé, troisièmement, je ne l'ai pas violé parce qu'il n'a rien fait pour résister et m'empêcher de continuer et qu'il n'est quand même pas aussi ingénu que ça. Donc, tu as deviné, j'ai continué mes investigations plus avant. Quand le doigt n'a plus suffi, j'ai baissé son pantalon, enfilé un préservatif [vous savez déjà que j'en ai toujours sur moi, même pour les occasions *a priori* les moins favorables, et heureusement que je suis prévoyant] et l'ai pénétré sans complexes. Il poussait de petits grognements, mais pas de contestation, et même si ça ne lui était jamais arrivé auparavant, ma présence ne semblait pas trop l'importuner. Le problème c'est que l'alcool n'a pas des effets similaires sur toutes les personnes. Mon sexe était tendu à me faire mal mais j'étais incapable de jouir. Je le travaillais en profondeur, et un, et deux, et... encore et encore, et un, et... sans trêve ni repos, et un, et deux, et trois... sans plaisir réel mais avec enthousiasme, et un, et deux, toujours plus avant, et un, et deux... mais jamais au but, et un, et deux, et trois, sans répit. Le beauf de Pascal, finalement très beauf, se laissait faire comme une brebis qui, une fois acculée (j'ai bien dit acculée !), subit avec résignation. Et puis, au bout d'un temps interminable de mes va-et-vient tout aussi interminables, il se penche en avant, me présentant ses atours pour, sûrement, profiter pleinement de mes avancées. Mais une fois son corps arc-bouté, un reflux inattendu, ou trop attendu, remontant le long de son œsophage, de bière et de fiel mêlés, s'ouvre un chemin en un jet puissant dans sa bouche pour finir sur ses basques et le bas de son jean. L'odeur des poubelles et de pisse est aussitôt surpassée par celle de vomi.

Putain, manquait plus que ça ! Bon, je crois qu'on a fini de jouer. Je me retire d'un coup et le laisse continuer, toujours aussi indifférent à ma présence, ses élucubrations stomacales. Je le rhabille tant bien que mal, avec difficulté et dégoût (mais aussi une certaine ironie) quand je découvre son slip plein de vomi. J'ose pas imaginer la tête de sa cops dans une heure ou deux... Nous repartons cahin-caha et, avec beaucoup de chance, retrouvons presque immédiatement notre petite bande de joyeux drilles.
"Mais où étiez-vous passés ?" me réprimande Pascal.
"Pas ma faute, il s'est trouvé mal. Il vomissait partout."
« Et je lui fais constater l'état de son beau-frère, que j'abandonne aux mains de sa copine. Pascal me regarde d'un drôle d'air, comme s'il se doutait de quelque chose. Par la suite il essaiera d'aborder le sujet plusieurs fois, mais ne m'en parlera vraiment que le jour où nous tentions d'enfiler des préservatifs avec la bouche, d'abord sur un gode, puis très vite en réel, l'un sur l'autre, c'est beaucoup plus excitant, marrant et instructif que sur un machin en caoutchouc. Et rien ne vaut la pratique en conditions réelles. Je te raconterai peut-être tout plus tard, ça dépendra de la suite des événements. Et voilà. La sœur de Pascal et son *boyfriend* ont dû partir parce que lui n'était plus en état de grand-chose. Je la croiserai plusieurs fois par la suite mais elle fera comme si elle ne me reconnaissait pas (l'énigme du vomi dans le slip a été longue à résoudre).
« Voilà, les footeux ont fini par débarquer, comme si Saint-Denis était au bout du monde, mais ils étaient trop loin, on n'a pas vu grand-chose, et, à cinq heures du mat', avant que les rares Parisiens qui avaient réussi à se coucher ne s'éveillent, on est rentré avec un mal de tronche de tous les diables. »
Marc m'a écouté très attentivement, et, toujours très pragmatique et avec le plus grand sérieux, a eu le mot de la fin, « vive le football ! », avant d'ajouter « mais la dernière Coupe du monde ne m'a pas vraiment rendu nostalgique ».

# 9

# *God(e) save the Queen*

« Écoute, j'ai pas envie de faire à manger, on pourrait aller au Héron Bleu.
– Je vois que mam'zelle se le fait cool !
– Eh oui ! Je suis pas une femme d'intérieur !
– Tu veux que je te dise, t'es pas encore bonne à marier !
– On dirait que tu es jaloux.
– Jaloux ? De quoi ? Je rêve pas après un petit mari à la maison, moi !
– C'est justement ce qu'il te manque.
– Et toi, tu sais ce qu'il te manque ?
– Oh oui, je sais. Mais moins qu'à toi !
– Pour sûr ! Moi ça me manque en permanence.
– Une vraie de vraie que tu es.
– Ben, c'est comme la gaine Playtex de ma mère, si je pouvais la garder sur moi en permanence je m'en priverais pas. Au fait, tu dois bien avoir un bon vieux truc en latex qui traîne dans un tiroir...
– Oh non ! J'en n'ai pas besoin.
– Que tu dis ! Tu me le prêteras pour ce soir ?
– Ça va pas, non ?
– Allez, s'il te plaît !
– Bon, si tu insistes...
– Ah, super. Au moins je dormirai pas seul ce soir. Et il fait combien ?

– Qu'est-ce que j'en sais, moi ! Juste ce qu'il faut.
– Oh, alors il sera trop petit pour moi !
– Tu es trop gourmande. »
Bon, finalement Marc finit par me montrer, et peut-être me prêter, son gode personnel qui, en fait, n'est pas si petit que ça. Pas Jeff Stryker, mais pas si mal. Je la connais bien la bougresse. En fin de compte, nous partons, bras dessus bras dessous, en mauvaises filles pas encore tout à fait bonnes à marier, pour le Héron Bleu.

Le Héron Bleu est un bar brasserie sur le port, lieu de rendez-vous des gens du coin, où ils viennent boire une bière, se retrouver après une journée de travail ou regarder un match de base-ball entre copains. Il y a quelques touristes mais finalement assez peu. Ils doivent plutôt se concentrer dans le restaurant juste en dessous. La salle, perpendiculaire par rapport au bâtiment et qui forme une avancée sur le port, est entièrement vitrée. La vue sur le port et la baie de Tofino est tout aussi fantastique que de mon promontoire matinal. La nuit est en train de tomber et la surface du monde s'enfonce peu à peu dans l'ombre, l'eau devient plus sombre et prend une teinte glaciale, les montagnes et forêts se fondent en une épaisse ligne noire qui barre tout l'horizon. Seul le ciel semble se réveiller. L'incendie qui doit faire rage de l'autre côté de Tofino, vers l'ouest, au-dessus de l'océan, envahit peu à peu le ciel sur la baie avant d'inonder de ses pourpres, rouges, orangés, de ses couleurs sanglantes, la terre entière.
Nous nous dirigeons directement au fond du bar. Marc distribue des saluts et échange quelques mots avec de nombreux clients. Contrairement à mes habitudes et quasi instinctivement, je m'installe dos à l'assistance, face au port, en silence. Plongé dans la contemplation de ce coucher de soleil incroyable, je ne remarque même pas l'arrivée de la serveuse, une des seules filles de la salle, et de Marc qui commande pour moi une pression. C'est vrai qu'au milieu des gens du cru ça fait plus viril qu'un

Coca. C'est seulement au moment où je me retrouve la bière sous le nez que j'arrive à détacher mon regard de cette palette de peintre en pleine période rouge.

La salle est comble. Toutes les tables sont occupées par des hommes, certainement des pêcheurs, venus là pour boire un dernier verre avant de retrouver bobonne à la maison, la majorité devant une bière, à se raconter les histoires de la journée, à fumer une cigarette ou à regarder la télé. Ce soir, pas de sport, c'est branché sur MTV et, aussi surprenant que cela puisse paraître à cette heure de grande écoute, il me semble reconnaître un concert de Marilyn Manson. Mais, fort heureusement, la radio aussi est allumée et diffuse un flot de musique country, si inhabituelle à mes oreilles européennes et finalement très vivante, rythmée et en même temps apaisante. Ici l'ambiance est calme, détendue, pas de voix fortes, de rires gras, de fumée envahissante et, même si la clientèle fait très local et campagnard, ce n'est pas le bar typique américain tel qu'on se l'imagine avec ses *bikers*, ses zonards, ses paysans rustiques et ses filles faciles à trois francs six sous, euh pardon, à un demi-euro. On vient ici pour se détendre, pas pour se bourrer la gueule. Et après une journée épuisante comme la nôtre, il faut dire que ça fait du bien.
« Tu as vu Tom, là-bas », me dit Marc.
« J'espère qu'il a enlevé son ciré et ses bottes. » Que voulez-vous, je suis du genre rancunier. Mais pour faire preuve d'amabilité et démentir tous les bruits concernant ma mauvaise foi, je me tourne vers la salle, prêt à adresser à Tom mon plus beau sourire. Ben oui, je sais, faut toujours que j'en rajoute. Je cherche du regard l'animal en question, mais ne le trouve pas.
« Il est où ? » je demande à Marc.
« La troisième table à gauche. Tu le reconnais pas ?
– Tu veux dire le beau mec au tee-shirt moulant ?
– Ben oui.
– T'es sûr que c'est le même que ce matin ? »

Marc éclate de rire et en même temps manque de s'étrangler avec sa bière, le tout avec une discrétion peu commune. Bien entendu, plusieurs têtes, dont celle de Tom, se tournent vers nous et nous sourient avec un mélange de sympathie et de bienveillance. Je réponds alors comme le font les acteurs américains, en montrant toutes mes dents, *cheese* !

« Il faut reconnaître que sans son chapeau et son costume breton, il est pas mal du tout.

– Tu vois, je te l'avais dit.

– Bon, faudrait quand même revoir sa coiffure. Pas très mode ses cheveux à la Dave.

– Dave ? Putain, je l'avais complètement oublié celui-là.

– Tu serais en France, tu risquerais pas, on le voit partout.

– Il chante toujours ?

– Ça, je sais pas. Il anime pas mal d'émissions à la télé, il a même présenté l'Eurovision...

– Ça craint !

– Non ! En fait il est bien meilleur présentateur que chanteur.

– Voilà autre chose. T'es fan de Dave maintenant ?

– Bien sûr. J'ai même acheté tous ses disques.

– Arrête de déconner.

– Je te jure ! »

Marc me regarde, entre doute et incrédulité, mais comprend très vite que je me moque de lui.

« Petit con ! » me fait-il en riant.

« Non, non, moi c'est JC. Comme Jeune Con. » Et il sourit de plus belle. Après un silence, je rajoute : « Tu devineras jamais qui le Queen nous a ressorti ?

– Je ne sais pas, moi, Nana Mouskouri ?

– Oh ! ils en auraient été capable. Non, Chantal Goya. Tous ses tubes en version techno. Et *Bécassine* en anglais !

– Non ? Oh ça craint !

– Le pire c'est que ça marche. » Alors je me mets à chanter – mais pas trop fort parce qu'on n'est pas seuls et que je ne suis pas du genre exhib malgré ce que vous pouvez croire –

« *Bécassine it's my cousine* », ce fameux tube sur lequel vous avez tous (oui, tous, je vous ai vus !) dansé. Marc, les mains sur les oreilles, incapable d'en supporter plus – et je le comprends – se met à secouer la tête, « arrête, arrête, stop ! ». Nous éclatons de rire tous les deux mais sommes vite interrompus par la charmante, il faut le reconnaître, serveuse qui vient voir si tout va bien. Nous commandons chacun un *fish and chips* qui se révélera être très copieux et hyper bon, rien à voir avec les panés Findus et frites surgelées McCain à gerber.

Plus tard, Marc me parle encore de Tom. À croire qu'il a le béguin. Il n'a quand même pas oublié qu'il est presque marié ?
« Tu sais, autrefois, Tom a été mannequin.
– Mannequin ?
– Il paraît, oui.
– Ah, mais t'en es pas sûr ?
– Il n'aime pas en parler. Il a fait ses études à Montréal, c'est là-bas qu'il a appris le français.
– Parce qu'en plus il parle français ! Faut que je fasse gaffe à ce que je dis, alors !
– Vaut mieux, oui. Mais il n'est pas méchant et a beaucoup d'humour. Il a fait pas mal de photos à l'époque... » Marc me regarde avec un drôle d'air : « Non, non, pas ce que tu imagines, c'est pas son genre. Quelques temps après son exam' il est revenu ici et ne semble pas vouloir en partir.
– Hum... Marc... ôte-moi d'un doute, ton petit copain Tom, avec son passé dans la mode et sa tenue en lycra de ce soir, il ne serait pas un petit peu... ?
– Oh, tu délires un max, là ! Ce matin c'était un bouseux ignorant et ce soir c'est le dernier des pédés, y'a un truc qui cloche là !
– L'un n'empêche pas l'autre.
– Je te rappelle qu'il a une copine.
– Une couverture. Il ne serait pas le premier.
– Ne prends pas tes rêves pour des réalités !

– Mais alors là pas, mais pas du tout. » Je lui fais un clin d'œil. « Par contre toi, il te plaît bien...
– Tu sais que je suis casé...
– Allez, allez...
– Tom est un ami, on s'entend bien, il vient souvent à la maison boire un verre et je lui envoie tous mes locataires.
– Et... et...
– Quoi "et" ? C'est tout.
– Tu es sûr ? Tu ne me fais pas de cachotteries ?
– Évidemment que je suis sûr !
– Pourtant, ce matin, il te regardait d'une drôle de manière...
– Oh, mais arrête de fantasmer !
– Bon, je crois qu'il n'y a qu'une façon de savoir », je me lève, « c'est d'aller lui demander. »
Marc se lève à son tour en sursaut et me retient par le bras, « mais ça va pas non ? » avec une telle discrétion une fois de plus que cette fois-ci la moitié de la salle se retourne vers nous. Fard. Marc de la couleur de la bouteille de ketchup sur la table. Et il comprend que de nouveau je l'ai fait marcher. « Petit c... » Je l'interromps. « Non. Jeune con », en accentuant sur la première syllabe.

Je ne sais plus à quel moment je me suis aperçu que Tom n'était plus là. Un simple coup d'œil et je le vois se diriger vers les toilettes. Loin de moi l'idée de réitérer mon exploit de la veille au Wickaninnish car Tom ne m'attire pas du tout, mais j'aimerais bien voir la bête de plus près, histoire de vérifier les goûts de Marc en la matière, Marc qui me paraît avoir perdu pas mal de lucidité et de bon sens sur ce sujet-là. Attiré par un marin en ciré breton et casé avec un flic monté, ce pauvre Marc me semble filer un mauvais coton. Prétextant les qualités diurétiques de la bière que nous avons bue, je me lève et traverse toute la salle pour gagner les toilettes situées à l'entrée du bar. Je regarde les tables, les pêcheurs assis entre eux à bavarder, personne ne fait attention à moi, quelques regards, de vagues

sourires ou hochements de tête, rien de particulièrement jovial et encore moins d'hostile. Je suis ici avec l'un d'entre eux, je fais partie de leur monde, au moins pour les trois semaines à venir, tous, ou presque, doivent savoir qu'un ami français de Marc a débarqué et ne montrent ainsi pas de curiosité particulière à mon encontre. Faut dire aussi qu'ils ont l'habitude de voir des touristes. Bref, ils auront bien l'occasion de mieux me connaître avant la fin, faites-moi confiance.
Quand j'arrive aux toilettes, Tom est en train de se laver les mains. Il me regarde, surpris, avec ce sourire de jeune premier qu'il devait arborer dans ses défilés ou pour les séances photo qu'il faisait autrefois, ses yeux, si clairs et si vifs, semblent me dévisager avec une acuité surprenante et troublante. Je lui fais un signe de la tête, essaie de prononcer un salut dans mon meilleur anglais possible, *« hi ! »*, avant d'aller soulager ma vessie. Le prétexte évoqué se trouve n'être pas un simple prétexte. Pendant que je vaque à ces occupations très primaires, Tom finit de se laver les mains et, au moment où il va quitter les toilettes, m'adresse un charmant sourire accompagné d'un *« hi, Your Majesty ! »* avec le hochement de tête respectueux adéquat. Je ne peux m'empêcher de sourire et de reconnaître un point en faveur du marin d'eau douce, il a au moins le sens de l'humour. Même si ma réputation risque d'être rapidement bien établie au sein de la société tofinesque locale. Mais ce n'est pas réellement fait pour me gêner.
Quelques minutes plus tard, de retour dans la salle, je retrouve Marc, le regard pétillant, excité comme une puce, en grande conversation avec son portable. Quand il raccroche enfin, il me regarde en souriant de toutes ses dents : « Eric arrive dans une heure.
– Ah bon ! Il ne devait pas venir que demain soir ?
– Si, mais il a eu sa journée de libre et il a préféré venir plus tôt.
– Tu m'en diras tant ! »
Et à partir de là, impossible de le tenir, il n'arrête pas de bouger,

gesticuler, remuer sur sa chaise comme s'il avait une envie pressante (et je parle de celle due à la bière !). Quinze jours qu'ils ne se sont pas vus… Je comprends que ça le démange…

# 10

# Songe d'une nuit d'été

Bon, finalement j'ai décidé de les laisser seuls. Je ferai la connaissance du mari de Marc demain. Bien qu'il m'ait affirmé le contraire, je sais bien que tous les deux ont envie de se retrouver seuls, pas uniquement dans leur chambre bien sûr, mais être assis ensemble sur le canapé, à discuter, à boire un verre peut-être, à se retrouver en amoureux en fait. Et qu'Eric décide d'arriver comme ça, à l'improviste, est tout aussi significatif de cette envie que l'excitation de Marc après le coup de téléphone. Parfois il m'arrive de savoir être discret et ainsi de m'éclipser au moment opportun sans me faire remarquer.
Marc m'a parlé d'une petite plage sympa, tout près, entre les rochers, accessible uniquement par un sentier plus ou moins aménagé qui serpente dans la forêt, ce n'est pas éclairé bien entendu, mal indiqué aussi. De nombreux groupes de jeunes se retrouvent là le soir, certains, désargentés, mènent une vie que l'on pourrait qualifier de bohème, très proches des hippies des années soixante-dix. Ils vivent là sur la plage, squattent, se font régulièrement virer par les flics (merci Eric !), allument des feux de camp et, sans aucun doute, fument un pétard ou deux, si ce ne sont d'autres substances plus ou moins illicites, plutôt plus que moins d'ailleurs. C'est cool, c'est sympa et ça devrait me plaire, selon Marc qui, il est vrai, me connaît bien.
Armé d'une lampe torche et chaussé d'une grosse paire de chaussures de marche empruntée à Marc – ben oui, je n'ai pas

ce genre d'ustensiles pour arpenter les pistes du Queen ou les plages d'Ibiza, et je ne les avais pas prévus dans mes bagages –, me voilà parti à la découverte de la zone la plus *in* de Tofino. Première difficulté : trouver le sentier d'accès à la plage. Depuis la maison ça n'a pas l'air compliqué, deuxième rue à droite, puis première à droite, tout droit, puis à gauche, un petit quart d'heure de marche et c'est là. Dans un cul-de-sac. Éclairé par un vieux lampadaire vacillant attaqué par une nuée d'insectes nocturnes et... rien. Pas une indication. Pas un panneau. Rien qui puisse indiquer un circuit, un sentier, la plage. Et bien sûr, pas âme qui vive. Un grand portail de béton et d'acier fermé sur une résidence privée, ce n'est sûrement pas ça. Je vais faire demi-tour et retourner, non pas à la maison, mais au Héron Bleu afin de laisser un peu de tranquillité à Marc et Eric, quand j'aperçois soudain sur ma gauche une trouée plus sombre dans la forêt et que je n'avais tout d'abord pas remarquée. C'est là. Je m'approche et éclaire le sous-bois de ma torche. À quelques mètres à l'intérieur je distingue une rambarde de bois nu, qui se détache, plus claire au milieu des arbres noirs. C'est le début du sentier et de l'escalier qui descendent vers la plage.
Je m'engage résolument entre les pins et les fougères. Je n'ai aucune appréhension. Après tout, ça ne peut pas être pire que les backrooms du Dépôt. Bien que balisé, le sentier est chaotique. De nombreux cailloux, des racines émergent du sol dur, entravent le cheminement, quelques marches sont disposées pour avancer dans les endroits les plus abrupts. J'ai bien fait de prendre l'équipement de Marc. C'est plus dur que de se promener sur la plage d'Es Cavallets. La lumière ténue de la lampe éclaire le sol et révèle les irrégularités du chemin. Les troncs immenses et sombres s'élèvent comme des fantômes tout autour de moi, la lune, les étoiles sont masquées par les frondaisons épaisses et compactes, la lumière de la torche se révélant incapable d'éclairer la cime des arbres. Il fait nuit noire et l'air est curieusement doux, comme à Sitges en plein mois d'août. Il n'y a pas un souffle d'air et la nature est étrangement

calme. Je me souviens avoir vu un jour un reportage sur la Cinq sur la forêt vierge : quand tous les animaux se taisent, cela signifie qu'un prédateur rôde dans le coin. Manquerait plus que ça, qu'un lion ou un tigre m'attende dans les fourrés, m'observant, prêt à bondir ! Mais mon appréhension ne dure qu'une fraction de seconde, ce genre de bestiaux ne court pas les rues par ici. La seule chose que je pourrais trouver dans le coin, c'est quoi ? un cerf ? un renard ? une chouette ? Rien à craindre. Ou alors... non ! Un ours ! Du coup, là, je suis moins rassuré.
Je commence à scruter les broussailles, à éclairer à droite, à gauche, comme si je risquais de tomber nez à nez avec un monstre de trois cents kilos. Non, de toute façon ce n'est pas possible, on est en pleine ville, je suis sûr qu'il n'y a pas d'ours par ici, même si j'ai vu les panneaux des précautions à prendre pour éviter les rencontres indésirables : la première est de faire du bruit pour signaler sa présence et avertir l'animal qui nous évitera. Bon, comme je n'ai pas de clochettes ou de sifflet, de radio et que je ne peux pas me mettre à parler tout seul par peur de passer pour un radoteur, alors je vais chanter. Voyons voir. Céline Dion, en tant qu'artiste locale, me paraît particulièrement adaptée, mais je n'ai pas la voix nécessaire pour entonner *Titanic* sans passer pour ridicule, sûr que même les ours du coin connaissent la chanson et se foutraient bien de ma gueule s'il y en a un qui traînait par là. J'essaierais bien Mylène, mais sa petite voix fluette ferait peut-être s'éloigner les souris en restant incapable d'effrayer un ours. Quand à Dalida, ce serait un sacrilège de l'utiliser à une fin aussi ridicule. Bon, réfléchissons. Ah oui, pourquoi pas « Promenons-nous dans les bois, tant que... (l'ours ?) n'y est pas ». Mais avant d'avoir pu me décider, c'est le noir. Total. Absolu. Plus rien. Black-out. Il n'y a même plus les étoiles qui se sont cachées derrière les arbres. Mais bordel, c'est pas possible ! La putain de lampe de Marc a rendu l'âme. Et je suis au milieu de la forêt, en pleine nuit. Au milieu des ours. Heureusement que j'avais refusé d'aller voir

*Blair Witch*, sinon, là, je piquais une hystérie grave. « Putain, Marc, tu fais chier, tu m'emmerdes. » J'essaie de rallumer la torche, de taper dessus, merde, rien à faire, « merde, merde et merde ». Putain Marc, quand je vais rentrer, si j'en ressors vivant bien sûr, je vais te passer un de ces putains de savon, tu pouvais pas changer les piles, bordel de merde. Maintenant j'ai plus le choix, il faut que je remonte. Je finirai la soirée au Héron Bleu.

J'avance précautionneusement, tâtant du bout du pied le sentier, j'arrive à parcourir comme ça quelques mètres quand, tout aussi soudainement qu'elle avait disparu, la lumière réapparaît et je m'arrête, aveuglé, car j'ai le faisceau en plein visage. Je sursaute, surpris, et ne comprends qu'après quelques secondes que ce n'est pas ma lampe qui est redevenue plus raisonnable mais que c'est une lampe étrangère qui m'éblouit. Je vais pouvoir repartir, je suis sauvé. C'est quand même bien l'Amérique. La cavalerie arrive toujours à temps pour sauver les pauvres andouilles en danger. Mon sauveur se trouve être un homme, jeune à en croire sa voix.

« Vous êtes perdu ? »

Non, j'aime bien me balader comme ça, dans le noir, au milieu de nulle part et entouré d'ours ! Faut être con des fois !

« Non, c'est ma put... ma lampe qui s'est arrêtée. » Inutile de jurer comme un charretier, j'ai pas envie qu'il me laisse en plan ici juste parce que je suis en colère contre Marc.

« Vous descendez ou vous montez ?

– C'est-à-dire, je voulais descendre, mais sans lumière je préfère remonter.

– Bon, moi je descends, tu viens avec moi et on remontera après. »

Il ne me laisse pas le choix mais, après tout, j'étais venu pour me balader sur la plage. J'acquiesce d'un hochement de tête et ce n'est qu'à ce moment-là qu'il arrête de m'éclairer en plein visage pour éclairer le sentier. Il passe à côté de moi, sans explication me prends par la main, « fais gaffe, y'a pas mal de rochers par

ici », et nous entreprenons la descente ainsi. Je n'ai pas vu son visage, il est juste vêtu d'un jean et d'un sweater, dont je ne saurais déterminer la couleur à cause du peu de lumière, et porte un petit sac à dos. Je serais également incapable de définir son âge et son origine. Son léger accent n'a rien de québécois, et encore moins de français. Nous descendons en silence et, une dizaine de minutes plus tard, nous atteignons une plage. Trois ou quatre feux de camp sont allumés un peu partout, entourés de groupes plus ou moins importants. Des étincelles s'élèvent par moment et vont se perdre parmi les étoiles retrouvées. Un morceau de lune continue de se cacher dans un coin. Le clapotis des vagues couvre le crépitement des flammes et le grésillement des saucisses ou je ne sais quoi d'autre en train de cuire, mais n'arrive tout de même pas à masquer complètement les voix et les rires des jeunes gens regroupés autour des feux.
Sans me lâcher la main, sans non plus me demander mon avis, mon guide m'entraîne vers le groupe le plus proche. Il y a là cinq ou six gars et autant de filles, jeunes, jeans, pulls tricotés main et cheveux longs, des canettes, vides, pleines, traînent un peu partout, une odeur de viande grillée (et d'herbe ?) qui s'intensifie au fur et à mesure que nous approchons, quelques exclamations quand nous nous retrouvons dans le cercle lumineux créé par le feu, des échanges de mots et de palabres dans un anglais très certainement argotique que je ne comprends pas du tout, pas de réelles surprises quant à ma présence, une fille, très belle et très jeune, au regard clair et pétillant qui pose une question à mon sujet car mon guide se tourne vers moi à ce moment-là, et puis nous nous éloignons du groupe en direction de la mer.
« Tu les connais ? », je demande au petit gars.
« Oui, je suis là avec eux.
– Et la fille ?
– C'est ma copine.
– Ah ! Et ça ne la gêne pas de te voir avec moi ?
– Non. Pourquoi ? »

Oui, c'est vrai, j'oubliais, nous sommes au milieu des années soixante-dix en pleine libération sexuelle ! Je ne vais quand même pas m'offusquer pour ça, non ?
Nous nous asseyons au bord de l'eau, serrés l'un contre l'autre. Mon sauveur hippie me montre du doigt une tache plus sombre au milieu de la mer, « c'est un énorme rocher, me dit-il, où vient se reproduire une petite colonie de phoques chaque printemps ». Il me montre aussi quelques constellations qu'il semble connaître par cœur, des étoiles, Vénus qui brille là-bas sur la droite, tout ça ne me paraît pas très hippie mais dénote son goût de la vie au grand air, puis il me signale un feu d'artifice qui commence tout au bout de la mer. « Un orage s'approche. » Ben manquait plus que ça, maintenant. « Il va pleuvoir bientôt.
– On ferait mieux de rentrer », je fais, en me levant.
« Non. » Il me retient, me tire contre lui, « de toute façon on n'aura pas le temps », et il m'embrasse avec fougue. Il ne m'en faut pas plus pour oublier orages, pluies et ourses (la Grande et la Petite, sans compter celles de la forêt). Serré contre moi, je peux sentir son corps musclé.
« Vite, si tu ne veux pas avoir tes affaires mouillées, il faut les mettre à l'abri. »
Il se relève et se déshabille entièrement pour tout fourrer dans son sac. « Allez, dépêche-toi, enlève tout. » Je sens une première goutte sur ma tête, alors, rapidement et sans me le faire répéter, j'ôte toutes mes fringues et les entasse dans son sac. À ce moment-là, en une soudaine évidence, je me rends compte qu'il pourrait partir en courant en me piquant tout et en me laissant à poil au milieu de nulle part. Quel con je fais, parfois ! Mais il me prend par la main et nous nous couchons sur le sable, enlacés, serrés l'un contre l'autre, à nous embrasser, à nous caresser. Je sens son sexe tendu contre mon ventre, son souffle chaud, ses mains vigoureuses. C'est alors que la pluie se met à tomber. Les premières gouttes nous surprennent mais, finalement, elles se révèlent être délicieusement douces. Très

rapidement c'est un véritable déluge qui s'abat sur nous. Le tonnerre, les éclairs déchirent le ciel, apocalyptique, et nous continuons à nous embrasser, à nous rouler dans l'écume, nos corps enduits de sable mouillé qui nous colle sur les jambes, le dos, les cheveux, qui vient s'insérer entre nous deux, mais ne ralentit en rien le frottement de nos corps, de nos mains, de nos sexes.

Cette sensation de chaleur, d'humidité et de plaisir sensuel me rappelle un petit mec que j'avais rencontré dans un sauna pendant des vacances dans le sud de la France, pendant un été pourri, Olivier je crois qu'il s'appelait, et qui venait de Menton, où nous avions fini par baiser sur le sol du hammam, dans le noir, au milieu des autres mecs et dans nos éclats de rire : un souvenir impérissable.

Et sur cette plage perdue, nous nous serrons l'un contre l'autre jusqu'à l'étouffement, nous roulons par terre dans le sable fin et collant, le va-et-vient de nos corps l'un contre l'autre s'intensifiant peu à peu, jusqu'à l'explosion, dans la même fraction de seconde, de nos deux jouissances. Nous nous relâchons légèrement, épuisés, la pluie finissante nous lave un peu du sable, de la sueur, du sperme sur nos ventres. Nous restons un très long moment ainsi, jusqu'à ce que l'air, curieusement redevenu plus frais, nous force à nous lever. La plage semble avoir été abandonnée durant le déluge, les groupes ont fui, peut-être à l'abri de la forêt, plus vraisemblablement dans leurs tentes aux confins de la plage. Les feux de camp ne sont plus que des tas de cendres fumantes englouties sous l'averse, la lune faisant maintenant office de seul éclairage. Mon guide amant prend une serviette dans son sac à dos et commence à me sécher doucement, tendrement, pour ôter tout le sable mouillé qui pourrait recouvrir mon corps. Comme je frissonne il se serre langoureusement contre moi pour me réchauffer, use malicieusement de ses mains et sa serviette pour toutes sortes de caresses. Ensuite vient mon tour de le sécher. Mêmes techniques, mêmes artifices, mêmes envies.

Nous restons un très long moment serrés l'un contre l'autre, la lune jouant de ses rayons sur nos corps ébahis. Puis, lentement, à regret, nous nous rhabillons en silence, du sable insidieux se loge dans mon caleçon, dans mes cheveux. Nous repartons, toujours sans un mot, main dans la main, remontons le sentier humide et glissant, guidés par le simple éclairage de sa lampe de poche. Quand nous arrivons au bout du chemin, à l'orée du bois, mon guide me donne un simple baiser sur les lèvres et rejoint l'ombre sans m'adresser un dernier mot. Je me retourne pour lui faire un dernier signe, un ultime au revoir, mais je ne vois rien d'autre que l'obscurité. Il s'est éclipsé au milieu de la nuit. Peut-être a-t-il simplement éteint sa torche pour me regarder partir ; peut-être attend-il que je redescende pour me secourir à nouveau, peut-être... Quand j'évoque parfois à cette soirée, maintenant qu'une éternité s'est écoulée, il m'arrive de penser que ce n'était qu'un songe, que je me suis assoupi dans le noir, que j'ai fini par remonter tant bien que mal, seul, jusqu'à la lumière et le monde réel. Mon guide n'était peut-être qu'un rêve, un fantasme, il n'a jamais existé. Peut-être...

# 11

# Un policier (bien) monté

Rêve ou pas, j'ai du sable plein le corps et plein les cheveux. À la maison, tout est calme. Marc et Eric doivent être couchés, tout est éteint, ils ne m'ont pas attendu, ils n'avaient pas de raisons de le faire. Je rentre sans bruit pour ne pas les réveiller et me fait couler une douche bouillante et bienfaisante, histoire de me laver des dernières traces de sable et de sperme séché. Je reste de très longues minutes sous le jet puissant puis, une fois sec, je vais me coucher pour sombrer aussitôt dans un sommeil profond.

Ce sont un roulement de tambour et un feu d'artifice antédiluviens qui me réveillent. L'orage est de retour, avec une force décuplée. Le tonnerre éclate juste au-dessus de nous avant de rouler sur la baie pour rebondir en un écho assourdissant sur les montagnes. Les éclairs rallument le ciel presque en permanence, stroboscope démesuré et, malgré les volets tirés, il fait clair dans ma chambre comme en plein jour. La pluie se met soudain à tomber, comme si le ciel s'effondrait d'un coup, les trombes d'eau s'abattent sur le toit, sur Tofino, sur le monde entier. Je peux imaginer la panique des populations quand Dieu a anéanti les hommes sous son déluge vengeur et (théoriquement, mais c'est un autre problème) purificateur. Le tonnerre et la lumière sont tellement puissants que le spectacle de Goude, à côté, ressemblait à un pet de nonne. Comme si quelque malédiction voulait s'abattre sur nous – et là c'est

Boutin qui jubilerait –, le vacarme semble s'éterniser et je compte les minutes qui défilent sur mon radioréveil, minutes qui paraissent des heures.

Mais, à l'abri, bien au chaud dans mes draps, je jouis de ce spectacle avec un plaisir quasi malsain. J'aime ces démonstrations de la nature, quand les éléments se déchaînent, quand les normes sont transgressées, un orage d'une rare violence, la marée montante à Long Beach, les levers de soleil chaque jour uniques sur la baie, la forêt tentaculaire de Meares Island, le sourire d'un beau mec et son regard qui me dévisage, tous les excès de mère Nature pour nous impressionner et nous éblouir. Je voudrais rester des heures devant cette symphonie titanesque, comme j'étais resté, un après-midi entier, à contempler les fesses d'un petit mec hyper mignon qui prenait le soleil, un week-end à Berck. C'est un déluge wagnérien, les coups de tambour assourdissants de la foudre, la pluie sur le toit et les volets comme un concert de cymbales folles, le vent en un souffle rauque et aussi effrayant que le tonnerre, ce concert diabolique qui doit effrayer jusqu'aux ours au fond de leurs tanières et exacerber les sens et les passions. Hommes et bêtes se terrent en attendant la fin du déluge. Ou la fin du monde pour certains. Moi, ce spectacle me plaît. Je pourrais même dire qu'il m'excite. Au sens figuré bien sûr. Je trouve les exagérations très belles, troublantes, envoûtantes, à quand une Gay Pride aussi bruyante et lumineuse ? Mais ça m'excite aussi un petit peu au sens propre. Et le souvenir de ce plan sympa quelques heures auparavant sur la plage n'est pas fait pour me calmer. Malgré la pluie, l'air confiné de la chambre devient de plus en plus lourd, moite, irrespirable et, du coup, j'ai de plus en plus chaud. D'un geste rageur je repousse les draps et laisse mon corps nu et ruisselant de sueur, une érection insidieuse et presque douloureuse contre mon ventre, à l'assaut des éclairs qui jouent autour de moi comme les rayons du soleil, le matin, entre les persiennes. Il faut absolument que j'aille boire.

Je me lève et regagne la cuisine à la seule lueur stroboscopique des éclairs. La lumière artificielle du frigo se projette en un chatoiement électrique sur mon torse nu. Je me sers un verre de Coca et, quand je me retourne, un éclair plus violent et puissant que les autres illumine une silhouette deux pas derrière moi. Au même instant la foudre tombe tout près de la maison dans un fracas de fin du monde. Exactement comme dans un mauvais film sur M6. Et l'héroïne (ou le héros !) devrait sursauter, lâcher son verre et pousser un cri de vierge effarouchée que l'on sodomise à sec et alerter tout le voisinage qui, malheureusement, arrivera trop tard pour la secourir. Mais l'homme devant moi n'est ni Freddy Krueger, ni le comte Dracula, et sa vue n'incite guère à l'épouvante. Bien au contraire ! Je sais d'emblée qu'il s'agit d'Eric, le mari de Marc. Et il n'est absolument pas comme je l'imaginais. Je m'attendais à trouver un gars d'un certain âge, la bonne quarantaine quoi, hyper grand, hyper costaud, hyper viril, très masculin, tête rasée, un visage carré et peut-être un peu rude mais tout de même avec un charme ou plutôt un certain charisme. Mais le jeune homme qui se tient devant moi – car c'est bien d'un jeune homme dont il s'agit, trente ans tout au plus – n'a rien à voir avec mon idée du policier monté traditionnel. Comme si j'en voyais tous les jours ! De taille moyenne, légèrement plus grand que Marc ou que moi, bien proportionné mais pas une carrure de rugbyman, un visage très fin et très régulier, un regard profond dont je ne saurais déterminer la couleur, ses cheveux noirs coupés à la Tintin, il est incroyablement beau et attirant. J'en viendrais presque à envier Marc. Il se tient à deux pas de moi, nu, son sexe presque démesuré en demi-érection. Nous nous faisons face, sans échanger un mot, à nous regarder, sans arrière-pensée ni dans l'intention de jauger l'autre, dans un échange spirituel silencieux. Nous échangeons nos pensées, nos âmes, nos désirs de connaissance, notre connivence, dans un silence religieux. La communauté de l'esprit. Pure. Sainte. Je connaissais la communion des corps. Je découvrais la

communion de l'esprit. Comme celle que j'avais découverte avec Marc à onze ans.
La première heure de cours à l'entrée en sixième fut inoubliable. Les deux cancres qui ne se connaissaient pas se retrouvent d'instinct au fond de la classe. Pas du tout stressés et encore moins intéressés par cette nouvelle vie après l'école primaire. Au fond, tout au fond de la classe, comme tout le reste de la scolarité, sauf quand les profs en avaient marre et nous séparaient. Bref, cette première heure, au lieu d'écouter les instructions, un de nous dessine une grosse vache sur un bout de papier, le montre à l'autre qui s'empresse de le coller sur le blouson de la gamine devant nous. On avait pensé en même temps que cette pauvre petite fille avait vraiment un air de grosse vache. Et ainsi était née une connivence, une fraternité, un amour, sans avoir à le définir comme tel. Il se passe les mêmes choses avec Eric. Je découvre en lui un nouveau frère. C'est comme un coup de foudre, des rencontres comme on n'en fait qu'une dans sa vie (alors deux, imaginez !), savoir d'instinct que l'on a trouvé, non pas sa moitié, mais son double. Ça n'a rien à voir avec une attirance sexuelle, même si je trouve Eric diablement sexy et excitant. Nous nous regardons de très longues minutes, moi toujours bandant comme un malade, les éclairs partageant nos corps entre clartés rougeâtres et zones d'ombres mouvantes. Seuls nos yeux jettent un même éclat brillant. Je lui tends mon verre de Coca qu'il boit d'un trait, sans arrêter de me fixer. Il me rend le verre vide et me sourit. L'orage se calme alors pour quelques secondes, la pièce se retrouve plongée dans une obscurité totale et, quand un éclair illumine de nouveau la cuisine, Eric a disparu. Il a rejoint la chambre de Marc. Je me sers à mon tour un verre puis retourne me coucher. Je reste allongé sur le dos, observant les caprices de l'orage sur le plafond, en pensant à cette rencontre nocturne au pied du frigo. Et c'est seulement quand je me réveille au petit jour que je me rends compte que je me suis endormi.

La tempête est finie et le merle siffleur fait de nouveau office de coq pour réveiller la maisonnée. Ce ne sont plus les éclairs mais les premiers rayons d'un soleil matinal qui illuminent la chambre. Et cette fois encore, je n'ai pas envie de flemmarder dans mon lit, un jean, un pull, et je file vers la baie pour mon rendez-vous quotidien avec la beauté de la baie de Tofino.

Un groupe de trois garçons, très jeunes, est en train de déjeuner sur une des tables de pique-nique installées sur le promontoire. Avec leurs sacs à dos, ils semblent être fraîchement débarqués dans le coin. Ou sont sur le départ. Vêtus de vieux jeans délavés, de gros pulls de laine ternie, de chaussures de randonnée, ce sont les hippies de ce nouveau millénaire, ceux qui revendiquent un mode de vie alternatif, et qui semblent si nombreux dans ce coin perdu. De Porto Alegre à Gênes, en passant par Millau, ils parcourent la terre à la recherche de rêves, d'objectifs, d'un renouveau, spirituel, économique, pour bâtir un futur plus juste. Ces trois-là n'ont pas vingt ans mais, à en juger à leur air, ce sont déjà de vrais baroudeurs. Leur fourbi étalé sur la table, ils boivent un café issu du commerce équitable dans des tasses de fer blanc en croquant quelques biscuits bio. Ils me regardent arriver et le plus jeune, apparemment, m'adresse un sourire radieux. Je lui réponds aussi par un sourire mais je suis déjà perdu dans la beauté fascinante de ce nouveau lever de soleil sur la baie, et je vais m'asseoir sur mon banc pour contempler simplement les millions de soleils qui se reflètent sur les vagues et les forêts.

Très rapidement, au bout de seulement quelques minutes, quelqu'un vient me rejoindre sur le banc. Je n'ai pas besoin de tourner la tête pour savoir qu'il s'agit du jeune campeur. Je reste obnubilé, en contemplation devant le spectacle qui m'attire ici chaque matin, et non pas, pour une fois, par le sourire, aussi charmeur soit-il, d'un jeune garçon. Presque aussitôt il pose sa main sur mon entrejambe et, comme je ne réagis pas de façon négative, il commence à me caresser à travers le jean. Très vite, sous ses attouchements, je commence à bander et à pousser de petits soupirs. Ces chaleurs qui montent dans mon corps, combinées au déferlement de lumière du lever de soleil, me remplissent de sensations totales et nouvelles. Comme si dorénavant, les matins, je devrais revenir ici pour me masturber afin de profiter pleinement de ce spectacle. Je laisse le garçon me caresser encore et la chaleur du soleil levant se propage jusqu'au plus profond de mon corps. Il dégrafe les boutons de mon jean, sort mon sexe durci qu'il caresse longuement, puis se penche pour me prendre dans sa bouche. Il me lèche, me suce, quand, soudain, un sifflement quelques mètres derrière nous, sûrement émis par un de ses collègues, le font se redresser rapidement et remonter les bords de mon pantalon avant de se tenir droit dans la contemplation de la baie, comme si de rien n'était ; un sifflement car quelqu'un s'approche.

Au bord du chemin qui longe la baie et qui mène au port de plaisance, même en cette heure matinale, il y a toujours des gens qui se promènent, et se faire tailler une pipe de cette façon n'est pas très discret. Toutefois, trois minutes plus tard, quand le promeneur est passé, un nouveau léger sifflement qui n'a rien à voir avec celui du merle de mon jardin, et le petit gars se remet au travail. Il s'accroupit devant moi afin de reprendre là où il s'était arrêté, mordillant le gland avant d'avaler tout le sexe dans sa bouche, et il me suce avec méticulosité et cadence. Je sens peu à peu le plaisir monter en moi et, quand je vais jouir, je repousse la tête du jeune homme avant d'éjaculer sur le sol devant le banc. Il attrape un Kleenex dans une de ses poches, nettoie mon gland et referme les boutons de mon jean. Il se relève, me sourit et pose un léger baiser sur mes lèvres avant de disparaître. Quand, un peu plus tard, je quitte mon lieu d'observation pour regagner la maison, le petit groupe a disparu. Il ne reste aucune trace de leur passage, pas même un papier, rien, ce n'est pas le genre à laisser traîner des poubelles partout. Je souris intérieurement et me promets, une fois rentré à Paris, d'assister aux manifs de Bové.

Marc et Eric, habillés, sont en train de préparer le petit déjeuner. Dès que je pousse la porte, je pousse un « salut les amoureux » joyeux. Marc se retourne pour me lancer : « Ouh, tu as dû passer une bonne nuit.
– Et toi donc ! » Nous éclatons tous les deux de rire.
Je m'approche d'eux, mon ventre criant famine.
« Je te présente Eric », me dit Marc. Je m'approche du jeune homme en question, le prends par la taille et lui pose un baiser sur la bouche, qu'il me rend.
*« Hi, Eric ! – Hi, baby boy ! »* Et nous nous tournons vers un Marc ébahi, surpris, inquiet peut-être. « Ben oui, on se connaît déjà ! » je fais à Marc avec un clin d'œil. Et j'embrasse Eric dans le cou, il se met à rire devant l'air effaré de Marc qui doit se demander comment la grande salope que je suis a bien pu sévir jusqu'ici. Alors je raconte à un Marc stupéfait notre rencontre de la nuit dernière sous l'orage autour d'un verre de Coca. J'omets bien entendu de lui préciser que nous étions tous les deux complètement nus mais surtout passablement excités. Je laisse à Eric le soin de lui raconter ce genre de détails. S'il le juge opportun. Et ce sont les œufs en train de cramer qui nous ramènent à des réalités plus concrètes.
« Je crois que ça va être cuit !
– Et merde ! »
Et pendant qu'il essaie de récupérer ce qui peut encore l'être, Eric le prend dans ses bras pour l'embrasser dans le cou, non pas affectueusement, mais amoureusement.
Pendant le déjeuner, Marc nous apprend que de nouveaux locataires doivent arriver dans la matinée pour une semaine. Ils ont loué toute la partie basse de la maison, qui comprend aussi deux chambres, une cuisine, un salon. Et le jardin qui donne derrière, celui-là même où se trouve le fameux arbre fruitier qui attire mon merle chantant chaque matin.
« On va leur descendre quelques boissons et cet aprèm on pourra aller se balader. » Nous sommes tous d'accord avec ces projets.

Les nouveaux arrivent finalement en fin de matinée. Deux garçons et une fille. Anna avec son copain Paul et son frère Georges. Ils sont jeunes. Look hyper cool, jeans trop larges, pulls trop longs. Une vieille Chevrolet break remplie de planches de surf. Pas des pros de la glisse, pour sûr, mais qui ont envie de nature sans toutefois aller dormir sur les plages. Ils se sont arrêtés au supermarché en arrivant – ben oui, il y a un supermarché à Tofino, qu'est-ce que vous croyez ! – et nous invitent à partager une salade composée, et composée en quelques minutes. Nous nous attablons tous les six dans le jardin sous un agréable soleil estival. Marc est allé chercher un pack de bières au frais et nous sirotons tranquillement nos canettes, entrecoupées de cigarettes. Paul est allé brancher sa radio et nous passe l'album country de PJ Harvey. C'est hyper cool. Et, comme il se doit quand on fait connaissance, ils nous racontent leur vie. Ils sont originaires de Montréal et parlent donc français avec cet accent si caractéristique, mais vivent tous les trois à Calgary. Ils ont quasiment été élevés ensemble. La mère de Paul, divorcée, laissait souvent en garde son fils chez les parents de Georges et Anna. Ils partagent maintenant un appart ensemble, Georges et Paul travaillent dans une boîte d'informatique, Anna finit des études de droit. Ils nous parlent de Montréal, de Calgary, des montagnes Rocheuses que Marc et Eric connaissent déjà et que tous m'exhortent à aller voir, ne m'évitant aucun superlatif, les balades dans une nature sauvage et indomptée, les lacs d'un bleu turquoise qui paraît si inhabituel sous ces latitudes, une faune omniprésente, les plus beaux paysages du Canada. « Promis, j'irai, mais pas cette année. »
Quand nous avons épuisé le stock de bières, Paul nous propose un café. Avec Georges ils dressent la table, et moi, brave fille, je leur propose mon aide. Je les accompagne à la cuisine, les bras chargés de canettes vides. Tout en préparant le café, Paul se tourne vers moi et me dit : « Tu sais, tous les soirs Anna va faire son footing. Si tu veux tu peux passer nous voir pendant

qu'elle n'est pas là.
– Oui, pourquoi pas.
– On sera tranquille une petite heure. » En même temps Georges se colle derrière moi en me posant une main sur les fesses et en m'embrassant dans le cou. Je ne peux m'empêcher de sursauter, tout de même assez surpris de leurs avances, et de façon aussi directe. Paul se retourne et m'embrasse sur la bouche. Je me rends très vite à leurs arguments.
« Si tes amis veulent nous rejoindre, c'est avec plaisir.
– Euh... je ne crois pas que ça les branche... ils sont quasiment mariés !
– Tu sais, on n'est pas jaloux... à toi de voir... »
Cinq minutes plus tard, après avoir convenu d'un rendez-vous en fin d'après-midi, nous rejoignons les autres autour de la table du jardin, dans une conversation en anglais cette fois-ci, c'est plus facile pour Eric. Puis, après une dernière cigarette, nous les laissons s'installer tranquillement et partons pour Long Beach dans le pick-up de Marc.

# 12

# Premier bilan

Cinq heure de l'après-midi. Un soleil haut et chaud trône dans un ciel d'un bleu immaculé. Il n'y a pas un seul nuage. Une brise légère balaie la plage. Les mouettes planent tranquillement, jetant par intermittence un cri perçant. Seule la mer refuse de calmer ses ardeurs et son va-et-vient, incessant et interminable. Après avoir marché un bon moment, nous nous arrêtons au pied d'un tas de troncs d'arbre et, tous les trois torse nu, couchés sur le sable, nous prenons le soleil. Marc a posé sa tête sur le ventre d'Eric qui lui caresse tendrement les cheveux. Pour ma part, c'est sur les cuisses d'Eric que j'ai posé ma tête, il a abandonné, négligemment, son autre main sur mon torse. Nous restons ainsi, en silence. Je ne leur ai pas parlé des propositions, surprenantes, des garçons. Je me prends à penser à Fred et à Pascal, à Ibiza en ce moment. Quelle heure peut-il bien être là-bas ? Minuit ? une heure du mat' ? Je suis certain qu'ils ont retrouvé Julio. Julio avec qui j'avais échangé tout au long de l'année quantité de mails, et des « pics » de mecs glanées sur Internet. Quoique je pense que certaines qu'il m'a envoyées ne venaient pas d'un quelconque site Internet... Julio, si tendre et si sexe en même temps, Julio qui savait procurer un plaisir complet, infini, c'est sans conteste le mec qui m'a le plus fait jouir. Julio, toujours prêt à de nouvelles expériences, il partait en chasse, seul, et ramenait à chaque fois un jeune mec mignon que nous partagions toute la nuit. Julio,

brun, poilu, viril, mais qui aimait aussi s'asseoir sur mon sexe ou sur un bon gode... Julio ! Julio qui doit être avec Pascal en ce moment. Celui-là, on peut lui faire confiance pour se retrouver dans les bons coups. Il n'a pas dû laisser passer cette occasion et a remplacé dans le lit du bel Espagnol. Mais je ne vais pas le lui reprocher, j'aurais certainement agi de même si j'avais été à sa place. C'est parce que nous sommes pareils tous les deux.
Avec Pascal on se connaît depuis plusieurs années. Le souvenir de notre rencontre me fait toujours sourire. C'était quelques mois avant que Marc ne parte. Un soir, on avait fumé un pétard et, à moitié pafs, on était allés au sauna. On n'arrêtait pas de rire et, depuis le jacuzzi que nous avions squatté, on allumait tous les mecs qui passaient. On jouait les deux salopes qui n'ont pas froid aux yeux. Plus personne n'osait s'approcher du jacuzzi, et encore moins s'installer avec nous. Finalement, un gars, jeune et pas mal foutu, soit inconscient, soit plus aventureux que les autres, nous a rejoints dans le bain bouillonnant. Nous nous sommes mis à discuter, à rire, à délirer, sans rien tenter au niveau sexuel même si c'était le seul sujet abordé, puis nous sommes allés fumer une cigarette au bar, et comme ce gars, Pascal, était plutôt sympa, nous l'avons invité à venir boire un dernier verre à la maison. Et, de fil en aiguille, de rires en délires, nous en sommes arrivés à faire des crêpes. À trois heures du mat', on était tous les trois à poil et il nous a fait à tour de rôle un massage, très sensuel et très chaste en même temps. Ainsi est née notre amitié, de façon assez particulière. Quant à Fred, c'est un ami de Pascal que nous avons rencontré par la suite. Plus tard, quand Marc est parti, ils sont devenus mes meilleurs amis. Je n'ai jamais couché avec eux non plus. Sauf une petite pipe une fois à Pascal. Mais c'était dans un but purement éducatif un jour que nous voulions apprendre à enfiler un préservatif avec la bouche. Et sur un modèle vivant c'était plus sympa que sur un gode. Ça a un petit peu dégénéré... Bref, en ce moment je suis sûr que Pascal est en train de draguer, voire de baiser avec Julio. Il a bien raison d'en profiter. Je ne vais pas me plaindre.

Venir à Tofino, c'est mon choix, comme dirait l'autre pouffe. Et je dois avouer que malgré mes doutes lors de mon arrivée, je ne peux pas le regretter. Pas de bars, pas de boîtes, pas de plages naturistes ni de parkings désaffectés, mais malgré tout il y a des tas de mecs disponibles. Et ces rencontres, fortuites ou provoquées, à la fois surprenantes et agréables, sont finalement plus excitantes que celles, attendues, de mes lieux de drague habituels. Ici les mecs rencontrés ne sont pas là *a priori* pour baiser. Ce qui les rend beaucoup plus sexy. Ils savent en profiter sans tabous, sans besoin de s'enfermer ou de se cacher dans un bar, des backrooms, ou derrière une dune. Et, en fin de compte, ça me plaît ! Quoi de plus excitant que de rencontrer quelqu'un au rayon peinture du BHV ou devant la *Victoire de Samothrace* au Louvre ? Mais ça, à Paris, ça n'arrive pas. Par contre, ici à Tofino, je suis sûr de pouvoir me lever un petit mec sympa en allant acheter du café au supermarché. Et je crois que Marc n'a pas su profiter au maximum de toutes les possibilités offertes sur place. De plus, comme le prouve l'arrivée des nouveaux locataires, les plus grandes surprises et plaisirs sont certainement à venir.

« Comment vous vous êtes rencontrés ? », je demande soudain à Marc, m'imaginant un vulgaire contrôle d'identité qui aurait fini en partie de jambes en l'air. Mais c'est certainement un scénario éculé (non, non il n'y a pas de faute d'orthographe !) et galvaudé par l'industrie porno gay. En effet, la vérité est plus prosaïque.

« Pas du tout comme tu l'imagines. C'était dans un bar. À Victoria.

– Il y a des bars branchés à Victoria ?

– Plus ou moins, oui. » Mais je ne vais pas plus avant dans mes investigations concernant les lieux de drague dans la région, préférant finalement le rayon confiture ou l'office de tourisme de Tofino. Et pour cette semaine, il y a les nouveaux locataires du dessous. Je m'intéresserai à ces lieux plus tard, si jamais la suite de mon séjour ne se déroulait pas sous les mêmes auspices.

« On était en train de boire un verre, chacun à un bout du bar. On se regardait souvent et finalement on est sortis presque en même temps. On a marché ensemble en discutant, pendant des heures. Puis on s'est revus un autre jour. Et voilà ! »

C'est bien ce que je pensais ! Marc s'est shooté aux romans à l'eau de rose. Mais comme il a l'air content comme ça, je ne porterai pas de jugement. Même si je n'en pense pas moins !

Nous nous enfonçons de nouveau dans le silence, laissant toujours la douceur du soleil caresser nos corps. Une voix, qui me semble étrangement familière, nous tire de nos songes. *« Hi, boys. »* C'est Tom. *« Hi, Tom »*, lui répond Eric avec une surprise et une joie réelle. Le marin, heureusement vêtu de civil, s'accroupit à côté de nous et s'engage avec Eric dans une discussion en anglais à laquelle je ne comprends fichtrement rien. Et c'est à peine si l'animal a répondu à mon salut, qui se voulait pourtant jovial aussi. Vraiment bizarre ce mec. Parfois très sympa et souriant. Parfois il ne te regarde même pas. Bref, le parfait bouseux du coin. Il me fait penser à ces paysans gersois ou ariégeois que l'on croisait dans nos balades dominicales avec mes vieux quand j'étais gamin. Bourrus ou souriants, selon les week-ends, en fonction de leurs humeurs, de la météo, des récoltes ou de Dieu sait quoi d'autre.

Je me redresse pour les laisser discuter plus tranquillement et reste assis sur le sable à côté d'eux. À une dizaine de mètres de nous, je remarque une jeune fille, plutôt jolie, châtain, une coupe au carrée longue, genre Jennifer Aniston, avec toutefois un petit peu moins de classe, en jean et pull marin rouge et écru, des lunettes de soleil sur ses cheveux, qui nous observe avec une certaine impatience. Je la fixe à mon tour avec curiosité, genre « qu'est-ce qu'elle veut, qu'est-ce qu'elle a... », et Marc, qui surprend mon regard, lui jette un *« hi Diana »* auquel elle répond d'un vague hochement de tête. Ben dis donc, ça doit être pleine lune ! Et puis il n'y a que des Anglo-Saxons pour donner un nom comme ça à leur gamin, Diane la chasseresse. Faut reconnaître que ça ne lui va pas si mal. Tom se retourne vers le volcan potentiel et se redresse alors pour s'excuser, benêt, « je dois y aller », il nous adresse un rapide au revoir et s'en va d'un pas rapide vers ce qui semble être sa fiancée. Elle lui prend la main qu'il lui abandonne pour l'entraîner loin des pestiférés que nous sommes, pour continuer finalement, bras dessus, bras dessous, leur petite balade amoureuse.

« C'est sa copine », me fait Marc.

« Pas l'air facile la petite !

– Oh, elle n'est pas toujours comme ça. » Mais il est aveugle ou quoi ce pauvre Marc ? Diana est la fille de Christine Boutin !

« Dis plutôt qu'elle ne peut pas vous blairer !

– T'es méchant !

– Non, juste réaliste. » Et après un silence, « elle a peut-être peur que vous puissiez le détourner du droit chemin...

– Allez, encore parti dans tes délires.

– Elle est sûrement jalouse.

– Jalouse ? De quoi ?

– Je ne sais pas... Qu'il s'entende bien avec vous, qu'il vous fasse la bise quand elle n'est pas là, je ne sais pas, ou parce qu'elle a été élevée dans un couvent de bonnes sœurs méchantes et homophobes. Ou elle est jalouse de vous voir heureux, tout simplement. » Marc ne me répond pas, mais je peux percevoir, sans le voir, son sourire détendu, satisfait. En attendant, je ne peux que plaindre le pauvre Tom. Mais chacun son truc.

Il doit être à l'autre bout du monde avec sa moitié, donc au niveau du prochain parking, quand nous décidons de rentrer à la maison. Retour tranquillement vers la voiture, en silence, profitant encore au maximum de la douceur du soleil. Et, à l'entrée de Tofino, nous nous arrêtons au supermarché pour regarnir le frigo et refaire le plein de bières. Ou trouver un petit mec devant le rayon café ! Le supermarché est petit, typiquement américain, tel qu'on se l'imagine, des rayons entiers de sodas de toutes couleurs et parfums, en des tailles inconnues ou peu habituelles chez nous, des tonnes de chips, un large choix de bières, des saucisses garanties *fat free* mais

certainement aussi sans goût et aux couleurs artificielles, des pots d'*ice cream* suffisants pour nourrir des légions entières et dont le plus petit format est le litre, bref, un paradis pour anorexiques. Et là, soudain, au détour d'un rayon de gâteaux aux couleurs fluo, rose et bleue, je me retrouve en plein *Friends*. Jennifer Aniston en compagnie d'une grande blonde et d'une petite brune dans une de leur discussion existentielle pseudo philosophique. Serait-on en plein tournage, ici à Tofino ? Alors Matt LeBlanc doit traîner dans les parages. Et peut-être même Brad ! Mais il est permis de rêver. Je m'aperçois très vite de mon erreur. Ce ne sont ni Monica, ni Phoebe et encore moins madame Pitt. Juste la copine de notre marin préféré. Je m'approche du groupe – faire demi-tour aurait paru suspect, et puis le rayon café, source de toutes mes attentes, se trouve juste à l'autre bout... Je m'approche et surprends leur conversation. Mais surprendre ne me semble pas le mot le plus juste. Elles parlent dans un français hésitant, haché, délaissant leur anglais familier, montrant ainsi que le sujet de leur conversation n'était pas le fruit du hasard pour que je la comprenne aisément. Je la retransmets texto.
Rachel (façon Dion superstar) : « Vous avez vu le petit Français chez Marc ? »
Phoebe (façon Tell croqueuse d'hommes) : « Hum, il est plutôt pas trop mal... »
Rachel (façon Dion revenue de tout) : « Oh, tu ne crains pas grand-chose avec lui ! »
Monica (façon, euh... comment dire... pétasse tout simplement) : « Ouh ! Ouh ! Ouh ! »
Rachel (façon Boutin en tête de manif antipacs, accent Dion) : « Il est encore plus pédé que son copain ! »
Rachel, Phoebe, Monica (façon grosses glousses québécoises) : « Ouh ! Ouh ! Ouh ! »
Alors là non, c'en est trop. Mais quelle bande de pétasses ! Je ne suis pas si petit que ça ! Je continue d'avancer vers elles, avec un déhanchement subtilement féminin, genre Line Renaud à Las

Vegas, ralentis en face de la pseudo-Pitt, la toise d'un regard superbement hautain et suffisant, esquisse une légère moue de dédain et m'éloigne, star entre les boîtes de conserve, sous son regard noir, mais plus noir que la forêt la nuit dernière. Et la Monica canadienne finie au pipi d'ours qui continue de rire bêtement. Pendant que je m'éloigne, j'entends en guise de vivats quelques mots murmurés dans lesquels sonnent comme un refrain les termes de *bitch* et de *slut*. Tout en bout de rayon, je me retourne une dernière fois pour leur adresser un dernier sourire et un clin d'œil outrancier.

Une demi-heure plus tard, nous sommes sur la terrasse en train de siroter une autre bière. Je n'ai pas parlé à Marc de ma rencontre pas très *friendly*, il l'aurait peut-être mal pris, en aurait parlé à Tom, autant éviter les ennuis inutiles et ne plus penser à cette mégère à qui je n'avais absolument rien fait. Bref, passons à la suite, hautement plus intéressante, même si pas plus spirituelle. Le soleil descend peu à peu à l'horizon, Marc et Eric, qui se tiennent par la main, se jettent de temps à autre de petits regards et je sens bien que je vais être de trop avant longtemps. Il va falloir que je trouve un prétexte pour m'éclipser. Je suis en train de chercher un moyen de les laisser seuls pour ne pas avoir à tenir la chandelle, comme lorsque, autrefois, Marc trouvait un mec et le ramenait à la maison. Alors je restais à traîner plus longtemps, pour essayer à mon tour de trouver quelqu'un, et je revenais toujours beaucoup plus tard, leur laissant le temps suffisant pour finir leurs affaires et, à la pointe du jour, parfois après avoir pris un café dans un des premiers bars ouverts du quartier, les traits tirés, fatigués, je rentrais me coucher. Si le mec était resté dormir avec Marc, je me couchais sur le canapé, seul, mais dans le cas où le copain d'un soir n'était plus là, je rejoignais Marc dans notre lit pour m'endormir dans ses bras. C'est donc au moment où je craignais d'avoir à rester tenir cette foutue chandelle qu'Anna, la locataire du dessous, dans une tenue sportive, tee-shirt antédiluvien des

JO de Calgary, justaucorps Lycra violet et Nike de fortune, passe devant nous en trottinant pour son footing quotidien. J'avais complètement oublié mon rendez-vous. Anna nous fait un petit signe de la main et s'éloigne sur la route.
« Je crois que je vais aller boire une bière avec les garçons, en bas. »
Marc me répond juste d'un sourire. Je n'ai pas passé le coin du jardin pour regagner la partie basse de la maison qu'ils ne sont déjà plus sur la terrasse. Il était temps que je les laisse. J'espère que l'isolation sonore du plancher est suffisante.
Bref, je frappe à la porte de l'appart et une voix me crie « entre, c'est ouvert ». J'entre et je les trouve en plein travail : Georges, debout contre l'évier, le jean sur ses pieds et Paul, à genoux devant lui, en train de le sucer. Ben dis donc, ils ne perdent pas de temps ! Georges me fait signe d'approcher et, pendant qu'il m'embrasse goulûment, défait la braguette de mon jean et passe sa main dans mon caleçon pour me caresser et me branler. Il est très vite remplacé par Paul qui descend mes jean et caleçon sur mes pieds puis entreprend de me lécher et prend nos sexes dans sa bouche, à tour de rôle, essayant parfois de nous engloutir en même temps. En quelques secondes Georges et moi nous retrouvons complètement à poil, à nous caresser et nous embrasser, Paul, quant à lui, continue inlassablement ses caresses buccales. Mais très vite, et effectivement le temps passe, on ne sait pas ce qui pourrait arriver à Anna, elle peut avoir oublié quelque chose, en avoir marre de courir, il peut s'être mis à pleuvoir, ou avoir eu lieu une crise de machins aiguë, bref, n'importe quoi, nous n'avons pas une seconde à perdre, pas une minute de répit possible.
En un tournemain, Georges attrape un préservatif sur le bord de l'évier à côté de nous et, sans quitter mes lèvres de sa bouche, me l'enfile prestement avant de l'enduire, non moins consciencieusement, de gel. Puis il se tourne, se penche en avant en m'offrant son très bel arrière-train que je m'empresse d'honorer lentement mais complètement. Pendant ce temps,

Paul s'est déshabillé entièrement, a enfilé lui-même un préservatif sur son sexe tendu, m'humidifie largement le sphincter afin de confectionner tous les trois un sandwich tout viande. Et dans un va-et-vient irrégulier et *a priori* incohérent, je suis tour à tour, et par moment en même temps selon l'activité de mes amants, pénétré et pénétrant. Tout simplement le double de plaisir. C'est le genre d'expérience que j'avais déjà testée, il est vrai à plusieurs reprises, mais je croyais avoir tout oublié de ce plaisir renouvelé et complet. Nous continuons ainsi un moment, en gémissant, et je ne pense même pas à Marc et Eric, au-dessus de nous, qui doivent expérimenter des plaisirs, sinon similaires car ils ne sont que deux, pour le moins approchants. Et le plafond doit être suffisamment isolé car je ne perçois rien de leurs activités. Mais il faut dire que je n'ai pas la tête à écouter ce qu'ils peuvent bien faire.

Bref, au bout d'un moment, ben oui, la montre tourne, Paul se retire de moi, s'accroupit devant Georges pour le sucer de nouveau avec fougue et, visiblement, une certaine délectation. Georges, pris entre deux feux, pousse râles et soupirs, sans intermittence, ni Paul, ni moi-même ne lui laissant aucun répit. Je le pénètre sans discontinuer, dans un aller-retour incessant, retirant et enfonçant tour à tour mon pénis jusqu'à la garde (on se croirait dans un film de Jean Marais ! « Touchez ma bosse, monseigneur... ! »). En même temps, Paul suce le sexe de Georges comme s'il voulait le gober ou l'avaler comme font les boas avec leurs proies. Au bout de quelques minutes de cette occupation, en sueur, nous éjaculons tous les deux en même temps, Georges dans la bouche de Paul qui avale d'un trait ce nectar avec un plaisir évident, et j'imagine que, habitués à baiser entre eux, ils ne prennent pas de précautions particulières et peuvent jouir sans problème du sperme de l'autre, chose qui, pour les célibataires endurcis de ma génération, ne serait pas sans danger, et moi j'éjacule tout mon soûl dans mon préservatif. Nous restons encore quelques instants comme ça, à reprendre nos esprits, mais, tic tac, tic tac, bien vite nous devons penser à

nous rhabiller. Georges m'embrasse tendrement alors que Paul s'occupe de nous nettoyer à l'aide de Sopalin qui traînait là. Cinq minutes plus tard, nous sommes installés autour de la table de jardin au pied du poirier, chacun une bière à la main. Et Anna arrive aussitôt après, comme si elle attendait au coin de la rue que nous ayons terminé. Et très franchement, je me demande si ce n'est pas ce qu'elle faisait ! Peut-être même à écouter à la porte... Elle nous fait un petit signe puis file prendre une douche.
« Elle ne se doute de rien ? », je demande aux garçons. Ils haussent les épaules en signe d'ignorance ou d'indifférence. « Elle n'est pas un peu collée à la poêle ? » Ils me regardent sans comprendre cette expression que je croyais québécoise et qui est en fait bien de chez nous, genre Poitou profond, va savoir !
« En fait, elle doit se douter de quelque chose, mais le plus important c'est que l'on soit tous les trois ensemble.
– Elle est déjà partie plusieurs jours en stage et, en revenant, elle voyait bien que l'on avait dormi tous les deux dans le même lit. »
Voilà de bien étranges amis ! Je ne sais pas comment cette histoire finira, mais, après tout, ce ne sont pas mes affaires.
Quand Anna nous rejoint, nous sommes en train de parler de Paris qu'ils rêvent de visiter. Mais qu'est-ce qu'ils ont tous à vouloir venir à Paris ? La Seine toujours noire et sale, les merdes de chien et de pigeon, l'amabilité typiquement parisienne, voilà les principaux attraits de cette ville qui recèle aussi d'innombrables lieux édifiants. Et je ne parle pas des monuments ! Anna apporte avec elle de nouvelles bières et l'odeur fraîche de fleurs et de fruits de son eau de toilette. Le soleil s'est caché derrière l'horizon, les ombres envahissent peu à peu le jardin et le ciel, Marc et Eric semblent avoir regagné le salon. Paul, Georges et Anna me posent quantité de questions sur la vie parisienne, les monuments, les musées... Le Louvre et sa célébrissime *Joconde* qui, aux dernières nouvelles, serait un travesti, semblent les intéresser tout particulièrement. Moi, le

Louvre, je n'y ai été qu'une seule fois. Je venais juste d'arriver à Paris. Je ne connaissais pas beaucoup le milieu, débarqué de mon Sud-Ouest natal, j'étais un peu perdu. J'avais rencontré un jeune homme sympa qui a voulu absolument m'emmener visiter le plus célèbre musée du monde. Résultat, je me suis emmerdé toute la journée et la soirée au pieu avec lui a été un vrai désastre. Je n'y suis jamais revenu depuis. Le seul autre musée que j'ai visité dans ma vie, ça a été le Sex Museum lors d'une virée à Amsterdam. Les musées, les expos, tout ce qui a trait à l'art en général, ce n'est pas mon fort. Bref, j'essaie tant bien que mal de répondre à leurs questions sans briser leurs illusions. Et bien sûr, nous échangeons nos coordonnées, on ne sait jamais...

Quand nous avons terminé le pack de bières, je remonte retrouver Marc et Eric, pour un petit repas sympa. Finalement, Marc, à l'approche du mariage, a fait de sérieux progrès dans ce domaine, il faut le reconnaître. Peut-être qu'ensuite nous irons au Héron Bleu pour un dernier verre...

## 13

# Willy, le retour

Un nouveau jour s'est levé sur la planète Terre. Mais ici à Tofino nous ne sommes pas sur la Terre. De par son éloignement géographique, de par sa position tout au bout d'une route sans fin, de par l'extraordinaire beauté de ses paysages et de ses plages, Tofino n'est pas sur la Terre. Tofino est à des millions d'années-lumière, sur une autre galaxie tout au fin fond de l'univers. Tofino est un autre monde, cet autre monde auquel rêvait Marc à Paris, ce rêve que je peux comprendre le matin quand j'assiste à ce nouveau lever de soleil. Et j'ai même parfois l'impression d'être le spectateur exclusif de ce spectacle.

Hier soir, ça a été une nouvelle virée au Héron Bleu et nous avons passé la soirée avec les nombreux amis de Marc et Eric. Résultat, nous nous sommes couchés très tard. Mais ce matin, quand le merle au bec rouge qui, lui, avait eu une nuit normale, s'est réveillé à son habitude pour se transformer en pinson, instinctivement je me suis levé et me voici, de nouveau, devant la baie, face au soleil et à ce monde si particulier.

Le soleil brille avec une intensité peu commune. La terre entière, jusqu'à l'horizon et certainement bien au-delà, est enveloppée par cette lumière crue et blanche que même Arthur, dans son génie clairvoyant, n'aurait pu décrire. Et bien entendu je ne saurais le faire à mon tour. Assis sur mon banc, les yeux fermés, les mains posées sur mes cuisses, j'assiste, j'ai l'impression de participer à cet embrasement. Des mots qui n'existent pas, que je ne connais pas et que ne renieraient pas quelques poètes exceptionnels, seraient nécessaires pour décrire la force de cette lumière de début du monde. Sans la voir, je la sens transpirer, pénétrer tous les pores de ma peau, inonder mes sens, envahir mon cerveau jusqu'à en faire partie intégrante. À moins que ce ne soit moi qui suis englobé, englouti, aspiré, digéré et que je finisse par devenir partie totale et infinitésimale de ce jour en construction. Si j'ouvre les yeux, je ne verrais qu'une myriade d'étoiles, un kaléidoscope de lumière fulgurante et de rayons lumineux, et je ne serais qu'un parmi eux. Et eux me verraient et me percevraient comme moi je les vois et les perçois. Je laisse la chaleur de l'aube pénétrer en moi, en silence, sans presque oser respirer.

Je sens, plus que je n'entends, quelqu'un s'approcher de moi. Je reste immobile, sans ouvrir les yeux, je ne veux pas briser l'enchantement pour savoir qui vient aussi profiter – et j'espère ne pas troubler – du spectacle. Il s'assied à côté de moi et chuchote un « bonjour » timide mais néanmoins chaleureux. Inutile d'ouvrir les yeux, j'ai reconnu son accent particulier, qui n'est pas québécois et que je n'arrive pas à identifier. Je lui murmure à mon tour un « bonjour, matelot », sans bouger et sans me tourner vers lui. Le silence reprend aussitôt la place qui est la sienne. Et je me laisse à nouveau envahir par la lumière et la douceur, tout comme doit le faire, je suppose, Tom à côté de moi.

Mais soudain, le voilà qui sursaute, je le sens s'agiter, il se lève, trépigne, jure en (presque) silence. Putain, mais qu'est-ce qui lui prend ? Il peut pas rester tranquille deux minutes ? Il peut pas aller s'agiter plus loin ? Et puis il s'adresse à moi, mais il me faut un certain temps avant de m'en rendre compte, « *look ! look !* regarde ! ». Et comme je ne bouge pas, il s'approche de moi, me prend par le bras, me force à ouvrir les yeux. Putain, il va m'entendre ! Bien sûr, dès que j'ouvre les yeux je ne vois rien d'autre que ces millions de soleils qui envahissent mon espace visuel, puis, peu à peu, ombre chinoise, je le perçois lui, excité, qui tend la main vers le milieu de la baie pour me montrer quelque chose. « Regarde ! Là-bas ! Il n'en vient jamais en été ! Viens, on va aller le voir de plus près ! » Il me prend par le bras, me force à me lever, m'entraîne avec lui sans que j'aie le temps de protester, et moitié en courant, moitié en titubant, les yeux encore envahis par la lumière crue du soleil, nous courons vers le port, nos pas résonnent sur le bois sec du ponton, ces sons durs et mats qui hurlent, tonnent, jurent et se déchaînent dans l'air clair, dans le silence que rien ne venait troubler avant notre course. Tom me pousse dans son bateau et, sans même prendre le temps de vérifier le moteur, le niveau d'huile et de carburant, démarre et quitte le port dans un train d'enfer. Ce n'est que lorsque nous nous retrouvons filant à pleine vitesse vers le large que je comprends ce qui arrive. Je discerne au milieu de la baie un point noir qui apparaît et disparaît dans les vagues. Ce n'est pas un autre bateau. Ce ne peut être qu'un de ces animaux mythiques qui attirent ici des milliers de touristes lors de leurs migrations printanières. C'est certainement une baleine égarée, perdue et que je ne pensais pas voir ailleurs que sur la Cinq, dans les reportages lors d'après-midi pluvieux où je restais sagement chez moi, enfin sagement, c'est beaucoup dire, plus souvent entre deux séances Internet. Quand il fait beau j'aime mieux traîner sur les quais...

Il ne faut qu'une dizaine de minutes d'une course folle pour nous approcher de ce monstre des mers. Et le point noir presque imperceptible du début a pris des proportions plus importantes et des couleurs impressionnantes. Les vagues, le soleil viennent buter, se refléter sur son dos noir métallique et sur sa gorge d'un blanc immaculé. Je reconnais cet animal pour l'avoir vu sur des affiches d'un film idiot pour enfants. Ce n'est pas le plus grand mammifère marin mais certainement le plus beau et un de ceux qui font, ou ont fait, le plus peur. Willy, qu'il n'est ici nullement besoin de sauver, est de retour dans les eaux

de Tofino. L'embarcation se rapproche rapidement de l'orque. Quand j'étais ado, j'avais vu un film sur un de ces animaux qui attaquait des hommes. Ne le nomme-t-on pas « baleine tueuse » ? Je me demande s'il est prudent de se rapprocher davantage. L'animal, lui, semble se soucier de nous comme de sa première chemise.
Arrivé à quelque cent mètres de lui, Tom coupe brutalement le moteur du bateau et nous nous rapprochons lentement de lui, en silence.
Et soudain, la bête magnifique disparaît sous les eaux... Tom me presse légèrement sur le bras et, sans un mot et avec un sourire, me désigne le parcours invisible du monstre sous-marin, les reflets intenses du soleil matinal m'empêchent de voir son ombre courir quelques mètres sous la surface, et, au moment précis, à l'endroit précis qu'il m'indique du doigt, il dit dans un murmure presque inaudible *« Now ! »* et l'orque, vêtu d'une onde scintillante tel un torero aux mille reflets, surgit des flots comme s'il voulait s'envoler. Et avec une grâce, une souplesse, une finesse que sa taille, sa masse ne laissent pas imaginer, il exécute, médaille d'or aux prochains jeux Olympiques, un saut périlleux formidable avant de retomber dans l'eau avec souplesse dans un fracas assourdissant et une montagne d'écume et de lumière. La vague créée par ce saut périlleux arrive à nous et fait tanguer dangereusement la frêle embarcation quand, tout près de nous, à quelques dizaines de mètres seulement, Willy exécute une nouvelle pirouette, et le bruit du choc sur l'eau est réellement effroyable et doit résonner jusqu'à Tofino. Instinctivement, et malgré le roulis qui fait tanguer notre esquif, je me suis levé pour observer, bouche bée, le monstre et son étrange ballet. Tom le contemple lui avec le regard d'un enfant un matin de Noël. Willy refait surface vingt ou trente mètres peut-être, et il fonce sur nous, son épine dorsale fantastique digne des *Dents de la mer* coupe les flots en silence et s'approche de façon inquiétante à grande vitesse. Ça y est, c'en est fait de nous ! À l'ultime moment il plonge sous le

bateau, jusqu'à le frôler, son ombre impressionnante file à peine à quelques centimètres sous nos pieds, on pourrait presque le toucher, et il resurgit, tout aussi rapidement et dangereusement derrière nous. *« Hello ! »* lui crie Tom en esquissant un geste de la main dans sa direction. Je crois que d'autres que moi auraient mouillé leur culotte dans ce moment de rencontre spectaculaire et audacieuse. Mais le spectacle est tellement saisissant que l'on ne pense pas forcément au danger que cela pourrait représenter. Je me retourne pour voir Willy s'éloigner, plonger, refaire surface, sauter, comme si lui aussi voulait fêter en notre compagnie ce lever de soleil unique.

Tom brise le silence : « Il venait nous dire bonjour.
– Charmante façon ! », je lui réponds d'un air faussement outré. Il éclate de rire comprenant qu'en fait je suis réellement fasciné par l'accueil du monstre et le spectacle qu'il nous offre. « Tu sais, ils ne sont pas du tout dangereux. En fait, ils sont de la même famille que les dauphins. C'est peut-être pour ça qu'ils aiment s'amuser. » Et pendant que Willy continue ses jeux tout autour de nous, mais sans se rapprocher autant que pour son bonjour surprenant, sa robe tour à tour d'un noir brillant et d'un blanc immaculé jouant les kaléidoscopes avec les rayons du soleil et l'écume glacée, Tom me parle des orques. Il me parle de leur réputation de bêtes sanguinaires, car ce sont des carnivores et de sacrés chasseurs, contrairement aux autres dauphins et baleines qui se contentent de menu poisson ou de plancton, il me parle de leur vie sociale, évoluée, structurée, leur vie de couple dans le respect, la tolérance, la fidélité (voilà qui plairait à Christine Boutin !), il me parle de leurs moyens de communication qui intriguent les chercheurs du monde entier, mais surtout il me parle de leur incroyable beauté, leur robe découpée en noir et blanc parfaits et brillants, leur aileron spectaculaire qui peut les faire passer pour des requins géants et inspirer la crainte à leur approche, la douceur de leurs mœurs, cette envie qu'ils communiquent de vouloir les

toucher, les caresser... Tom est insatiable sur le sujet. C'est un vrai passionné et les centaines d'observations qu'il a dû faire ne semblent avoir en rien émoussé son plaisir et son admiration pour ces animaux. Il me parle alors que son regard ne cesse de suivre Willy dans ses pérégrinations, son sourire et ses yeux trop clairs témoignent de son exaltation.

Mais déjà le soleil se fait plus haut dans le ciel, le lever du jour devient journée, d'autres que nous ont découvert la présence de Willy et des embarcations transportant des hordes de touristes avides et étonnés nous ont rejoints. Willy s'approche parfois de certaines d'entre elles, mais sans leur accorder toutefois cet accueil si particulier qu'il nous a réservé. Nous restons encore un grand moment à l'observer et à l'admirer. Mais très vite, les rires, les cris, certes émerveillés, mais qui semblent anachroniques, déplacés ici, des touristes sur les autres bateaux nous invitent à quitter les lieux que l'harmonie première a désertés et à regagner le port dans une allure moins soutenue qu'à l'aller. Sur le quai, quelques touristes attendent un bateau libre pour partir à leur tour observer le monstre mythique de plus près. J'ai à peine le temps de remercier Tom que déjà il repart vers le large avec sa cargaison excitée, appareils photo à la main. Je regagne la maison, lentement. Il est très tard, mon ventre crie famine, Marc et Eric doivent se demander ce que je deviens.

# 14

# Roman-photo

Eh bien non ! Même pas ! « On pensait que tu avais croisé un petit mec qui t'aurait invité à déjeuner avec lui… » Les salauds ! J'aurais pu me faire kidnapper que ça ne les aurait pas tracassé plus que ça ! Je pourrais même être au fond de l'estomac d'un monstre marin ! Au bout de combien d'heures (ou de jours !) d'absence auraient-ils averti la police et lancé les premiers secours ? Je n'ose même pas l'imaginer ! Je ne veux pas paraître prétentieux ni indispensable, mais tout de même, ils pourraient au moins faire semblant de s'inquiéter un petit peu… Mais il faut dire que Marc est habitué à mes frasques et à mes sorties sans prévenir.
Bref ! Je leur raconte ma balade et ma rencontre sur les flots. « Ouah ! C'est génial. Tu as de la chance, il en passe pas beaucoup à cette époque. Il faudrait prévenir les locataires du dessous s'ils veulent aller le voir. » Et Eric descend les voir pour qu'ils s'ajoutent au flot continu qui va se déverser ce matin sur la baie, jusqu'à ce que Willy, héros malgré lui du jour, se fatigue de tant de photos de ses cabrioles et ne finisse par regagner la haute mer pour continuer dans le calme ses aventures ou rejoindre sa famille.

Pendant ce temps, Marc me prépare un petit déjeuner copieux et sympa, l'air du large m'a ouvert un appétit monstre et, tout en s'affairant derrière son fourneau, il me demande mes

impressions. « C'est vraiment bien que Tom ait été là et que vous ayez été les premiers à le voir.
– C'est vrai, c'est sympa à lui. Il n'était pas obligé de m'emmener comme ça, gratis. » Je ne précise pas qu'il m'a presque kidnappé !
« Quand je te dis que c'est un mec bien !
– Je n'en ai jamais douté une seconde. »
Quoi ? Faux cul, moi ? Certainement pas !

Rassasié, repu, affalé sur le canapé, Marc a préparé un petit joint. En général Eric n'y touche pas, mais aujourd'hui, en congés, il peut se permettre une petite entorse à la règle, il ne risque pas de contrôles. L'odeur fine et suave, plus légère et enivrante que celle du tabac, accompagnée de halos de fumée, s'élève autour de nous.
« On a quelque chose à te demander », me dit tout à coup Marc, d'une voix un peu étrange, un peu trop rauque, et ce n'est pas dû à l'herbe. Ben voilà ! J'aurais dû me douter qu'un pétard à dix heures du mat' c'était bizarre. Et encore plus si un flic se met à fumer avec nous... Mais moi, plus innocente que Bernadette Soubirous, plus bête surtout, je lui réponds : « Oui, ce que tu veux, pas de problème.
– Bon, eh bien voilà... euh... » Il s'éclaircit la gorge. « On aimerait que tu fasses des photos de nous.
– Oh ! C'est tout ! Tu commençais à me faire peur. Tu veux les faire quand ? Ici ? dehors ?
– Ben, en fait... c'est pas tout à fait ça. » Incrédulité de la pauvre niaise que je suis ! Et je n'avais pas remarqué que les deux tourtereaux se tenaient par la main. Comme pour se donner du courage...
« En fait, on voudrait des photos, euh... comment te dire... un petit peu plus... euh...
– Tu veux dire, un peu déshabillées ?
– Oui... et même carrément... »
Alors là je le vois (enfin !) débarquer avec ses gros sabots.

« Oh non, Marc ! Tu ne peux pas me demander ça à moi !
– Et à qui d'autre ? Tu sais, ce n'est pas si facile à demander.
– Ni à faire !
– S'il te plaît ! » (Ton suppliant, il essaie de m'avoir aux sentiments, mais je ne me laisserai pas faire !)
« Demande à Tom, il sera ravi !
– N'importe quoi !
– Ça lui donnerait peut-être des idées...
– Arrête de dire n'importe quoi ! » Oui, je sais, il n'apprécie pas toujours mon humour !
« Alors tu veux bien ?
– Je ne peux pas faire ça !
– Et pourquoi ? Tu n'es pas à ça près !
– Et d'abord, pourquoi vous voulez ça ? » Et là je m'aperçois, mais trop tard, que je viens de poser la mauvaise question, que je viens de leur accorder non pas un penalty mais directement un point. De toute façon ça ne me regarde pas. Peut-être des souvenirs pour leurs vieux jours... Et puis chacun ses fantasmes ! Au lieu de répondre à ma question, il pousse plus avant son avantage pour me mettre mat. « Alors, c'est oui ? » Qu'est-ce que je peux lui répondre à l'animal ? Je le connais bien, il ne me lâchera pas avec ça de toutes les vacances. Ça reviendra régulièrement, de façon incongrue, à n'importe quel moment, il essayera de me culpabiliser, comme Blair et Bush avec Chirac dans leurs délires expansionnistes il n'y a pas si longtemps... Est-ce que je peux raisonnablement lui (leur) refuser ça ? Je pousse un simple soupir de capitulation. « Oh, merci ! » me crie Marc, et il me saute dessus pour m'embrasser. Puis se lève pour aller chercher son appareil photo.
« Mais... tu veux faire ça maintenant ?
– Et pourquoi pas ? »
À présent que j'ai capitulé, j'aurais bien repoussé l'épreuve à plus tard. J'ai l'impression de transpirer comme un bœuf et d'avoir les mains moites. Pas très agréable. Il me tarde que ce soit fini ! Marc revient rapidement avec un appareil numérique.

Il avait dû le préparer à l'avance. Je tente un ultime essai.
« Je ne sais pas me servir de ça !
– Tu vas voir. C'est très simple. »
Cinq minutes suffisent pour m'initier au maniement de cet engin et pour me propulser photographe pornographique !
Je dois avouer, mais ça vous l'aviez déjà compris, que je suis un petit peu exhib. Voyeur, un petit peu aussi, dans la mesure où je peux participer rapidement aux événements ! Mais s'imposer à rester simple spectateur, et pire encore metteur en scène sans possibilité de jouer la moindre réplique, il n'y a rien de plus frustrant. C'est l'horreur pure !
Trois minutes de plus et nous sommes au point de non-retour dans la chambre. Les volets ouverts, le soleil envahit la pièce et se répand sur le lit. « Bon, eh bien faites comme si je n'étais pas là ! » Pas besoin de le leur demander. Je me retrouve en quelques instants plongé au plus profond de leur intimité. Je n'ai pas la sensation de me retrouver voyeur, mais plutôt violeur. Et ce n'est pas quelque chose qui me plaît particulièrement. Mais je vais exécuter mon travail du mieux que je peux, je ne voudrais pas avoir à recommencer une autre fois. Et je dois dominer une certaine nausée pour ne pas penser que devant moi ce sont Marc et Eric, mes amis, mes frères que je photographie comme dans un quelconque documentaire animalier, non, je dois juste penser à ce boulot qu'on ma confié, à ces deux inconnus qui se livrent devant moi, penser qu'ils ne sont rien pour moi, rien d'autre que ce que je peux avoir chez moi avec un porno quelconque.
Debout devant la fenêtre, de caresses tendres en baisers passionnés, ils finissent par se retrouver complètement nus devant moi. Et j'assiste, impuissant mais finalement de plus en plus excité, à leurs ébats, mettant en scène mes premiers talents de photographe amateur qui se découvre, gros plans, contre-plongées, contre-jours... essayant d'être le plus professionnel possible même s'ils peuvent retoucher les photos par la suite. Je connaissais déjà Marc jusqu'au plus profond de son intimité, je

découvre Eric dont je n'avais jusqu'à présent pu apprécier que la plastique, au demeurant fort agréable et sexy. Son sexe en érection atteint des proportions presque inquiétantes et Marc tient parfaitement son rôle de goulue. Mais les positions sont parfois interchangeables et les rôles de chacun évoluent sans *a priori*. J'éviterai de parler de cette fin de séance car la vie privée de Marc et Eric ne regardent qu'eux. Mon sentiment de frustration devant ce plaisir sexuel auquel je ne peux pas prétendre est décuplé par cette tendresse, cette sincérité, cet amour se dégageant de leurs plaisirs, et que j'ai l'impression de découvrir. En effet, rien à voir là-dedans avec les pornos purement mécaniques auxquels je suis habitué, ni avec le côté mièvre des comédies romantiques. Ils ont fini par jouir en même temps alors qu'un ultime rayon de soleil est venu jouer sur leurs ventres nus. Je prends une dernière photo alors qu'ils gisent, alanguis, dans les bras l'un de l'autre. Mon sexe est tendu à me faire mal dans mon jean. Je n'ai qu'une envie, aller me soulager à mon tour !

« Bon, ben je crois que c'est fini. Je vais vous laisser. » D'accord, je reconnais que la réplique est nulle, mais vous auriez trouvé autre chose à dire dans ma situation, vous ?

Marc relève la tête. « Tu ne peux pas partir comme ça ! » Allons bon ! Qu'est-ce qu'ils veulent encore ? Ils se lèvent tous les deux, s'approchent de moi et, en un tournemain, me déshabillent complètement. Marc m'embrasse langoureusement, je découvre alors dans son haleine que je connais bien les parfums et le goût de la peau d'Eric. Quant à lui, Eric, il s'agenouille devant moi pour me sucer consciencieusement. Je me retrouve rapidement étendu sur le lit et à tour de rôle ils s'occupent de moi. Très vite, sous les assauts buccaux d'Eric, puis de Marc, je jouis sur mon ventre. Nous restons alors tous les trois enlacés, nus, sur le lit, nos spermes finissent par se mélanger. Notre fraternité et leur amour intimement liés.

En fait, ils avaient tout manigancé, ils savaient que je finirais par accepter de faire ces photos et avaient imaginé ce moyen

de me remercier. « Bande de salauds ! » Un peu plus tard nous prenons une douche collective au milieu des rires, des cris et des éclaboussures, des caresses aussi.
Et la salle de bain de Marc devient pataugeoire.

# 15

# De boules et de queues

Avec un titre pareil, vous allez dire encore un chapitre pornographique ! Eh bien, détrompez-vous ! Ce serait mal me connaître. Et m'avoir jugé trop rapidement. Et surtout superficiellement. Je suis plein de ressources cachées. Vous n'êtes pas au bout de vos surprises et ces mémoires (roman ?) n'ont pas fini de vous étonner et de vous faire découvrir... mais je n'en dis pas plus. Je préfère ne pas tout dévoiler maintenant. Gardons encore un peu de mystère. Cela dit, s'il n'y avait qu'un seul chapitre de ce livre à lire, ce serait très certainement celui-là. Et le suivant, bien entendu. Mais... patience !

Bon, voilà, après la petite séance photo – peut-être vais-je me découvrir une passion, pourquoi pas un talent caché, devenir artiste à mon tour – le reste de la journée a été beaucoup plus calme. Repas après cet épisode qui est, et restera, unique. Retour à la plage, petite randonnée en forêt, balade sur une des collines qui dominent la région et qui offre un point de vue absolument fabuleux sur toute cette partie de l'île.

Mesdames et messieurs, Long Beach et le Pacifique à ma droite, Tofino, la baie et les montagnes à ma gauche. Je vous conseille le lever de soleil sublimissime sur la baie tous les matins à partir de six heures...

La mer, de plusieurs couleurs, bleue, verte, émeraude, pers (mais pas Lepers, ça c'est le moment le plus honteux de ma

vie et, même sous la torture, je n'en parlerai pas, mon unique passage à la télé qui finit au zapping, merci, ça m'apprendra !), le ciel d'une profondeur inouïe, la plage, éburnéenne (et, comme dirait l'autre, dans éburnéenne il y a... non, non, je ne l'ai pas dit !), la forêt, mouvante, impressionnante, dévorante, le village qui ressemble à celui des Schtroumpfs tellement il paraît minuscule dans le lointain, la baie, les montagnes... Mais j'arrête là, vous allez croire que je suis tombé amoureux. À ce jeu-là on ne m'y prend pas aussi facilement !
Bref, un aprèm balade, « tranquille » comme aurait dit la pseudo-Andalouse perpignanaise de M6, et une rencontre avec Tom, à se demander vraiment quand il travaille, et un rendez-vous pris avec lui pour aller boire un verre en soirée, je vous le donne en mille, au... et non, raté ! pas au Héron Bleu mais à cet autre bar de Tofino, occulté par les guides et véritable lieu de rencontre local. Pas branché pour un sou, un bar cent pour cent ricain en fait.

Voilà, vers vingt-deux heures nous poussons les portes de ce lieu peu indiqué et nous nous retrouvons en plein, quoi ?, saloon, bar des années cinquante avec flipper et tout et tout, bar branché, bar de quartier, un peu de tout ça en fait. *The* bar américain type, tel qu'on peut le voir dans les films ou qu'on peut se l'imaginer, nous autres Européens. Une grande pièce, tout en bois, un bar immense sur tout un côté avec une collection impressionnante de bouteilles, essentiellement des whiskies, des centaines de verres à bière suspendus au-dessus, des tables rondes comme celles des saloons et d'autres en Formica bleuâtre avec chaises assorties, un flipper dans un coin, un juke-box années soixante à côté, un jeu de fléchettes tout au fond, un lustre immense fait d'une ancienne roue de chariot qui a peut-être traversé tout le continent un siècle et demi plus tôt, un énorme crâne de vache (à moins que ce ne soit de bison, je ne suis pas assez spécialiste en la matière pour faire la différence), des dizaines de pub de Coca-Cola, de Ford,

de Cadillac, des photos de joueurs de base-ball, de chanteurs country, de bûcherons, de tueurs d'ours et j'en passe (mais pas de Jeff Stryker), jaunies par la fumée, accrochées sur tous les murs, certaines décollées depuis des décennies, et, au milieu du bar, sous un plafonnier suspendu moderne type Ikea, un billard ! Un vrai billard américain avec son tapis vert usé. Vous commencez peut-être à comprendre maintenant le titre de ce chapitre. Mais finissons d'abord les descriptions. Ici ce n'est pas l'ambiance feutrée et calme du Héron. Deux choses surprennent d'emblée : le bruit et la fumée. Musiques, rires, conversations, stridences du juke-box. Un halo brumeux, un vrai *fog*, empêche presque de distinguer le plafond. Lumière diffuse. L'alcool qui coule à flots. Il faut crier pour se faire entendre. Odeurs de friture, de Marlboro. Bière et rots de circonstance. Clientèle en accord avec le lieu. Ce sont bien des pêcheurs, des bûcherons, les gens du cru qui sont ici. Pas de touristes. Enfin, sauf moi, bien sûr. On vient ici pour se défouler, chanter, boire. À côté, le Héron ressemble à un salon de thé pour vieilles peaux.
Marc et Eric connaissent tout le monde. Leur relation est donc bien officielle et, malgré le côté bourru de la gent présente, ça a l'air de ne gêner personne. Bon, je reviendrai demain avec un CD de Dalida, ça va leur plaire un max… Nous retrouvons Tom qui nous attend à une table, de celles des westerns, ronde, en bois noir, avec fauteuils et accoudoirs, il nous a évité les chaises, certes kitsch, mais affreuses, en Formica délavé. Une, deux, puis trois tournées de bière. Vers minuit, Marc et son homme décident d'aller se coucher. Se coucher me semble réellement le verbe le plus approprié, serrés l'un contre l'autre, ils ne laissent aucun doute sur le type de relation qui les unit. Je reste seul avec Tom. Une quatrième bière. Il me pose des questions sur mes vacances, sur Paris, ce que je fais là-bas, mais sans curiosité déplacée. Bref, les questions d'un garçon poli et sympathique. Mais, régulièrement, mon regard revient comme attiré vers la table verte au milieu du bar.

« Tu sais jouer au billard ? » me demande Tom. Je souris, énigmatique, tel le Sphinx ou la Joconde, « un petit peu... ». Cinq minutes plus tard, les deux gars qui jouaient, barbus comme des bûcherons, et certainement poilus comme des Portugais – bien qu'il ne doive pas y avoir beaucoup de Portugais dans le coin pour faire la comparaison – ont fini leur partie.

« Tu veux jouer ? » me fait Tom. Je me retourne vers lui, surpris, mais j'accepte. Il y a si longtemps...

« Pourquoi pas ? », dis-je en me levant et en me dirigeant vers le billard. « Quelles sont les règles ? » je lui demande, ingénu. En fait pas si ingénu que ça car il y a des dizaines de règles différentes possibles.

« On va faire au plus simple, on met chacun le maximum de boules, de chaque côté et sans ordre. Ça marche comme ça ?

– OK pour moi.

– Tu veux commencer ?

– Non, vas-y toi d'abord. »

Il installe les boules dans le triangle, choisit une queue, place la blanche, s'installe et d'un coup puissant casse le jeu. Il est sympa, il a frappé fort pour éclater les boules au maximum, c'est alors beaucoup plus facile, on dirait que Tom essaie de me donner le maximum de chances. Au premier coup, Tom ne met aucune boule dans un trou. À mon tour. Queue. Craie. Une boule, la numéro 8 je crois, est bien placée. Je me mets en position. Tire. Dans le trou. De justesse. Je rate la suivante. Tom en met ensuite deux à son tour. La 2 et la 11. Je manque le coup suivant. Tom aussi. Puis je réussis la 12 et la 14. Je prends une longueur d'avance. Immédiatement rattrapé par Tom qui en met quatre en suivant. Puis je réussis la 1. Égalité. Tom rentre la 15. Et rate la suivante. La 10 et la 5 sont pour moi. De nouveau égalité et il ne reste qu'une boule sur le tapis. Si je la rentre je gagne. Je me mets en position, vise, tire. La boule s'avance vers le trou mais, au dernier moment, refuse de rentrer. Au tour de Tom. Le coup n'est pas facile mais réalisable. Il tire, mais la boule récalcitrante refuse de lui donner la victoire. Ce coup-ci il ne faut pas que je la rate. Je prends mon temps, me concentre (oui, ça peut m'arriver !), tire et... hourra ! j'ai gagné. Je commence à me (re)prendre au jeu, c'est plutôt marrant. Je propose aussitôt à Tom de prendre sa revanche. « OK. »

Cette fois-ci c'est à moi de commencer, mais je n'arrive pas à éclater complètement le jeu. Et finalement, dans cette partie-là, « la chance du débutant » semble m'avoir abandonné et c'est Tom qui gagne, assez largement. Égalité, une partie partout. À la fin de la partie, nous nous jetons juste un regard et, sans même poser la question, partons pour la revanche. Il faut absolument que je gagne. Par fierté. Par envie. Par vengeance. Entre-temps, quelques amis de Tom, verre à la main, se sont regroupés autour du billard pour regarder la partie, ce n'est pas tous les jours qu'une folle parisienne vient manier la queue en public... Des spectateurs ? Je n'en demandais pas tant. Ça me motive. C'est Tom qui commence. Il tire. Fort. Très fort. Il ne fallait pas faire ça, ça va être beaucoup plus facile pour moi maintenant. Deux boules rentrent dans les trous dès le premier coup. Tom se remet en place, tire. Une troisième. Ça commence à faire beaucoup. Un autre tir. Raté. Bon, maintenant on arrête de rigoler, on passe aux choses sérieuses. Les deux premières parties m'ont permis de m'échauffer. Je suis hyper motivé. On va y aller lentement, méticuleusement, professionnellement. Commence alors pour Tom la débandade. Et au fur et à mesure le nombre de spectateurs ne cesse d'augmenter autour de nous. Nous (je ?) devenons l'attraction de la soirée. Heureusement qu'on n'est pas à Bercy.

L'une après l'autre, sans rater aucun coup, sans montrer la moindre émotion, la moindre hésitation, ni le moindre triomphalisme, je rentre toutes les boules. Je perçois les réactions des gens autour de nous, les murmures, la surprise. Jamais un touriste n'avait mis une telle raclée à un gars du coin. Si on était à Las Vegas ou dans un vieux western, j'aurais de grandes chances de finir dans un trou au fin fond du désert. Mais je suis

tellement concentré, je me sens tellement concentré, que rien ne saurait m'arrêter. Il ne reste plus qu'une boule. Je pourrais la mettre dans le trou sans problème. Mais ma victoire est déjà très largement acquise. Je me mets en position. Tire. Et rate mon coup. Intentionnellement. Alors Tom vise à son tour et rentre cette dernière boule dans le trou. Tant mieux. Je ne lui aurais pas laissé une seconde chance. Les copains de Tom sont épatés. Je le regarde avec un petit sourire, genre « voilà, c'est fini », mais pas pour autant avec fierté. Il me dévisage de ses grands yeux clairs, incrédule. J'aurais débarqué direct de Mars qu'il n'aurait pas fait une autre tête. Puis il se rapproche de moi en souriant, me tend la main. « Bravo ! Tu as très bien joué. J'ai perdu quoi ? » Ah oui ! c'est vrai ! Ici on a l'habitude de parier. « Je ne sais pas, moi. Voyons voir. » Je réfléchis quelques secondes. « Un après-midi pour me faire visiter le plus beau coin de Tofino. Ça te va ? » Il éclate de rire.
« OK. Ça marche ! Rendez-vous demain à une heure chez Marc. En attendant, tu as bien gagné une autre bière. »
Retour au bar où tous me sourient, me félicitent, je ne comprends parfois rien à leurs commentaires, mais c'est ma foi bien agréable. Je rentre à la maison beaucoup plus tard, un peu de plomb dans l'aile.

# 16

# L'ours et la demi-lune

Quand je me lève, vers six heures, les esprits encore embués par les vapeurs d'alcool, c'est le branle-bas de combat dans la maison. En effet, Eric a été rappelé et doit partir pour Victoria alors, que, normalement, il avait encore une journée de vacances. Ce sont deux veuves éplorées en train de déjeuner que je croise dans la cuisine. La tête des mauvais jours. Va en plus falloir que j'annonce à Marc que je vais le planter là une bonne partie de la journée. Il va apprécier de se retrouver seul aujourd'hui. Bon, on verra ça au retour de ma balade matinale. En attendant, je fais mes adieux à Eric, il se lève, me prend dans ses bras, m'embrasse tendrement, on se regarde un long moment dans les yeux, pour prolonger le plaisir de notre rencontre, tout en sachant que l'on se reverra très bientôt. Il y a un large sourire, ironique et triste aussi de partir, dans son regard et sur ses lèvres. Marc a vraiment trouvé la perle rare. Finalement je quitte ses bras et la maison pour les laisser en face-à-face pour un au revoir plus intime.

De nouveau, seul, devant le début du monde, c'est l'illumination, l'illusion d'être ce spectateur unique, ultime, privilégié, dans une communauté d'esprit, une communion avec la nature, les éléments, la poésie évoquée, la douceur des rayons du soleil, la douceur de la brise, la douceur de l'air, l'odeur, douce et légèrement écœurante en même temps, de l'écume marine. Ces minutes au petit matin sont comme une naissance, le vrai réveil, une nourriture autant spirituelle que physique, vivifiante, conférant une énergie et une vitalité pour toute la journée.

De retour à la maison, je retrouve Marc – Eric est déjà parti depuis longtemps déjà – en caleçon et tee-shirt, en train de faire le ménage, sans envie, sans énergie, l'esprit ailleurs, le regard dans le vide, un vrai zombie. Je m'approche de lui et le prends dans mes bras pour le bercer tendrement. « C'est chaque fois pareil, j'ai l'impression qu'il ne reviendra pas. Je sais que c'est idiot mais je n'y peux rien. » Il sourit, tristement. « Tu vas me trouver un peu trop fleur bleue.

– Non ! Non ! Vous allez tellement bien ensemble. » Cela dit, je me vois assez mal dans sa situation. Enfin, bref !

Pendant le petit déjeuner, je raconte à Marc la fin de ma soirée au pub et mon rendez-vous avec Tom pour l'après-midi. Sa réaction me surprend un petit peu. « C'est très bien ça. » Comme s'il voulait se débarrasser de moi ! Mais ce n'est pas le cas, bien sûr ! En fait, chaque fois qu'Eric repart, il a besoin de se retrouver un peu seul et tranquille, et c'est dans ces moments-là qu'il a sa meilleure production (en qualité !) dans sa peinture, il s'enferme dans le garage où il a installé son atelier et peut rester la journée entière, pinceau à la main, sans voir ni parler à personne, sans manger ni boire, concentré sur son travail, sans sortir et sans voir le jour ou le soleil. « En plus, j'ai tellement à faire pour préparer cette expo à Toronto en septembre. J'ai pris beaucoup de retard. » Donc voilà, rapidement l'Artiste m'abandonne. Et moi qui culpabilisait !

Je passe la matinée à traîner dans la maison, à ne rien faire, je vais boire un café avec mes voisins du dessous qui me réinvitent à une petite partie de jambes en l'air dès que je le souhaite, je ne leur promets rien, je ne connais pas le programme exact de ma journée, on discute, ils sont (et elle aussi) vraiment très sympas. Une équipe (un trio ?) très accordé. Puis je remonte me faire un sandwich au poulet froid, Marc refusant obstinément de quitter son garage.

Une heure a à peine sonné que Tom arrive. Surprise. Il est en moto. Vêtu d'un jean, tee-shirt blanc immaculé, blouson de cuir et sac à dos. Avec ma tenue légère, short et simple tee-shirt, j'espère que l'on ne va pas au bout du monde, sinon j'ai le temps de mourir de froid. Son salut, son sourire sont chaleureux mais il me paraît en même temps un peu inquiet. Comme je ne pense pas l'impressionner – je n'en ai pas en tout cas le sentiment –, il regrette peut-être la promesse de la nuit dernière mais essaie quand même de faire bonne figure. Je lui propose un café mais il refuse poliment. Il nous imagine peut-être tous les deux assis sur le canapé, sans trouver de quoi parler, gênés autant l'un que l'autre, que j'essaierais de lui faire découvrir, et aimer, Dalida ou je ne sais qui d'autre, alors qu'en pleine nature, au soleil, il est plus facile d'engager la conversation. Et sans me demander de nouvelles de Marc, ni d'Eric, ni de la fin de ma nuit, il me tend un casque. « On y va ?
– Bon, OK. On va où ?
– Pas très loin, ne t'inquiète pas. »
Bon, il y a deux jours il ne nous a pas abandonné sur cette île déserte, il n'y a pas de raison qu'il le fasse cette fois-ci. Mais moi je ne connais pas le pays, ça ne serait pas difficile de me perdre. On verra bien.
Nous voilà partis. Vers le sud. De toute façon c'est la seule route pour quitter Tofino. Nous longeons Long Beach, à une vitesse relativement lente, des animaux peuvent traverser à tout moment, et même si pour l'instant je n'ai vu que des mouettes et un orque, un cerf ou un ours pourraient débarquer sans crier gare. Le soleil joue sur la route à travers les grands arbres qui la bordent, alternant ombre et lumière, chaleur et douceur. L'air est très doux. Je me tiens au blouson de Tom, sans appréhension même si je ne suis pas habitué à me promener à moto, je sens sa confiance dans sa machine. Une vieille chanson de Gainsbourg me trotte dans la tête, « Je n'ai besoin de personne... », immortalisée par une idole de toute une génération mais qui tourne du chapeau depuis quelques

temps. Nous roulons sur plusieurs kilomètres, puis, délaissant la route de Victoria et la civilisation sur la gauche, nous partons vers Ucluelet, cet autre village à l'extrême sud du parc national de Long Beach, le pendant direct de Tofino à l'autre bout de la plage. Quelques centaines de mètres plus loin, bien avant le village, Tom, malgré une grosse chaîne qui en interdit l'accès, engage résolument la moto sur une petite route qui, d'après les indications, conduit vers une autre plage et un petit circuit de randonnée. Accroché à la chaîne, une petite pancarte rouge avec un ours peint dessus me laisse quelques inquiétudes. Mais Tom ne semble pas l'avoir remarquée et nous arrivons très vite sur un petit parking désert. Il se gare, coupe le moteur, enlève son casque, « on est arrivé ». Je le regarde, surpris.
« C'était quoi ce panneau à l'entrée ?
– Ce n'est rien, ne t'inquiète pas. Chaque fois que l'on voit un ours dans un coin, on en interdit l'accès, c'est plus prudent. »
Devant mon air perplexe, il ajoute « ça fait une semaine que le sentier est fermé, l'ours est loin maintenant. Et puis il suffit de prendre quelques précautions. »
Je sais, on ne peut pas les rater ces recommandations. Elles sont affichées partout. Ne pas marcher en silence, éviter tout contact direct, ne pas leur donner à manger (à un ours ? faudrait être vraiment très con !), ne pas courir, ne pas crier, rebrousser lentement chemin, ne pas empêcher le passage de l'animal... Même en connaissant ces recommandations et accompagné d'un habitant du cru, aussi costaud soit-il, je n'ai pas totalement confiance. Peut-être qu'il veut me donner la peur de ma vie après l'avoir si honteusement battu hier soir...
Mais il s'engage déjà sur le sentier, et je ne peux que le suivre. Un petit grelot accroché à son sac à dos jette un son strident et clair à chaque pas et avertit ainsi les ours de notre arrivée. Soit ils vont s'éloigner pour être tranquilles, soit il vont nous tendre une embuscade.
Le sentier est large, entretenu, humide, le soleil n'arrive pas à atteindre le sol à travers les frondaisons. La forêt est épaisse,

impénétrable, de chaque côté. J'apprendrai plus tard que c'est ici que les premiers colons de la région sont arrivés, au début du siècle dernier. Des paysans qui ont essayé de déboiser la forêt, de cultiver du blé et d'élever du bétail. Ils n'ont connu qu'une vie de misère et de souffrances. L'arrière-grand-père de Tom faisait partie de ces premiers habitants de Tofino.

Au bout de vingt minutes de marche, et sans avoir rencontré un seul ours, ni âme qui vive, nous arrivons en haut d'une falaise qui surplombe la mer. Un escalier de bois aux marches abruptes, envahi de fougères, descend jusqu'à une plage intime entourée de rochers. Sa forme circulaire lui a donné son nom, la plage de la baie de la Demi-Lune. C'est Long Beach. Mais de seulement deux cents mètres de long. Le même sable, la même mer noire et froide, le même ciel profond. Au fond, sur la droite, une avancée de la falaise vers l'océan cache et isole complètement la plage. Nous sommes au bout du monde, loin de tout bruit et de la civilisation. C'est un peu ce morceau de plage à la fin de *La Planète des singes* (le premier film, celui qui est bien, et je dois reconnaître que les attraits de Charlton Heston sont très supérieurs à ceux de Mark Walberg, qui au moins perd sa chemise dans l'histoire). Derrière ces rochers on pourrait trouver les restes de la statue de la Liberté ou de tout autre monument humain, on n'en serait pas complètement surpris. C'est la plage du bout du monde, la plage d'après la fin du monde, un lieu où toutes les craintes sont possibles, où tous les espoirs aussi sont permis, où la vie peut recommencer, un monde unique. Ce n'est certainement pas le plus bel endroit de Tofino. Mais je me trouve instantanément sous le charme du calme et de la simplicité du lieu.

Nous descendons lentement l'escalier de bois abrupt recouvert de sable et envahi de fougères et d'herbes hautes, entouré de pins centenaires. Sur la plage, la chaleur, la brise douce et l'odeur entêtante de l'écume nous assaillent sans avertissement. Tom s'avance jusqu'au bord de l'eau, enlève son sac à dos duquel il retire une grande serviette. Journée plage, donc. Me voilà au courant du programme. Avec ce soleil c'est plutôt sympa. Mais je n'ai pas prévu mon maillot de bain. Pas grave, de toute façon il n'y a personne à part nous. Lentement, Tom installe son drap de bain assez large pour deux, il se déshabille et reste en caleçon. Ce n'est pas un CK, ni une marque mais il est court, bien moulant, d'un blanc immaculé, qui met en valeur ses attributs et ses belles fesses pulpeuses. Dans les chapitres précédents, j'avais dit que si je le rencontrais au sauna je ne ferais pas trop le difficile. Je dois reconnaître qu'il est vraiment bien foutu. Musclé mais pas bodybuildé, une carrure naturelle qui n'est pas le fruit d'un entraînement inhumain dans une salle de sport, ce qui lui donne un attrait tout particulier. Torse imberbe, c'est dommage parce que j'adore les poils. Enfin, comme on n'est pas là pour ça, je ne vais pas me plaindre. Il se tourne vers moi en souriant et m'invite à le rejoindre sur le drap. Je quitte donc mes mocassins, mon tee-shirt et mon short avant de m'asseoir à côté de lui.

Étendu sur le dos, le regard perdu dans le ciel, il me raconte l'histoire de son arrière-grand-père, un des premiers migrants de la région, sa vie de misère pendant des années, avant de fonder avec d'autres le village de Tofino et de se consacrer à la pêche. En une demi-heure je deviens expert en histoire de ce coin perdu du monde. Pendant qu'il parle je l'observe, c'est le genre de mec que l'on retrouve dans certains magazines dits de charme ou sur certains sites Internet spécialisés, ces beaux mecs bien foutus et hyper bien montés qui s'exhibent sans pudeur, il a peut-être déjà fait ce type de photos et je le croiserai un de ces jours en train de se caresser sur un de mes sites favoris. Évidemment, avec de telles pensées, je me retrouve rapidement en train de bander comme un fou, il ne m'en faut pas beaucoup parfois et, pour masquer mes pensées bien peu en accord avec l'histoire de Tofino, je m'allonge sur le ventre. C'est plus discret, même si ça ne calme rien du tout. Après bien des anecdotes sur ses ancêtres, Tom finit par se taire. Et puis, au bout d'un grand moment de silence, il se redresse,

se tourne vers moi et me demande : « Pourquoi tu m'as laissé gagner une partie hier soir ? » Laissé gagner ? Je ne crois pas très bien comprendre. Il pense que j'aurais pu tout aussi bien le battre dès la seconde partie. Mais peut-être a-t-il raison. Peut-être l'ai-je fait inconsciemment ? Ou peut-être pas, pour avoir une revanche encore plus éclatante. Je ne sais pas, je ne me suis pas posé la question. Envie d'impressionner, envie de me venger ou plus pur des hasards ? Je ne sais pas. Je le regarde, lui souris avec un air d'incompréhension. Il rigole à son tour en secouant la tête, genre « sacré Français ! », mais sans rien dire. Il se recouche sur le dos, toujours en souriant.
Au bout d'un moment, il reprend la parole. « Marc m'a raconté une fois qu'à la plage vous faisiez du naturisme. C'est vrai ? » Je le regarde, encore une fois étonné du cheminement de ses pensées. J'acquiesce d'un hochement de tête. Un signal s'allume dans mon esprit, « attention terrain glissant ». « Tu n'as pas peur de repartir avec la trace du maillot ? » Je secoue seulement la tête, en signe de négation. Soudain il se redresse. « Après tout, pourquoi pas ! Il n'y a personne ! » Et, joignant le geste à la parole, il enlève son caleçon pour se retrouver nu comme au premier jour. Je ne peux m'empêcher de jeter un œil vers son bas-ventre, il ne manque pas de remarquer mon geste. Il n'est certainement pas habitué à ces pratiques de plein air car il est légèrement excité. Je ne suis pas réellement surpris, il m'arrivait la même chose au tout début quand j'ai commencé à me faire bronzer tout nu. Mais tout ça n'arrange pas mes affaires dans mon propre caleçon. « À ton tour ! » me fait Tom. Bon, tu l'auras voulu ! Je me retourne et, risquant le ridicule ou la guerre froide au cas où il le prendrait mal, je quitte mon caleçon, offrant à son regard mon sexe en érection avant de me recoucher sur le ventre en fermant les yeux.
« C'est joli ton tatouage. »
Eh oui, comme tout pédé *fashion victim* qui se respecte, je me suis fait tatouer les fesses. Pas toutes les fesses, non, juste un petit oiseau en plein vol que j'exhibe fièrement sur la plage ou

au sauna en laissant retomber négligemment ma serviette au ras des fesses. C'est vrai, je me laisse tellement influencer par la mode, preuve en sont aussi mes piercings à l'arcade sourcilière et au nombril, sans parler de mes changements réguliers de coupes et de couleurs de cheveux.
« C'est original. Ça fait mal ?
– Un petit peu quand tu le fais, mais après non.
– C'est marrant. »
Il s'approche encore un peu, tend la main et pose un doigt sur l'oiseau, pour en dessiner le contour. Je tressaille légèrement, surpris, j'ouvre les yeux et lui souris. Marc, quand je vais te raconter tout ça... Il se penche alors pour poser ses lèvres sur le tatouage puis sa bouche remonte le long de ma colonne vertébrale en effleurant légèrement la peau. Mon corps se tend sous la douceur de la caresse. Tom se retrouve serré contre moi, ses lèvres cherchant les miennes. Il m'embrasse tendrement et ses lèvres ont le goût du miel. Juste le goût, bien sûr. Pas la consistance. Sinon, pour le coup, on restait collés et là ça aurait été plutôt embêtant et dangereux. Et ça aurait pu aussi attirer les ours du coin. Non, ses lèvres, son haleine, ont juste la douceur du miel et de l'eau sucrée. C'est plutôt agréable.
Nous restons ainsi très longtemps à nous embrasser, ses mains parcourent mon dos, mes cuisses, par moment très sensuellement, parfois pour me serrer très fort contre lui. Puis, avec toujours autant de douceur, il me retourne sur le dos et part avec ses mains, sa bouche, à la découverte de tout mon corps. Le visage, les yeux et le nez, le cou, la poitrine, les seins, le ventre et le nombril, le sexe qu'il embrasse légèrement au passage, les cuisses, les jambes, les pieds. Il veut connaître, peut-être pour les reconnaître et s'en repaître ensuite, tous les coins, les recoins de ma peau, sa douceur et son odeur, mais aussi ses défauts, ses aspérités, les poils, les grains de beauté. Il se lance, avec avidité et application, sans excès, à l'aventure. L'exploration est très sensuelle et me procure du plaisir dans des zones jusqu'alors insoupçonnées. Peut-être est-ce la pratique

du corps féminin qui confère à Tom ces capacités-là. Mais sur le moment je ne me pose pas la question.

Il reprend son exploration et le chemin de retour jusqu'à mes lèvres est encore plus doux. Couché contre moi, je sens son corps, ses muscles saillants, son torse, ses jambes puissantes qui enserrent les miennes, son sexe contre mon sexe, les deux tendus jusqu'au désespoir. Nos mains se cherchent et s'enlacent à leur tour, pour renforcer notre étreinte. Puis, je pars à mon tour à la conquête de son corps, je caresse et embrasse ses bras musclés, son torse, son ventre dur comme du béton, les poils pubiens, j'embrasse plusieurs fois son sexe, le lèche, l'avale. Sous l'assaut son corps se tend, se contracte, arrête de respirer pour renaître ensuite à la vie. Nous continuons nos caresses réciproques, baisers, pendant un temps infini mais qui n'aurait pu durer qu'un instant. À un moment, Tom relâche un peu son étreinte pour attraper quelque chose dans son sac. Un préservatif. Il s'est trahi. C'était donc un coup monté. Mais loin de moi l'envie de me plaindre. Couchés l'un contre l'autre, face à face en nous regardant dans les yeux et cherchant l'expression du plaisir dans le regard de l'autre, il me pénètre avec beaucoup de précaution et de douceur. Variant l'intensité de ses mouvements, nous restons encore ainsi une éternité, son sexe tout au fond de mon corps. Puis, n'en pouvant plus, il jouit avec un soupir comme de soulagement, ses yeux jetant pendant une seconde un éclat particulier, une étincelle dans ses yeux trop bleus. Il reste encore en moi et d'une main caresse mon sexe jusqu'à ce qu'à mon tour je jouisse sur son ventre. Nous restons ainsi collés dans les bras l'un de l'autre, lèvres contre lèvres, les yeux dans les yeux. Et je crois que je me suis endormi.

Un bruit léger, comme un ronflement, ou plutôt un grognement, me fait sursauter. J'ouvre les yeux et, à seulement quelques dizaines de mètres de nous, une masse noire se promène en lisière de la forêt. Nom de Dieu ! Un ours ! Mon corps se contracte et, par réflexe, je me serais levé en criant si Tom n'avait resserré son étreinte autour de moi et tué mon cri de ses lèvres. « Chut ! Ne bouge pas ! Ne dis rien ! Il va partir bientôt ! » Mais l'animal semble vouloir prendre tout son temps. Il cherche sur le sol quelque nourriture, on dit qu'ils se nourrissent en grande partie de plantes, de tubercules et d'insectes, mais si c'était le cas on ne ferait pas toutes ces mises en garde quand on les croise. Par moment il lève la tête pour humer l'air, nous a-t-il sentis ? D'où vient le vent ? S'il a détecté notre présence, il ne paraît pas s'en soucier. Je devine sous cette boule de poils noirs la force sauvage de l'animal et la terreur qu'il peut inspirer. Sans les bras protecteurs de Tom, j'aurais crié et me serais enfui, poussant certainement la bête à l'attaque. J'attends, le souffle court. Je vois que Tom, malgré son assurance, semble aussi assez inquiet. L'ours déambule nonchalamment et s'éloigne de nous à la vitesse d'une tortue. Finalement, après une éternité, il regagne le sous-bois et disparaît. Mais nous n'osons bouger avant de très longues minutes, attendant d'être sûrs et certains qu'il ait vraiment quitté les lieux. « On va encore attendre un petit peu avant de partir », me dit Tom. Et afin de tuer le temps il recommence à m'embrasser et à me caresser.

# 17

# Et pourquoi ?

Si je m'attendais à ce que les événements prennent cette tournure... Quand je racontais mes histoires à Marc au sujet de Tom, c'était simplement par esprit de dérision. Je ne croyais absolument pas qu'il puisse être attiré par les garçons. Ce n'était pas son genre et, en fin de compte, il n'avait pas le look. C'est peut-être l'exemple de ces deux garçons bien sous tous rapports, Marc et Eric, qui lui a donné des envies. En essayant avec moi, il était presque sûr de son coup, étant, comme je le laissais entendre, ouvert à toute proposition. Il ne risquait pas de se faire traiter de sale pédé. C'est la conclusion à laquelle j'en étais arrivé. Son envie d'essayer autre chose. Avec moins de risques et de remords que de tromper sa copine avec une autre fille. Et comme en plus je n'étais là que quelques jours...
Mais vous qui lisez ces lignes, vous allez dire que c'est moi qui l'ai provoqué, que j'ai tenté de le séduire autour de cette table de billard, puis en lui exhibant presque sous le nez mon sexe en érection. Je m'élève contre ces mensonges. Autant j'ai cherché le petit serveur du restaurant, autant avec Tom je n'y suis absolument pour rien. Ce n'est pas moi qui lui ai proposé une partie de billard où il aurait pu très bien me battre (mais, au fait, où ai-je bien pu apprendre à manier la queue aussi bien ? Une minute et je m'explique). Ce n'est pas moi qui l'ai invité sur un plage déserte et abandonnée, quitte à affronter des bêtes sauvages pour ça. Ce n'est pas moi non plus qui l'ai forcé

à se mettre à poil. Et le dernier point, le plus étrange, ce n'est pas moi qui lui ai mis des préservatifs dans son sac. Qu'avez-vous à répondre à tout ça, hein ?

Bon, commençons par le début. Le billard. Oui, depuis mon entrée au lycée en pensionnat, je suis devenu spécialiste en queue de toute sorte. Ça a commencé par le billard pour terminer par mon job au rayon ustensiles de cuisine du BHV. En effet, je manie à longueur de mes trente-cinq heures hebdomadaires des casseroles et des poêles aux manches de toutes longueurs et grosseurs. Un supplice quotidien. Je me souviens, une fois, d'une cliente du genre hyper bourge, certainement venant d'un hôtel particulier de la rue de Rivoli, tenant à la main une casserole pourtant très bien montée, demandant à la grosse Thérèse qui traînait encore dans mon rayon : « Vous n'en avez pas avec une plus longue queue ? » Et moi, toujours besoin de me faire remarquer, m'approchant d'elle et lui demandant d'un air innocent : « Vous me cherchez ? » La comtesse, peut-être même plus dans cette échelle de valeurs, mais Bern n'était pas là pour me le certifier, me toise d'un air hautain, se drape dans sa dignité en lançant autour de son cou son renard noir, plante la casserole dans les mains de Thérèse la Portugaise et s'enfuit d'un pas ferme. Thérèse se met à pouffer comme une grosse bête qu'elle est, comme à chaque fois que je raconte une connerie.

Mais mon intérêt pour ce type d'instrument remonte à mon entrée au lycée. Une pension très particulière. Onze jours enfermés et trois jours de week-end. Le pied total. Inutile de préciser, c'était une école de curés. Pour passer nos soirées et nos dimanches bloqués sur place, il y avait une salle de jeux. Ping-pong, un Baby-foot, un flipper, une petite librairie, une grande salle d'étude et un billard. Je me suis très vite intéressé à cette discipline et fait preuve d'une grande patience et de concentration dans sa pratique. Je suis devenu rapidement un

des meilleurs du lycée. Trois ans plus tard, j'étais imbattable et plus personne ne voulait m'affronter. Même pas Franck, mon meilleur copain de l'époque. Mais il faut dire que lui était plus branché sur *Playboy* et les filles aux gros seins. On a partagé la même piaule pendant deux ans. C'est avec lui que j'ai eu mes premières expériences sexuelles. Au retour des week-ends, il ramenait toujours des revues avec des photos de filles à poil. Lui s'excitait comme un fou à les mater et moi je m'excitais à le voir s'exciter. Est arrivé ce qui devait finir par arriver. Un soir, il m'a demandé de le caresser comme le ferait une des filles des magazines. « D'accord, mais si tu me le fais après. » On s'est donc masturbés réciproquement, et on l'a refait de temps en temps. Puis on en est arrivé à se sucer un petit peu. Un soir, en extase devant une photo, il me fait : « Putain, je l'enculerais bien cette grosse chienne ! » Il faut reconnaître que s'il était sympa, il n'était pas très porté sur la poésie et n'avait pas eu le plaisir de « découvrir » Rimbaud. En français il était pire que moi. Après cette déclaration, il me regarde d'un air concupiscent. Je lui réponds : « C'est hors de question !
– Mais pourquoi ?
– Parce qu'après tu ne voudras pas que je le fasse à mon tour.
– Mais si, je te promets.
– Je ne te crois pas. »
Ce soir-là, branle tout à fait classique. Mais il est revenu à l'attaque le lendemain. Et j'avais moi aussi envie de goûter à ça.
« Bon, on n'a qu'à tirer au sort pour savoir qui commence.
– OK. » J'attrape une pièce, « pile ou face ? », la lance et, bien entendu, c'est moi qui gagne. Faut pas rêver, quand on est maître dans l'art du billard, on le devient assez facilement dans celui d'escamoter ou de truquer des choses aussi simples qu'un pile ou face. Donc j'avoue, j'ai triché. Et le Franck, de mauvaise grâce – mais l'envie de me rendre la pareille était trop forte –, descend son pantalon et se couche sur le bord du lit en me présentant ses fesses imberbes, le nez sur une blonde aux gros

nichons qui tient la même pose. Je badigeonne son anus avec un peu de savon et enfonce un doigt. « Ouille ! doucement ! » puis je descends mon froc et commence à le pénétrer.
« Attends ! Attends ! Ça fait mal !
– Mais je n'ai pas encore commencé.
– Ça fait mal quand même.
– Si je le fais pas, tu le fais pas non plus.
– OK. OK. Vas-y. Mais fais attention.
– T'es vraiment qu'une mauviette.
– Attends ton tour, tu vas voir. »
Et quand je le pénètre enfin après plusieurs essais infructueux, il râle comme un gros porc. Je le travaille un peu et jouis assez vite. Mais c'était quand même vachement bon.
« Bon, tu vois, c'était pas si dur.
– Oui, tu vas voir maintenant.
– Mets quand même un peu de savon, ce sera plus facile. »
À mon tour de subir les assauts pas très délicats de mon compagnon de chambrée. Son sexe s'enfonce tout seul et ça ne me fait pas vraiment mal. Au contraire, je crois même que j'aime bien ça. Il jouit aussi assez rapidement en poussant un énorme soupir. Ils doivent se poser de sacrées questions dans les chambres d'à côté...
« Ça t'a plu, salope ?
– J'ai rien senti.
– Menteur !
– T'as une trop petite bite pour ça. »
J'allais quand même pas lui avouer que ça me plaisait bien. Il aurait été raconter des tas de choses sur moi après. On l'a refait par la suite deux ou trois fois, mais comme il perdait chaque fois à pile ou face on a arrêté. J'ai par la suite développé mes connaissances en la matière à l'armée, où je prenais plus de douches que nécessaire... On ne va pas entrer dans les détails. Consulter la majorité des films porno pour ça...
Après cet aparté un petit peu hors sujet – mais parfois la mémoire et les souvenirs s'égarent facilement –, revenons à

nos moutons. Ai-je oui ou non laissé gagner une partie à Tom pour m'assurer une victoire plus éclatante ensuite ? Non, non et non. Je persiste. Après avoir gagné j'aurais pu aussi bien lui demander de me rejoindre dans les chiottes, ça aurait été beaucoup plus simple. Cette victoire de Tom est due au simple fait que je n'avais pas joué au billard depuis des années, il m'a fallu un peu de temps pour me réhabituer, pour retrouver les techniques, pour être de nouveau au top. C'est aussi simple que ça.

Mais alors, pourquoi j'ai accepté ? J'aurais pu refuser les avances de Tom. Voyez-vous, j'ai une libido assez forte et un taux d'hormones au-dessus de la normale. Quand on me fait une bonne proposition, et il faut reconnaître que Tom est sacrément bien foutu, je ne dis jamais non. C'est d'ailleurs mon plus gros défaut, ne savoir jamais rien refuser à personne. Mais n'allez pas non plus imaginer que je suis prêt à faire n'importe quoi avec n'importe qui ! Il existe tout de même quelques limites ! Et puis on peut presque dire qu'il m'a eu par surprise. Rien n'a laissé présager ce qui allait se passer et, ensuite, il était trop tard. Mais ce n'était pas un viol non plus !

Et maintenant, que va-t-il se passer ? Je ne sais pas. Ça peut être gênant pour la suite de mes vacances, mes relations avec Marc s'il l'apprend...

Voilà comment s'est terminée cette journée. Longtemps après que l'ours fut disparu dans la forêt, nous nous sommes rhabillés et, en silence, avons rejoint la moto. Le sous-bois était frais, de temps en temps Tom se retournait pour me sourire, ou voir si l'ours ne m'avait pas enlevé. Je ne sais absolument pas ce qu'il pensait, mais il semblait plutôt content. Il m'a de nouveau embrassé longuement avant de repartir pour Tofino. Je l'ai, comme se doit de le faire tout garçon poli que l'on ramène chez lui après un rendez-vous galant, invité à boire un café. Il s'est empressé d'accepter. Et pendant que je préparais les tasses, il s'est approché et collé contre moi, de ses grandes mains douces

il caressait mon corps. Je sentais son sexe pointer dans son jean, contre le bas de mon dos. Je l'ai repoussé doucement. « Arrête ! Marc pourrait arriver. » Il est effectivement remonté de son atelier deux minutes plus tard. Ouf ! de justesse ! On lui a raconté notre balade, nos futurs coups de soleil, l'ours bien sûr. Mais pas le reste. On a pris rendez-vous de nouveau avec Tom pour le soir au pub. Bière, billard, Marc surpris de mes talents, le regard de Tom en permanence sur moi, les rires, les nôtres et ceux des autres... une bonne soirée, sans aucun doute.
Le lendemain matin, mon marin me rejoint sur le banc devant la baie de Tofino. Il me prend la main et la serre dans la sienne. Il me regarde de ses yeux bleus, plus bleus que le bleu du ciel et le bleu de la mer réunis. « On se voit cet après-midi ? »
Je ne vais quand même pas refuser !

# 18

# Jessie

Marc nous a surpris ensemble le deuxième soir.

De retour de la plage, où nous n'avons pas rencontré d'ours mais satisfait nos envies les plus lubriques, enfin presque, Tom m'entraîne sur le canapé, nous nous embrassons langoureusement, Tom a plongé sa main dans mon jean… et Marc remonte alors du garage. Il nous voit, s'arrête, surpris, ahuri, la bouche ouverte, ne trouvant rien à dire, les yeux encore plus grands que la bouche. Parfaite et totale incrédulité. Nous nous redressons d'un bond, mais impossible de donner le change. Aucune excuse qui pourrait paraître probable et lui donner à penser qu'il n'a pas vu ce qu'il a vu. Le pauvre Marc reste debout à nous regarder, sans arriver à comprendre. Tom se méprend sur ses pensées. Il se lève, bafouille, « euh… je… tu… », il est encore plus gêné que Marc. Et moi je ne bouge pas, je pense « putain, Marc va encore me prendre pour la plus grosse salope qui soit, pour m'en être pris à un de ses amis , hétéro et fiancé de surcroît ». Tom, rouge comme une pivoine, danse d'un pied sur l'autre, fixe le sol, gêné comme il n'a jamais dû l'être de toute sa vie. Je remonte ma braguette avec le plus de discrétion possible, toujours sans rien dire, surtout ne sachant pas quoi dire, Marc nous donnant l'impression d'être fâché. Un ange passe. Puis un second. Et un troisième. Tous les anges du paradis se succèdent comme s'ils s'étaient donné rendez-vous dans le salon de Marc. Nous restons comme trois imbéciles,

trois statues, Marc de granit, Tom fait dans une pierre d'un rouge éclatant provenant probablement d'une météorite en visite depuis Mars, et moi, JC, en albâtre, pour la blancheur et la peur de me faire passer un savon.
Puis, tout d'un coup, Marc ayant fini par réaliser et choisi son parti, éclate d'un rire énorme, dans un vol d'anges affolés. « Ça alors ! » Il rit tellement fort que des larmes lui coulent des yeux, le rouge de Tom baisse de quelques nuances et mon teint reprend des couleurs. Nous nous mettons à sourire nous aussi, soulagés, mais sans atteindre le degré de jubilation de Marc, qui semble ne plus vouloir s'arrêter. Il secoue la tête, se tient le ventre, est secoué de spasmes hilarants, comme s'il n'y avait rien de plus drôle que de trouver Tom avec la main dans le pantalon d'un autre mec. Moi, je ne trouve pas ça drôle mais agréable. Finalement, la situation doit lui paraître tout à la fois bizarre, marrante et pas forcément une si mauvaise chose que ça. Toujours mort de rire, il part à la cuisine et revient avec trois bières, comme s'il fallait fêter tout ça. Sans rien dire il ouvre les bouteilles, nous en tend une à chacun et trinque un peu trop fort avec nous. Ça l'amuse énormément. Pour une fois j'arrive à fermer ma grande gueule et j'évite de lui faire remarquer que j'avais encore raison. Mais Marc est assez intelligent pour s'en être rendu compte tout seul. Et, en présence de Tom, ça n'aurait pas été très diplomate de ma part. En fin de compte, mon marin d'eau douce reprend un peu de contenance, mais n'ose toutefois pas s'asseoir tout contre moi. Il laisse une petite distance entre nous. Après quelques gorgées de bière, Marc arrive à calmer son fou rire et à articuler quelques mots. Il nous demande, d'une voix qu'il essaie de maîtriser au maximum, comme s'il voulait nous démontrer que la situation est somme toute normale – pour moi il n'y a pas de doute elle l'est, pour Tom c'est peut-être moins simple et assez déstabilisant : « Bon, vous êtes allés où cet aprèm ? » C'est moi qui lui réponds, Tom semble encore assez gêné.
« On est revenus à la même plage qu'hier.

– Ben dis donc ! Vous avez pas peur des ours !
– Tu sais, il a pas dû rester à nous attendre.
– Bon. Vous avez passé une bonne journée ? »
À question idiote…
« Et toi, tu as fait quoi ?
– J'ai peint toute la journée. Ça avance pas mal, je suis plutôt content de moi.
– On pourra voir avant l'expo ? » lui demande Tom. Je note l'emploi du « on », mais n'arrive pas à déterminer s'il est indéfini ou s'il signifie « nous », d'autant plus que Tom ne semble pas avoir saisi la nuance dans ses propres propos.
« Il faudra encore attendre un petit peu, c'est pas fini. Bon, Tom tu resteras manger avec nous ce soir ? »
Il baisse la tête, me lance en biais un regard de chien battu, bredouille « je ne peux pas, je dois aller chez les parents de Diana ». Je ne réagis pas, ne dis rien, de toute façon on n'est pas mariés. Je ne lui demande rien, n'exige rien, demain on sera probablement simples copains et dans un peu plus de quinze jours je ne serai plus là, alors pourquoi me sentir gêné s'il va chez sa copine après avoir baisé avec moi. Cela dit, maintenant je n'ai plus de doutes sur l'emploi du « on » précédent. Comme s'il voulait se racheter, s'il en ressentait la nécessité, Tom rajoute « mais on peut se voir après, au pub ». Ben, oui, c'est une bonne idée. Voilà, tout est bien qui finit bien.

À peine Tom parti, sans m'embrasser, avec juste un regard du genre « désolé, mais je ne peux pas faire autrement », Marc se jette sur moi, commère, concierge, envieuse comme une pie devant un trousseau de clés, « raconte-moi ! raconte-moi ! ». Mais oui, je te raconte. Billard, pari perdu, plage, naturisme, crac-crac et rebelote. On peut pas faire plus court.
« Bon, maintenant tu vois que c'est un mec bien.
– Et vraiment bien foutu ! Mais tu aurais vu ta tête tout à l'heure !
– Je me suis senti tellement con que je ne savais pas quoi faire.

Je n'arrivais pas à croire ce que je voyais. Tom homo, c'est la meilleure de la journée !
– Non, ça date déjà d'hier.
– Dis donc, deux jours avec le même mec, tu bats tous les records.
– C'est ça, mais je ne suis pas encore marié ! Et puis le choix est plutôt restreint dans le coin » (et allez, encore un mensonge !), « il vaut mieux garder ce qu'on peut trouver. Sinon je vais rentrer à Paris tout cicatrisé !
– Tu parles ! Je te fais confiance pour trouver quelque chose. La preuve ! Je savais bien que tu ne laisserais pas passer une occasion comme celle-là. »
Et voilà comment on construit une réputation. J'évite de lui répondre, de démentir. Juste un sourire énigmatique, façon Joconde.

Nous partons pour le pub vers vingt-deux heures. Toujours la même ambiance de musique, de voix fortes, de rires, de rots et de *fog* de cigarette. Mais Tom n'est pas là. Il doit certainement accomplir ses devoirs conjugaux. Il a la forme le bougre, je ne lui ai pourtant laissé que peu de répit cet après-midi... Bières. Quelques personnes que j'ai déjà croisées viennent nous saluer, certains me proposent une branlée au billard, un autre, bûcheron plutôt gaillard, nous lance un improbable « salut les Français » en VO, pratiquement incompréhensible entre son accent déplorable et les surplus de bières qu'il s'est enfilées. Vingt-trois heures. Tom n'est toujours pas apparu. Je fais comme si de rien n'était, Marc, décidément en pleine vague diplomate, s'abstient de me dire des trucs du genre « ne t'inquiète pas, il va arriver bientôt, etc. », comme si j'attendais vraiment après lui. Il me connaît bien, je l'aurais envoyé bouler en lui demandant « qui ça ? Tu parles de qui ? ». On boit nos bières. On fait une partie de fléchettes. Je suis beaucoup moins fort qu'au billard, mais je l'ai quand même battu d'une courte longueur. Minuit. On se prépare à partir quand, finalement, Tom entre d'un pas rapide

et d'un air penaud. Quand il s'aperçoit que nous sommes toujours là, il nous sourit largement et vient à notre table.
« Désolé, je n'ai pas pu me libérer plus tôt.
– C'est pas grave, on allait partir, mais on va quand même prendre une dernière bière avant. »
Je hausse les épaules. Pourquoi pas ? Tom s'assied de manière que sa jambe touche la mienne. Je le laisse faire. Après tout, c'est lui qui me cherche. D'habitude je n'aime pas les mecs mariés et homos refoulés. Mais celui-là est charmant. Par contre, si je trouve autre chose à me mettre sous la dent... Mais ça ne risque pas d'être dans ce pub. Je ne vais quand même pas me plaindre non plus.

Après ce dernier verre, nous repartons sagement chez Marc. Tom, peut-être pour s'excuser de son retard, tient à nous raccompagner. Nous marchons dans les rues faiblement éclairées et désertes de Tofino. Seul le bruit lointain des vagues et de nos pas sur la chaussée brise le silence. Arrivés à la maison, Marc monte les quelques marches du perron, lance un « à bientôt, Tom » et attend que je le rejoigne. Mais entre-temps, profitant de l'obscurité, Tom m'a pris la main et me retient. Marc, qui a décidé de quitter sa fonction de diplomate, nous regarde et attend. Il se passe quelques secondes avant de réaliser qu'il ferait bien de rentrer et de nous laisser seuls un petit peu. Un vrai chaperon, ce Marc. Dès que la porte est fermée, Tom me prend dans ses bras et m'embrasse tendrement sur la bouche. « On se voit demain ? – Peut-être », lui réponds-je seulement. Il m'embrasse de nouveau, plus virilement et en me serrant plus fort. Je le repousse doucement. « Bien sûr, espèce de nigaud. » D'un geste je me dégage et en trois bonds me retrouve dans la maison sans un dernier regard. Je regagne mon lit et lui le sien. Ou celui de Diana. Je ne veux pas savoir. Chacun son truc.

Les jours suivants se passent selon un schéma similaire. Le matin, Tom me retrouve devant la baie de Tofino, partageant avec moi l'émotion de ce jour nouveau qui se lève, nous laissant emplir ensemble, main dans la main, de cet émerveillement chaque fois renouvelé. Puis il part préparer son bateau pour les premières visites matinales avec ses touristes. Moi je glande dans la maison, chez les locataires d'en bas, en balade dans le village, je vais faire les courses à la supérette où, malgré mes espoirs des premiers jours, je n'ai branché personne. Marc, lui, en pleine poussée créatrice, s'enferme dans le garage et peint toute la journée. Il remonte tout de même déjeuner avec moi. Ensuite, l'après-midi, quand Tom est libre ou largue ses touristes, on reste ensemble à la plage ou aussi une fois ou deux à la maison pour une nouvelle phase d'exploration et de découverte sexuelles. Quand Tom reste travailler, je prends le pick-up de Marc et vais seul à la plage prendre le soleil, me promener, le parfait touriste pantouflard et beauf qui partage ses vacances entre le lit et la plage. En fin de journée, Tom me rejoint chez Marc, on se retrouve alors très vite dans ma chambre. Inutile de préciser le programme. Et le soir venu, c'est pub, bières, billard, fléchettes.

Je commence maintenant à connaître pas mal de monde, je ne parlerai que de Richie, le patron du bar, qui jouera un rôle dans la suite de l'histoire. C'est lui d'ailleurs qui a trouvé mon nom actuel. Ah oui, c'est vrai, j'ai oublié. À Tofino, personne ne m'appelle JC. Les anglophones, s'ils veulent me nommer par mes initiales, vont dire *Géssi*. Donc, par facilité et pour mieux me fondre au milieu de la faune locale, Richie m'a nommé Géssi, vite transformé en Jessie. Comme la chienne de chasse d'un paysan gersois où on allait en balade avec mes parents quand j'était gamin. Bon, un nom de chien ce n'est pas très valorisant, mais elle était tellement douce et gentille que je m'en accommode plutôt bien. Plus d'une fois aussi j'ai fait démonstration de mes talents en matière de billard. Je suis incapable de me souvenir combien de bières j'ai pu gagner avec ça ! Au milieu de la nuit, Tom, fidèle chevalier servant, me raccompagne sur le pas de ma porte, m'embrasse tendrement

et rejoint ensuite son lit. Ou un autre, peu importe.
Jusqu'à ce jour-là. J'en étais exactement à la moitié de mon séjour à Tofino. C'était un jour de soleil resplendissant. Après-coup, ça m'a fait penser à Julio à Ibiza. Il écoutait des trucs vraiment *strange* (en fumait aussi, mais c'est un autre problème qui n'a rien à voir ici), comme ce tango *Muy de mariconeo*, « hyper pédé » quoi, qui commençait comme ça : « *Era un día de resplandeciente sol, pero como soy muy desgraciada llovosa...* » Un petit peu comme dans *Barbara* de Prévert. Donc il faisait hyper beau. Tom est arrivé très tard. Marc était déjà remonté de son atelier. On buvait un Coca. Oui, je sais, il y a un peu trop de Coca dans cette histoire et ça ne fait pas très *frenchy*, mais je n'y peux rien, ça se passe quand même en Amérique du Nord, alors... Tom est arrivé, il avait l'air fatigué mais content de nous retrouver. Il a embrassé Marc, et moi aussi, mais sur la bouche, s'est assis tout contre moi et m'a pris par la main. Marc, encore très diplomate, ça le prend comme ça des fois, se lève en nous disant : « Bon, je vous laisse, je vais faire un tour. »
– Tu devrais aller voir les voisins du dessous », je lui suggère en souriant. Eh oui, c'est pile poil l'heure où Anna part pour son footing et il pourra participer aux ébats des deux petits Canadiens. Je n'oublierai pas de le lui demander à son retour... À peine Marc a-t-il le dos tourné que Tom me saute dessus. « Tu m'as manqué. » Il m'embrasse avec passion. « On va dans ta chambre ? » Il m'emmène sans me demander mon avis, sachant déjà la réponse. Je commence à me déshabiller mais il me retient. « Non, laisse-toi faire. » Il m'enlève mon tee-shirt, m'embrasse dans le cou puis me mordille les seins, s'accroupit devant moi, défait les boutons de mon short qui tombe à mes pieds, lèche à travers le caleçon mon sexe en érection. Il descend délicatement mon CK, il embrasse avec délectation mon pénis, puis, et c'est la première fois qu'il le fait, me prend dans sa bouche. Je suis un peu surpris par cette entrée en matière mais je me laisse faire, c'est bien ce qu'il m'a demandé, non ? Il me suce longuement, profondément, découvrant

apparemment un réel plaisir dans ces caresses buccales. Je dois reconnaître que pour un débutant, il se débrouille plutôt pas mal. Ensuite, il me pousse sur le lit, me force à me coucher sur le dos. Il se déshabille rapidement et reprend les choses là où ils les avaient laissées. Je ferme les yeux, les bras en croix, je me laisse envahir par la douceur de ses lèvres, par le plaisir, par la chaleur de l'air de cet après-midi resplendissant. Quand il arrête ses caresses, c'est pour se pencher vers la table de nuit et attraper un préservatif. Mais au lieu de l'enfiler sur son sexe comme d'habitude, il l'enfile sur le mien. Il l'enduit ensuite de gel et imprègne également largement son sphincter. Ses jambes de chaque côté de ma poitrine, il se redresse et, d'un geste maladroit, essaie de diriger mon sexe. Il pousse doucement et devant la résistance, la difficulté et la douleur, il fait une petit grimace. Je pose mes mains sur ses cuisses, « tu n'es pas...
– Chut. Laisse-moi faire. »
Il se redresse pour être plus à son aise et recommence. Je sens la pression de ses muscles autour de mon sexe, cette pression qui diminue peu à peu, son corps se détend, jusqu'à ce qu'il se retrouve complètement cloué sur moi. Les yeux grands ouverts, il me fixe pour garder toute l'émotion de cet instant et partager notre plaisir réciproque. Il me répète « surtout laisse-moi faire ». Il se redresse encore pour redescendre ensuite, pour essayer d'aller encore plus profondément, les yeux ouverts, le souffle qui se fait court, il trouve dans cette expérience inédite des sensations nouvelles, il découvre un autre monde, élargit ses champs de plaisir, je lis dans son regard tout son bonheur, sa joie, sa jouissance. Il prend mes mains et les tient tout contre sa poitrine, il accélère ses mouvements de va-et-vient jusqu'à ce que je ne puisse plus me retenir et que je jouisse dans un profond soupir. Il reste toujours sur moi, mon sexe reste encore assez dur pour que Tom puisse en retirer un peu de plaisir. Il se caresse, se masturbe et rapidement éjacule sur mon ventre et ma poitrine. Puis il tombe tout contre moi et nous restons enlacés sur le lit. Je lui caresse négligemment le dos.

Mais, soudain, il se redresse pour me fixer dans les yeux. Je lui souris. Il me regarde bizarrement, avec une certaine incrédulité qui peu à peu se transforme en autre chose, pas tout à fait comme du dégoût, mais comme, par exemple, lorsqu'on voit ou sent quelque chose de sale. Je lui demande : « Ça va ? » Son incrédulité augmente, « qu'est-ce qui se passe ? ». Il se sépare tout à coup de moi comme on repousserait un pestiféré, se lève d'un bond et se rhabille rapidement. « Qu'est-ce qui se passe ? » J'essaie de me rapprocher de lui mais il a un mouvement de recul. Je repose une fois encore ma question : « Mais qu'est-ce qu'il y a ? » Il enfile son tee-shirt en franchissant la porte de la chambre. En quelques enjambées il gagne la porte d'entrée. Je lui cours après, nu, son sperme encore collé sur mon ventre. « Mais réponds-moi ! Qu'est-ce... » Marc, revenu entre-temps, regarde passer Tom qui finit de s'habiller en fuyant, et moi derrière lui qui essaie de le rattraper. Quand j'arrive sur le perron, Tom est déjà au bout du jardin. Il fuit comme s'il avait le diable aux trousses. Je le regarde partir. Je me retourne vers Marc qui fait la même tête que lorsqu'il nous a surpris sur le canapé. Il me pose la même question que je posais à Tom. « Qu'est-ce qui se passe ? » Je le regarde sans comprendre, complètement ahuri. « Je n'en sais rien. Ça lui a pris tout d'un coup. » Je suis tellement surpris, sous le choc de ce départ précipité, que je ne sais pas quoi dire ou faire. Rire ou pleurer. Crier ou me taire. J'ai dû faire, dire quelque chose qui lui a déplu. Mais quoi ? Marc se rapproche de moi, m'observe, le préservatif encore accroché à mon pénis mais menaçant de tomber. « Bon, vas te laver, on verra après. »

Le soir, Tom n'est pas apparu au pub. Ni le lendemain matin devant le lever de soleil. Je l'ai cherché mais je ne l'ai pas trouvé de la journée, ni dans les rues, ni au port. J'avais passé une nuit agitée, me réveillant fréquemment, puis la journée à m'interroger sans comprendre ce qui avait pu se produire, cherchant des explications, cherchant Tom pour lui en demander. Malgré ma demande, Marc avait refusé de me donner son téléphone ou son adresse. Il avait peur que je fasse un scandale. Vers vingt-deux heures, je repars faire un tour en ville. De toute façon je n'aurais pas pu dormir. Je le vois au coin d'une rue, lui cours après, le rattrape. « Salut. » Il se retourne, surpris, ne me répond pas. « Qu'est-ce qui se passe ? » Il se tait, hésite une seconde, puis fait mine de partir. Je le retiens par le bras mais il se dégage doucement. « Mais bordel, qu'est-ce qui t'arrive ? » Je suis énervé, fatigué, au bord des larmes. Il me dit d'une voix presque inaudible « laisse-moi » et tourne le dos. J'essaie de le retenir par le bras mais cette fois-ci il se dégage plus violemment. « Je ne comprends pas. C'est quoi le problème ? » Il ne répond pas, tourne à nouveau les talons et s'en va dans la direction opposée de celle où il était quand je l'ai trouvé. Tout ce qu'il veut c'est que je le laisse tranquille. Il a fait à peine quelques pas quand l'explication se fait jour dans mon esprit. Alors, tandis qu'il s'enfuit d'un pas rapide, je lui crie assez fort pour que tout Tofino puisse entendre. « Oui, je sais ce que c'est. T'es qu'un sale gros con de macho. Tant que tu joues le mâle, ça te va bien. Tu ne risques rien. On peut pas te traiter de tapette. Tu voudras jamais avouer que ça t'a plu de te faire enculer. T'as peur qu'on te prenne pour une gonzesse, c'est ça ? Dis-le que t'as aimé ça me sucer et te faire prendre. T'es qu'un gros con. J'en ai rien à foutre d'un mec comme toi. Casse-toi. » Mais il est déjà loin, au coin de la rue.

Rien ne m'indique si des gens ont assisté à la scène, mais je m'en fous royalement. De grosses larmes coulent le long de mes joues, je renifle bruyamment, quel con je suis, il m'arrive exactement ce que j'avais juré ne jamais m'arriver. C'est Marc qui va être content. Je suis amoureux, je ne me suis même pas rendu compte de ce qui se passait, et il vient de me plaquer. Quelle galère ! Je me sens fourbu, fatigué, perdu, inutile, con, désespéré, malade, opprimé, incompris, en colère, bouleversé. Mon corps et ma tête sont un maelström complet. Je ne veux pas rentrer me coucher maintenant, je ne pourrai pas dormir. Je suis trop en colère. Contre lui. Contre moi. Trop triste. Trop

envie de pleurer. Trop envie de me bourrer la gueule jusqu'à perdre le contrôle.
Direction le pub.
À partir de là, je ne me souviens plus de rien.

# 19

# Lendemain de fête

Quand je reprends conscience, je suis couché dans mon lit, il fait jour depuis longtemps, je n'ai pas entendu le chant du merle mais j'ai l'impression qu'il est entré dans mon cerveau et cogne dur pour en sortir. Un renvoi biliaire me remonte le long de l'œsophage, que je n'arrive à retenir qu'avec peine. Je me sens fatigué, courbaturé, un goût âcre dans la bouche, pas seulement dû à ma peine. Je suis couché sur le côté, recroquevillé comme un bébé. Les volets sont tirés, le silence est total, le soleil tente des incursions impolies dans la pièce. J'ai mal à la tête. J'ai mal à l'estomac, j'ai plus que tout mal au cœur. Je me souviens juste de mes injures contre Tom puis plus rien. Il me faudra plusieurs jours pour reconstituer totalement cette soirée. Mais même maintenant, alors qu'elle est déjà loin, je suis sûr qu'il y a des choses que j'ai dites, des choses que j'ai faites au pub et qu'on m'a cachées. Je regarde le soleil jouer entre les volets, j'imagine la chaleur qui envahit le jardin et la douceur de l'air. Et j'ai envie de pleurer. Des larmes coulent le long de mes joues sans que je m'en rende compte et viennent mouiller les draps. Je renifle doucement. Je soupire. Je me sens las. Je voudrais n'être jamais venu ici. Être avec Pascal et Fred à Ibiza, à bronzer, à boire et à baiser sans se poser de questions. Mais quel gros con ce Tom ! Il m'a bien eu. Et je n'ai rien vu venir. Il aurait pu réfléchir avant. Quel enfoiré. Et je n'arrive pas à comprendre comment quelqu'un que je ne connaissais

pas il y a une semaine a pu arriver à occuper une aussi grande place dans ma vie en aussi peu de temps. Quel taré il faut être ! Je ne suis pourtant pas une midinette comme ce pauvre Marc. Je n'ai pas grandi arrosé à l'eau de rose. De tous les mecs avec qui je suis sorti, et il y en a eu, Tom n'est pas forcément le plus beau, même s'il serait dans le *top ten*, et ce n'est pas avec lui que j'ai eu le plus de plaisir. Alors pourquoi ? Je suis un Calimero puissance dix. Certes il a duré un peu plus longtemps que la moyenne. Mais Julio, ou Marc puisqu'on vivait ensemble, ont fait beaucoup mieux. Et en plus, au début, il ne me plaisait pas particulièrement. Sans ajouter qu'il a failli me noyer. C'est vraiment pas croyable.
Je n'ai pas envie de me lever, d'ailleurs j'ai tellement mal au bide et à la tête que je ne pourrais pas. Je soupire une nouvelle fois. Le morceau de ciel que j'aperçois entre les volets a la même couleur que les yeux de Tom. Merde ! Je ne vais quand même pas penser à lui chaque fois que je vois un bout de ciel ou un peu de bleu ? Heureusement, à Paris le ciel est toujours gris. Ce sera plus facile. Les gouttes coulent plus rapidement de mes yeux. Je voudrais rentrer chez moi aujourd'hui même. Peut-être que Marc voudra bien m'emmener quelques jours à Vancouver. Ou dans les Rocheuses. Il m'a tellement dit qu'elles sont magnifiques qu'il ne peut pas me refuser ça. Ou les locataires du dessous qui devaient partir ce matin. J'aurais pu aller avec eux, mais maintenant c'est trop tard. Je ne veux plus traîner dans ce coin et risquer de croiser Tom à tout moment. Je suis complètement vidé de toute énergie, épuisé, plein de rancœur et de rancune. J'en veux à Tom. J'en veux à Marc de m'avoir fait venir ici. Je n'ai plus envie de rien. Je sens de nouveau du fond de mon estomac jusqu'à ma gorge ces renvois de bile et d'alcool non digéré. J'ai envie de vomir. Une crampe violente me fait pousser un gémissement. J'essaie de me recroqueviller un peu plus mais la douleur ne passe pas. Dans un effort quasi surhumain, je change de position et me tourne, dos à la fenêtre.

C'est alors que je le vois, assis sur le fauteuil à côté du lit. C'est impossible, j'ai des hallucinations. Je ferme les yeux et les rouvre. Non, il est toujours là. Je les ferme à nouveau, très fort, à m'en faire mal. Quand je les rouvre, Tom est toujours là, assis dans le fauteuil, à côté du lit. Il me regarde sans rien dire. Je ne décèle rien dans ses yeux. Je n'y vois que le ciel et la mer. Il ne bouge pas. Ne sourit pas. Imperturbable, sans même cligner des yeux, il me regarde. Longtemps, sans échanger une parole, sans bouger d'un pouce, nous nous fixons. Je ne sais pas ce qu'il pense. S'il m'en veut. S'il a peur que je lui en veuille. S'il a honte. De lui peut-être. De moi, certainement. S'il est triste et malheureux. Ou au contraire content. Il est assis le dos bien droit, les bras sur les accoudoirs, telle une statue de cire, ou une momie. Le temps passe. Le silence est seul entrecoupé par le tic-tac du pivert dans ma tête et le choc de mes pensées. Nous ne parlons pas. Nous n'avons rien à nous dire. Ou plutôt, si, tant de choses que les mots en deviennent inutiles. Il doit déjà être tard car la sonnette d'entrée se met à retentir. Un bruit de conversation à voix basses, un pas qui se rapproche, un coup discret à la porte, Marc qui entrouvre et jette un œil. « Tom, ils t'attendent au port. – J'arrive », répond-il sans détourner son regard, toujours imperturbable, perdu dans le mien. Puis il se lève et quitte la pièce, sans un mot. Deux minutes après, Marc entre dans la chambre, vient s'asseoir à côté de moi sur le bord du lit. Il se penche pour m'embrasser sur le front, passe sa main dans mes cheveux ébouriffés, me demande doucement « ça va ? ». J'ai l'impression que si j'ouvre la bouche je vais vomir. Je lui réponds quand même, mais par une autre question.

« Il est là depuis longtemps ?

– Il a passé la nuit ici. »

Oh putain ! Je ferme les yeux, de dégoût. Notre première nuit ensemble ! Tu parles d'une réussite.

« Je vais te préparer un café », me dit Marc. « Puis tu prendras une douche et ça ira mieux après. » J'ouvre les yeux et le regarde, lui sourit. Ah ! Marc, mon frère.

« Je ne me souviens absolument de rien cette nuit.
– Tu en tenais une ! »
Nous sommes assis à la table, un café chaud fumant devant nous. Je regarde le fond de la tasse pour essayer d'y lire le passé, mais je n'y vois que le sourire de Tom.
« Oui, ça j'imagine, avec le mal de ventre et de tronche que je me paye. »
Au travers de la table, Marc tend la main et la pose sur la mienne.
« Bois », me dit-il.
J'essaie d'en avaler une gorgée mais impossible. Si je mets un doigt dans la bouche, je suis sûr de toucher le niveau. Inutile d'en rajouter. Je fais une moue de dégoût, repose la tasse et plonge de nouveau mon regard dans le liquide sombre et fumant.
« Qu'est-ce qui s'est passé hier soir ?
– Écoute, je ne sais pas trop. Vers minuit, Val et Stu [deux gars du coin que je croise au pub et que j'ai battus au billard] t'ont emmené. Tu étais complètement bourré. Ils m'ont aidé à te déshabiller et à te mettre au lit.
– Et ils ne t'ont rien dit...
– Ben... c'est que...
– Dis-moi, je ne me souviens de rien.
– C'est peut-être mieux comme ça.
– Alors...
– En fait, il paraît que tu es arrivé au pub comme un fou, avec une tête de dément. Ils ont cru que tu avais fait une connerie. T'es allé directement au bar commander un whisky.
– Pur ?
– Je ne sais pas.
– Moi qui ai horreur du whisky !
– Peut-être, mais tu l'as avalé d'un trait et en a commandé un autre. Tu as du en boire une dizaine...
– Et...
– Ben, je crois que tu leur a raconté pas mal de conneries. »

Oh non ! Je me prends la tête dans les mains.
« Quel genre de conneries ?
– Ben, je sais pas trop.
– C'est peut-être mieux que ce soit toi qui me le dises.
– Ben... ça devait concerner tes exploits sexuels avec Tom.
– Oh putain ! Merde ! »

Marc ne répond pas. Je garde la tête dans les mains, les coudes sur la table. Et en plus du mal de tronche et de bide, j'ai maintenant envie de chier. De honte. Putain ! C'est la plus grande honte de ma vie. Encore plus que le lendemain du « Zapping » sur Canal Plus après la diffusion de ce putain de jeu télé. Dans le magasin tout le monde me reconnaissait, me disait « oh, je vous reconnais, je vous ai vu hier soir avec Julien Lepers, oh, mais c'est vous qui... ». Oui, c'est moi, merci, lâchez-moi. Ça a duré des semaines. Mais hier soir c'était pire. Je me suis déshonoré. On peut raconter des conneries dans un jeu télé, si c'est un jeu intelligent (et il n'y en a pas des masses) les gens vont rigoler mais dire que c'est vachement bien d'avoir été sélectionné car eux ne l'auraient jamais été. Avoir un peu de culture n'empêche pas de raconter parfois de grosses bourdes. Mais hier soir, ce que j'ai pu raconter, je n'ose même pas y penser. Je suis vraiment trop con. Je me laisse parfois emporter par mon impulsion. Je voulais peut-être me venger de Tom. Je n'ai fait que me rendre ridicule et mettre Tom dans l'embarras. Il ne manquait plus que ça.
« Et Tom, il est arrivé quand ?
– Une demi-heure après. J'allais aller me coucher quand il a frappé. Je lui ai ouvert, il m'a regardé, il était bizarre, il avait l'air intimidé, mal à l'aise, je ne sais pas.
– Tu m'étonnes ! Avec ce que j'ai dû raconter...
– Je ne sais pas si c'était ça. On aurait plutôt dit un gamin qui vient de faire une bêtise. Je lui ai juste dit que tu allais bien et que tu étais au lit. Il restait à me regarder comme un gros bêta. Alors je l'ai fait entrer et lui ai offert un café. Il savait pas quoi

dire. En fait, moi non plus. Puis, comme j'étais fatigué, je lui ai proposé d'aller te voir tandis que moi j'allais me coucher.
– T'as pas eu peur qu'il essaie de me tuer, après tout ce que j'avais dit sur lui ?
– Non, il n'y avait pas de risque. Il m'a juste souri et dit merci. Et puis voilà. Je l'ai retrouvé ce matin quand Val est venu le chercher. Il se doutait qu'il était ici. »
Je relève la tête, regarde Marc, les yeux brouillés. « Merci Marc. »
Il me sourit à son tour et, tellement fleur bleue qu'il est, pour ne pas se mettre à chialer lui aussi, se lève pour débarrasser la table et part à la cuisine. Quand il revient, deux minutes plus tard, tout est revenu à la normale.
« Tu ne vas pas peindre aujourd'hui ?
– Non, pas aujourd'hui.
– Ce n'est pas à cause de...
– Non. Aujourd'hui je n'ai pas envie, c'est tout. »
Oh putain, Marc. C'est toi que j'aurais dû épouser.

# 20

# Enfin une présence féminine

« T'as pas des trucs pour l'estomac ? Ça va pas du tout là. »
Mon estomac s'est de nouveau mis à gémir, je crois que le peu de café que j'ai pu avaler est en train de chercher le chemin du retour.
« Désolé, tu as pris les derniers tout à l'heure. Je vais aller en chercher à la supérette.
– Non, attends ! Je vais y aller moi. Ça me fera du bien de prendre l'air. »
Marc me note sur un bout de papier le nom des comprimés en question. Ici les médicaments sont vendus en supermarché. C'est vachement pratique.
Dès que je mets un pas dehors, le soleil m'assaille, la nausée me reprend. Je reste immobile quelques instants, le temps de récupérer mes esprits, et, d'un pas maladroit, descends le petit escalier et remonte vers la rue. Le vent souffle doucement et me rafraîchit les idées. Les oiseaux, qui eux savent modérer leur consommation de whisky, chantent à tue-tête. Le pivert dans mon crâne se joint rapidement à leur refrain. La supérette est à quelques centaines de mètres et j'arrive en sueur et en frissonnant. Oh putain ! Dire qu'il reste encore le retour. Promis, juré, craché par terre, je ne bois plus de whisky de toute ma vie. Ma promesse ne vaut que pour le whisky, bien entendu. En entrant dans le magasin, c'est la clim qui me glace sur place. *Ay, que estoy mala, muy mala.* Quelques clients se baladent entre

les rayons, j'ai l'impression que tout le monde me regarde. À moins que je ne sois devenu complètement parano. Les haut-parleurs diffusent leur musique doucereuse que je prends pour des murmures, genre « tu as vu qui est là, c'est le petit Français qui... ». Apparemment les nouvelles sont allées très vite, Tofino est une petite ville où tout le monde se connaît. Mais c'est peut-être seulement ma tête de déterré qui excite la curiosité des gens. Ou peut-être que je me sens tellement mal à l'aise que je m'imagine tout ça. Plus vite j'aurai récupéré ce maudit médicament, plus vite je serai rentré à la maison, mieux ce sera.
La pharmacienne est un spécimen typiquement américain. Très grande, les cheveux blonds et raides tirés en arrière, un visage carré, un gabarit Mauresmo mais avec de la graisse à la place des muscles. Elle me fait un grand sourire, de ceux que l'on fait aux habitués, je ne suis pas un touriste quelconque mais celui qui... Bon, stop ! Il faut que j'arrête mes délires. Depuis hier soir, la nouvelle n'a pas... Eh bien si !
La preuve !
J'entends un énorme cri de fureur au fond du magasin, pas le chant des sirènes pour attirer les marins à leur perte, mais le cri du pachyderme en train de charger. Ma première impression est « putain, la Thérèse qui débarque ». Avec sa grâce, sa discrétion. En témoigne le cri précédent. Je tendais déjà un billet de dix dollars à Mauresmo pour un médicament qui en faisait trois quatre-vingt-un d'après ce que j'avais compris, car elle avait bien pris soin de disséquer et d'articuler chaque syllabe, sachant par avance, la preuve une fois de plus que l'information circule très vite dans ce petit village, que ma compréhension de l'anglais n'était que balbutiante et que mon alcoolémie présente diminuait mes capacités mentales, et ne voulant pas mettre elle-même à l'épreuve son français, certainement tout aussi balbutiant, quand le cri a résonné telle une sirène annonçant l'attaque imminente des Japs comme j'avais pu le voir si souvent dans les séries B préférées de la Six. Car d'une attaque il s'agissait bien.

Le sourire de Mauresmo se crispe, je fais un bond qui me soulève l'estomac, et le moment est plutôt mal choisi pour ça, je me retourne pour suivre le regard horrifié de la malgré tout adorable pharmacienne (forcément, si elle ressemble à Amélie) pour voir, tout au fond du magasin, horreur, malheur, oui, la sorcière, échevelée, hirsute, pas rasée de plusieurs jours (là je crois que j'en fais un peu beaucoup), la Jennifer, dulcinée de Brad. Enfin, Diana, je veux dire. Fiancée de Tom. Elle m'a vu. Et à Tofino, pour contredire l'adage bien de chez nous, la principale intéressée n'est pas forcément la dernière au courant. Ou alors tout Tofino est déjà au courant. Elle me regarde, me foudroie, me tue, m'expédie *ad patres*, me désintègre de ses yeux revolver-*Mars Attacks*, son cri ébranle jusqu'aux fondations mêmes du supermarché, créant des secousses sismiques qui provoquent aussitôt un mouvement de panique au Japon où les appareils mesurant les caprices de la croûte terrestre s'affolent instantanément, la radio, la télé, relayant en quelques minutes les bulletins d'alerte au tsunami, Diana est enfin au courant de ma relation avec Tom et, visiblement, ça ne lui plaît pas des masses. Elle renouvelle son hurlement, *« biiiiitch ! »* en un crescendo strident pire qu'AZF, les vitrines du magasin explosent, les bouteilles de Coca éclatent, mais ça, ce n'est pas forcément une grande perte.

*Bitch*, ça veut bien dire... Ah bon, c'est une insulte ça ? Mais, les bras agités en moulin à vent, les yeux exorbités qui lui sortent du visage exactement comme dans les dessins animés de Tex Avery, et là Mauresmo m'est témoin que je n'exagère pas, elle fonce du fond du magasin vers la pharmacie, vers moi donc, brandissant une bouteille, cinq litres minimum sinon plus, d'un soda bon marché dont j'ai oublié la marque, mais ça n'a pas non plus une réelle importance. Je ne me sens pas une âme de Don Quichotte et n'ai pas envie d'affronter ce moulin à vent, cette tempête, ce déchaînement de haine, d'envie de vengeance et de mort, facilement perceptible dans son cri de guerre. Elle court vers moi, *« biiiiitch »*, comme un éléphant saccageant tout sur

son passage, on se croirait dans *Tornado* où même les tracteurs ne résistent pas aux excès de l'ouragan tandis que le héros, oui. Alors, pour ne pas finir comme le tracteur, pour échapper à une mort atroce, inéluctable certes mais un peu prématurée à mon goût, j'arrache le médicament des mains de Mauresmo, lui abandonne le billet de dix dollars – avec la monnaie elle va pouvoir se payer une semaine de McDo même si elle doit descendre à Victoria pour ça, Dieu merci, Tofino a, pour l'instant, été épargné par la chaîne tentaculaire américaine – et m'enfuit pour des contrées plus calmes. J'entends l'ouragan derrière moi, les éclairs et l'orage frappent des pieds. Les clients restent cloués sur place de surprise, les touristes qui ne sont pas au courant de l'information locale s'arrêtent et nous regardent pour assister au spectacle, au combat de gladiateurs, à la mise à mort, à l'hallali.
Un roulement de tambour approprié annonce l'entrée en scène des protagonistes. Le public, subjugué, applaudit. Je bondis vers la sortie, bouscule quelques personnes mais n'oublie pas à chaque fois de m'excuser, même si c'est un peu rapidement alors que Diana, Super Diana, expédie, d'un simple coup de poing, d'un coup de coude ou d'un coup de boule, tous ceux qui se trouvent sur son chemin, sans aucune pitié pour les femmes, les enfants, les vieux et les handicapés, ces derniers heureusement peu nombreux, les envoyant sans vaciller vers un monde meilleur, soit la moitié des quelques centaines de personnes présentes dans la supérette ce jour-là. Il y a plus de morts que lors des concerts de Marilyn Manson. La zone est aussitôt déclarée sinistrée. *« Biiiiitch. »* Son cri est continu, alterné de quelques autres. Je réussis à sortir du magasin avant qu'elle ne me rattrape, laissant les survivants floués de la suite du spectacle, mais comme ils avaient eu des entrées gratuites, ils ne vont pas non plus se plaindre. Le pachyderme Diana, qui a été à l'école Alesi, rate un virage au bout d'un rayon et fait une sortie de route, spécialité de ladite école, pour aller s'échouer dans une montagne de pop-corn en sachets sous vide, qui, sous

le choc, explosent en une nuée interstellaire avant de retomber et de recouvrir toute la région sous une fine pellicule neigeuse. Un attroupement se forme aussitôt autour de la caisse centrale pour réclamer gants, bonnets et autres pneus cloutés.
À la sortie du magasin, mon sens de l'orientation un peu déboussolé, je prends à gauche alors que le chemin de retour à la maison était à droite. Petit Poucet négligent, je me retrouve bientôt perdu au carrefour des 2e et 3e Rues de Tofino, qui en compte au moins quatre. Les *bitch*, *slut* et autres *cunt* s'intensifient et se rapprochent. Je cours pour éviter de perdre mon avance, et grâce à des astuces de scout que j'ai fort heureusement retenues même si je n'ai jamais été scout, et malheureusement dirais-je aujourd'hui car alors mon éducation et apprentissage sexuels auraient commencé beaucoup plus tôt qu'ils ne l'ont été en réalité, j'observe donc la mousse sur les troncs des arbres, je suis la course du soleil, je scrute le ciel à la recherche de l'étoile Polaire, en rapporte les données sur ma carte de la région à l'aide de mon compas, et, après trois jours de course effrénée sans me reposer, ni boire, ni manger, j'arrive enfin en vue de la maison. J'ai juste le temps de tirer les verrous, remonter le pont-levis, remplir les fossés d'eau et armer les arbalètes aux meurtrières quand Jennifer, échevelée, arrive en vue elle aussi du domaine, qu'elle encercle de ses troupes, installe ses catapultes et ses batteries de missiles, revêt son armure Bush résistant aux armes chimiques irakiennes, le tout en un clin d'œil. Marc, dans la cuisine, me regarde entrer, essoufflé.
« Qu'est-ce qui se passe ?
– Regarde. »
Il se rapproche de la fenêtre, jette un coup d'œil, fait un « oh, oh ! » impressionné. Mais il se reprend vite, d'un geste assuré arrache sa chemise pour revêtir son costume de Superman. Aussitôt Diana frappe un coup rageur à la porte. Suivi d'un second. Elle essaie sans aucun doute de l'enfoncer. Marc, d'un signe, m'envoie dans ma chambre. Je pousse l'armoire devant la

porte, barricade les volets et me cache sous le lit. On ne prend jamais trop de précautions. Mais je pointe tout de même une oreille pour suivre la suite des événements. C'est quand même ma vie qui en dépend. Marc, tout sourire, entrouvre la porte, tout en cachant derrière son dos une énorme massue, de celles en bois avec des pointes acérées, comme on en voit dans les dessins animés.

*« Hi, Diana, how are you doing ? »* Elle essaie de le bousculer pour entrer mais il retient la porte de son pied et de son épaule. Et ce n'est pas de trop.

*« Where's that fucking little tart ? »* Marc la regarde, ahuri, d'un air de parfait comédien qui lui vaudrait vraiment un César.

*« Who do you mean ?*

*– Let me in, will you. I know he's inside. »* Marc insiste.

*« Who for fuck sake ?*

*– That bitch of yours !*

– La seule salope ici... » murmure Marc en français. Mais elle comprend tout de même et lui jette un regard noir, mauvais, suffisamment noir et mauvais pour pouvoir changer la fin du *Seigneur des anneaux*.

*« You too are trying to hurt me.*

*– I can't get what you mean. What's wrong with you ? Who are you looking for ?*

*– Your fucking friend.*

*– You mean Eric ? You know he left days ago. »*

Elle fait une moue de dégoût. Oser lui parler comme ça sans gêne et sans pudeur de sa vie privée, de ses déviations, beurk !

*« Not at all. You perfectly know who I mean. That French guy.*

*– All right, I see ! He went out a while ago. You'll find him at the supermarket.*

*– Are you trying to fool me ? I've just seen him walking in.*

*– You must be mistake. Do you want me to take a message for him ?*

*– Anyway, you lot are made of the same stuff ! »* Sous-entendu, vous, les pédés. *« Go and have your box banged ! »*

Elle était à deux doigts de lui cracher au visage, de lui casser la figure. Mais elle préfère garder sa rancœur et sa colère pour moi, ne pas gaspiller son énergie dans une bataille inutile contre Marc. Espérait-elle vraiment qu'il la laisse rentrer comme ça sans rien dire, même si Marc est un de ses amis (ou plutôt un ami de son fiancé) ? Elle claque les talons, rappelle ses troupes et s'en va. Elle reviendra probablement très vite. Elle doit pouvoir compter sur toute une galerie d'espions dans le coin, à commencer par ses copines de *Friends*. J'imagine déjà la suite des événements, les pro-Tom contre ceux qui soutiennent lady Di, les Boutinistes contre les Bachelots, une *Guerre des boutons* version Tofino, les *girls* contre les pêcheurs, les bûcherons avec les pédés, Mauresmo contre les féministes blasées, un cauchemar apocalyptique de trahison, de guets-apens, d'exécutions sommaires, bref, il va être temps de quitter les lieux au plus vite. Ca risque de tourner 1789 avec l'accent canadien. Je sors de ma cachette sur la pointe des pieds, sans faire le moindre bruit au cas où le pachyderme aurait des oreilles de félin ou un sonar comme mon ami Willy et tenterait alors un retour et une entrée en force, je rejoins mon sauveur et me jette dans ses bras.

Mon héros ! Calmement, Marc quitte son costume de Superman pour revêtir un simple tee-shirt Céline Dion. Bon, pour le remercier, et compléter ainsi sa collection de vêtements ornés de stars, dès mon retour, je lui envoie un tee-shirt avec Lara Fabian dessus, sûr que ça va lui plaire. Nous terminons la journée enfermés à double tour, assurant un tour de garde à tour de rôle dans notre tour de guet, telle celles de Londres ou de Babel, toutes les alarmes branchées, les armes prêtes à tirer, la tour armée. J'ai déniché au fond d'une armoire un casque et une vieille armure, je passerai la nuit plus en sûreté dans notre tour d'ivoire. Il fait nuit depuis longtemps, nous sommes finalement calmés et calmes, assis tranquillement avec Marc devant un programme religieux à la télé ; en effet, si notre dernière heure approche, il est peut-être temps de se mettre en accord avec le Tout-Puissant, nous avons tous quelque chose à nous faire pardonner, quand Tom arrive.

# 21

# Tom story

Bon, j'ai peut-être un peu exagéré cette course poursuite épique dans le supermarché et les rues de Tofino (en fait je ne suis pas sûr et certain pour le bulletin d'alerte au tsunami à Tokyo, mais tout le reste est rigoureusement exact). Cependant, les insultes, les cris et les menaces de Diana ne tiennent pas du fantasme mais bel et bien de la réalité. J'ai été très marqué et effrayé par cette attaque. On ne se fait pas impunément traiter de salope et de pute en public sans que ça laisse des traces. Rajoutez à cela ma cuite de la veille et mon angoisse face à ma relation (rupture devrais-je dire) avec Tom, et vous comprendrez que ce jour-là j'étais tétanisé et que j'ai passé la journée à me ronger les ongles jusqu'au sang (au propre comme au figuré). D'ailleurs, la kératine est la seule protéine que j'ai pu ingurgiter. Marc, mon ami, mon frère, est resté avec moi tout ce temps-là, essayant de jongler et de calmer mes crises d'angoisse, de paranoïa et de vomissements. Franchement, je crois que même mère Teresa – paix à son âme – aurait capitulé là où Marc a déployé des talents de patience incommensurable. Il m'a prodigué en ce jour fatidique des montagnes de bonté, de tendresse, d'amour, me prenant dans ses bras, m'entourant d'une dévotion toute maternelle à laquelle je n'étais plus habitué depuis des lustres. Qu'en était-il de mes pensées pour Tom ? Difficile à dire. La honte, la peine, l'espoir se succédaient. Sa présence la nuit dernière restait un mystère, ce matin nos échanges visuels n'avaient fait que transmettre ces mêmes émotions de honte, de peine, d'espoir, réciproques, mais sans déterminer une finalité, ou tout au moins une suite. Et comment aurait-il pu en être autrement ? D'autant plus que la violence de la réaction de Diana aurait certainement un effet électrochoc, mais les conséquences demeuraient incertaines. La balance pouvait basculer dans un sens ou dans l'autre. Dire que cette journée a été la pire de ma vie est un doux euphémisme. Même si, pour accepter ce qualificatif extrême, on ne peut se fonder que jusqu'au jour présent où j'écris ces lignes : que nous réserve l'avenir, peut-être sera-t-il pire que cette pire journée, oui, il faut s'attendre à tout, au meilleur comme au... Mais qui sait ce qui va advenir, dans un futur proche, sans que je puisse l'envisager encore, ni m'y préparer ?

Entre tisanes, Coca aux fabuleux pouvoirs décapants et diurétiques dignes d'un vrai sirop Typhon et comprimés, l'après-midi s'est déroulé dans un calme angoissant et angoissé, l'après-midi typique d'une génération désenchantée, n'en déplaise à Mylène. Nous avons soupé, moi d'une autre tisane car je ne pouvais rien avaler de plus consistant, et nous avons regardé un programme quelconque ou un quelconque programme, c'est selon l'envie de chacun, mais les deux se valent, genre *Nice People*, inutile de comprendre et encore moins d'écouter pour suivre le cours de l'histoire, attendant que la nuit veuille bien finir par tomber et recouvrir de son immense linceul noir cette cruelle journée. Il n'était pas loin de vingt-deux heures quand Tom a frappé à la porte. Nous avons sursauté croyant à un retour de Diana avec des renforts pour nous faire la peau. Sûr qu'elle n'allait pas passer sa journée à attendre sans rien faire. Marc se lève, s'approche de la fenêtre, se retourne vers moi, « c'est Tom ». Crise d'angoisse, frisson, transpiration soudaine et glacée. Voilà, ce que j'attendais – et craignais – arrive enfin. L'heure de vérité.

À peine la porte ouverte, Tom entre dans le salon, se tourne vers moi, me regarde avec insistance et angoisse. Marc bredouille « bon, ben, je crois que je vais vous laisser » et part dans sa chambre. Je sais d'avance qu'il ne restera pas l'oreille collée contre la porte pour épier notre conversation, de toute façon, et il le sait, je lui raconterai tout, ou presque, s'il me le demande. Nous nous retrouvons seuls, intimidés, notre seul lien, et quel lien, est dans notre regard. Finalement, Tom vient s'asseoir à côté de moi et m'attire contre lui dans ses bras forts et doux à la fois. Il m'étreint avec tendresse, je laisse reposer ma tête contre sa poitrine, ma main contre son épaule. Nous ne bougeons pas. Nous n'avons finalement rien à dire pour nous comprendre. Les mots, ces mots difficiles, sont parfois inutiles. À quoi bon alors briser ce silence de réconciliation et de pardon (réciproques) ? Le souffle lent et régulier de Tom me berce doucement. Je sens soudain sur ma main une goutte d'eau, une larme échappée à cet homme si fort et si vulnérable aussi. Je me blottis plus fort contre lui. Au bout d'un moment, alors que le programme télé s'éternise dans notre indifférence totale et entre des pages entières de publicités pour le diurétique précédemment cité, Tom me souffle à l'oreille « viens, on va se coucher », comme si le fait de dormir ensemble était, et comme ça l'est réellement, la chose la plus naturelle, la plus simple, la plus commune qui soit. Nous avons passé la nuit, nus, dans les bras l'un de l'autre.

Comme c'est habituel maintenant, la mélodie d'amour du merle au bec rouge me réveille au lever du soleil, pour se conjuguer à la mienne. Les premiers rayons indiscrets risquent une percée dans la chambre. Avec un effort surhumain (inhumain ?), je m'arrache des bras protecteurs de Tom pour me lever et m'approcher de la fenêtre pour contempler l'artiste sur le poirier en fleurs, l'ombre blanche de l'oiseau entourée de fleurs tout aussi blanches dans un halo translucide ; j'observe entre les volets clos cette estampe japonaise vivante. Tom, réveillé par ce vide soudain et nouveau dans ses bras, se lève à son tour et me rejoint devant la fenêtre, il se serre contre moi, m'entoure de ses bras, m'embrasse dans le cou. Je lui explique, dans un

murmure, pour ne pas interrompre la cantate, « c'est lui qui me réveille tous les matins.
– On ne peut pas rêver réveil plus doux. »
Ce sont les premiers mots que nous échangeons depuis notre dispute de l'avant-veille. Depuis, des océans se sont écoulés sous les ponts. Tant de choses se sont passées que j'en oublie le cours de l'histoire et que ce soleil nouveau, comme tous les levers de soleil semblent le faire à Tofino, se lève sur un jour nouveau, une vie nouvelle, une autre histoire. Je me retourne vers Tom, pose un léger baiser sur ses lèvres, « viens, on va voir le soleil se lever ». Nous nous habillons en hâte, sortons sur la pointe des pieds pour ne pas réveiller Marc dans la chambre voisine. Dans le hall d'entrée, Tom s'arrête avec un sourire devant le tableau de photos souvenirs de Marc, me retient par la main et me montre cette photo de moi avec quelques (pas mal déjà !) années en moins, cette photo où je souris, où, une fois n'est pas coutume, je ne me trouve pas trop mal. Rien à voir avec les autres accrochées là, celles d'Halloween avec Marc, ces photos où j'ai le don de fermer les yeux au moment crucial, ou de faire des grimaces, tirer la langue, tourner la tête au dernier moment, bref, toutes ces photos ratées, le plus souvent intentionnellement car j'ai horreur de me voir sur papier, mais pas de me regarder dans le miroir le matin malgré regard fatigué et cernes, tout comme j'ai du mal à supporter ma propre voix quand j'écoute mon répondeur, par exemple, toutes ces photos que je n'aime pas bien entendu. Sauf celle-là où, exceptionnellement, j'ai posé, à la demande de Marc, une dernière photo avant son départ, et dont il m'a envoyé un double par la suite avec sa toute première lettre, une photo où je souris, un peu tristement peut-être, mais c'était ce jour fatidique où Marc m'a définitivement quitté pour les limbes canadiens, pour ce village trou du cul du monde, Tofino, dont je n'arrivais jamais à me souvenir du nom, cette photo où mon regard clair semble plus intense, plus vif qu'à l'accoutumée. Mais c'était peut-être, sans aucun doute sûrement, la peine, le

blues, une certaine humidité qui faisait ressortir cette clarté, cette couleur, d'un bleu gris comme le ciel de Paris quand il daigne faire soleil à Paris, c'est cette photo où pour une fois je me trouve beau, bien que triste, et que Tom me montre du doigt.

« La première fois que je t'ai vu c'était sur cette photo. » Il me regarde, nostalgique, au travers de cette photo. « Tu as l'air si calme, si triste, si beau, que l'on a envie de te réconforter, de te prendre dans les bras. » Il quitte son regard de la photo pour se tourner vers moi. « Chaque fois que je venais voir Marc, je te regardais, j'essayais de t'imaginer, j'avais envie de te connaître, de te toucher. Je pensais à toi chaque fois que je rentrais dans cette maison et puis je t'oubliais, jusqu'à ma visite suivante. Je me demandais comment tu étais, ce que tu faisais, comment tu vivais, je te voyais te promener dans les rues de Paris, même si je ne pourrais plus jamais revenir là-bas. Marc me parlait souvent de toi, je l'écoutais mais je ne voulais pas qu'il sache que j'aurais aimé en savoir beaucoup plus. » Il me sourit tendrement. « Tu vois, je te connais depuis déjà longtemps.

– J'espère que Marc ne t'a pas raconté tout ce qu'il sait sur moi...

– Je ne sais pas », me répond-il avec un brin de malice.

« Ouf ! Pauvre de moi. »

Nous marchons côte à côte, en silence, jusqu'au promontoire au-dessus du port et de la baie. Nous ne croisons personne mais tout le monde, déjà, sait que Tom a découché. Peut-être certains nous observent-ils derrière leurs volets clos. Peut-être qu'ils s'en foutent complètement. Et moi aussi par la même occasion. Et Tom aussi, apparemment. Je n'ai qu'une seule peur, croiser Diana/Jennifer, mais je pense que la seule présence de Tom devrait l'éloigner ou faciliter les explications. S'il lui parlait de la photo comme à moi...

Mais nous ne croisons personne, pas même une furie.

Nous rentrons chez Marc du même pas tranquille quand

le soleil est déjà haut. Nous croisons quelques passants, des touristes matinaux, quelques habitants de Tofino qui nous saluent comme ils le faisaient les autres jours, les pêcheurs et les bûcherons du pub, qui nous lancent un « *hi Tom, hi, Jessie* » habituel et sans arrière-pensées. Bref, tout semble aller pour le mieux et la journée s'annonce sous les meilleurs auspices. De même, Marc nous accueille avec un grand sourire, « salut, je vous ai préparé le petit déj' », d'un naturel impressionnant. Il intègre ces nouvelles données, sans doute parce qu'elles lui plaisent beaucoup, avec une vitesse, une facilité déconcertantes. Beaucoup plus facilement que Tom ou moi. Et, une nouvelle fois, beaucoup plus diplomate que le George W. international et incontournable, mais plus pour longtemps. Le café servi, il nous abandonne sous un prétexte quelconque, ses tableaux peut-être, à notre petit déj', à notre tête-à-tête... et à notre vaisselle.

« Je suis libre jusqu'en fin de matinée », me dit Tom. « Je voudrais te montrer quelque chose.

– C'est quoi ? » je lui demande, curieux.

« Des choses dont les gens parlent sans savoir. »

Il me faudra attendre encore une petite heure, après le déjeuner, la vaisselle et un câlin, pour savoir de quoi il en retourne.

« Alors, qu'est-ce que tu voulais me montrer ?

– Viens, on va chez moi. »

Là, très grosse angoisse. Chez lui, ça veut dire beau-papa, belle-maman *i tutti quanti*. Mauvais plan. Devinant mon hésitation, il me rassure. « Ne t'inquiète pas, il n'y aura personne. » J'espère. J'imagine que comme l'ensemble de la petite ville, papa et maman Tom sont au courant des frasques sexuelles de leur précieux rejeton. Et je n'ai aucune envie d'assister aux explications du fils et de ses géniteurs, ni de subir un sermon de leur part. J'ai eu ma dose avec Diana (mais attendez la suite !). Je n'ai pas vraiment envie de développer un peu plus ce genre d'expérience.

Tom vit avec ses parents. À son âge ! C'est à deux minutes de chez Marc. Autant dire à l'autre bout de la ville. C'est une petite maison blanche, copie conforme de celle de Marc, avec son petit jardin bien entretenu, sa pelouse vert clair tondue de frais, sans barrière ni palissade, avec son arbre unique au milieu entouré de quelques blocs de pierre. Le pavillon typique de cette région du monde, plus modeste que leurs homologues américains, et plus intime aussi. La moto de Tom est garée devant le garage.

En entrant dans la maison, j'ai l'impression de revenir chez Marc tant la disposition des lieux et le mobilier se ressemblent, avec toutefois une petite touche – est-ce dû aux bibelots disséminés un peu partout, chiens en faïence, assiettes souvenirs et tour Eiffel plastique, et aux canevas, passe-temps favori de ma mère accrochés aux murs ? –, cette touche de décoration ouvrière fin années soixante de l'appartement familial où j'ai été élevé à Toulouse, France. Par bonheur, et comme promis, les parents de Tom ne sont pas là. Pas plus que les miens, Dieu merci. La maison n'était pas fermée, Tom a simplement poussé la porte et est entré, tout comme pour la célèbre maison bleue adossée à la colline dont on a jeté la clé. Mais les plus jeunes d'entre vous ne peuvent pas la connaître, les L5 et la « Star Ac' » ne s'y sont pas encore intéressé.

Je suis Tom jusqu'à sa chambre. C'est une pièce ordinaire, meublée simplement. Lit et armoire en bois comme ça se faisait... il y a quelques décennies, sans pour autant tomber dans le Formica ou le contreplaqué Confo, deux lithos aux murs, qui n'ont certainement pas été choisies par Tom, mais tout reste possible, je ne connais pas vraiment ses goûts, je pourrais même dire que je ne le connais pas du tout, sauf sur le plan sexuel, et c'est d'autant plus incompréhensible que le connaissant aussi peu il arrive à occuper autant de place dans mes pensées. C'est une pièce quelconque, neutre, sans âme presque. Seul le petit napperon brodé sur la table de nuit sous le radioréveil à quartz réussit à me persuader qu'il ne s'agit pas d'une chambre d'hôtel. Si Tom a été élevé dans cette maison, si c'est la chambre où il a grandi, où il s'enfermait pour être seul ou après s'être bagarré avec sa grande sœur, où il faisait ses devoirs, où il s'est masturbé pour la première fois avec un catalogue local de La Redoute, pages lingerie, féminine ou masculine, au choix, si c'est ce lieu-là, alors il y a un *big* problème. Où sont passés ses ours en peluche (je ne pense même pas à sa Barbie favorite !), ses posters de chanteurs, sportifs, acteurs préférés, toutes ces photos, objets, que les gamins, les ados, collectionnent, accrochent aux murs, il devrait au moins y avoir une vieille chaîne, ses disques, ses cassettes, ses bouquins ? Non, rien. Absolument rien dans cette chambre d'hôtel que ce petit napperon laid au possible, et sûrement brodé par sa mère. Pas une chambre d'hôtel, en fait. Mais de passage, de transit, sans aucun doute. Il ne doit occuper cette pièce qu'en attendant mieux, un petit appart coquet où installer Diana et leurs futurs enfants, la vie rêvée de la majorité d'entre vous, d'entre eux plutôt (sans vouloir sombrer dans une hétérophobie basique, même si je suis un lecteur assidu de *Bang Bang*).

« Assieds-toi », me propose Tom. Pas de chaises. Sur le lit donc, y'a pas d'autre place. Il ouvre la porte de l'armoire et, tout en bas, en retire un carton à peine plus grand qu'une boîte à chaussures, ce genre de boîte où on range les vieilles photos de famille, des souvenirs que l'on voudrait oublier mais qu'on ne peut se résigner à abandonner, ces choses qui parfois font mal mais qu'on garde coûte que coûte parce que c'est partie intégrante de nous, qu'on en a besoin pour vivre ou pour continuer, juste savoir qu'elles sont là, on peut passer des années sans les regarder, le simple fait de savoir qu'elles sont là suffit largement, et, si un incendie éclatait dans la maison, c'est la première chose que l'on prendrait avec soi, bien avant les bijoux, les papiers, la chaîne stéréo ou le chat. C'est de ce genre de carton qu'il s'agit. Tom n'a pas besoin de me le spécifier, je comprends immédiatement. Mais je lui pose quand même la

question. « C'est quoi ?
– Des papiers, des photos. »
Il s'assied sur le lit, à côté de moi, pose le carton sur ses genoux, soulève le couvercle. Des paquets de photos, des lettres, des coupures de presse jaunies.
« Je ne les ai montrés à personne.
– Pas même... ? » Il comprend aussitôt le sens de ma question.
« Non, pas même elle.
– Pourquoi à moi alors ?
– Il faut que quelqu'un les voit, quelqu'un qui pourrait comprendre.
– Et... Marc ?
– Oui, j'aurais pu. Je n'ai jamais eu l'occasion. S'il m'en avait parlé je l'aurais fait. Je n'ai jamais oser aborder le sujet.
– C'est si grave ? Je ne suis pas très sûr de vouloir savoir ! » Il rigole.
« Non, je te rassure. Mais je ne sais pas si ici quelqu'un comprendrait.
– Et moi je peux comprendre ?
– Toi ? Tu es en tête de liste.
– Dis donc, tu vas me faire une sacrée réputation !
– Mais non ! Toi ce n'est pas pour les mêmes raisons.
– Ah ? Et pour lesquelles alors ? »
Il me sourit, prend une de mes mains dans les siennes, ne répond pas.
« Bon, alors, on les regarde ces photos ? »
Il hoche la tête en signe d'assentiment. Il est prêt.
Bon, le chapitre qui suit est raconté par Tom *himself.* Surprises et révélations fracassantes, à n'en pas douter.

# 22

# *I, Tom from Tofino*

Bon, les premières photos sont de quand j'étais petit. Ce ne sont pas les plus importantes.

*(Si, moi je veux savoir.)*

*(Un bébé couché sur le ventre en train de sourire, les premiers pas devant l'arbre déjà grand au milieu de la pelouse entre sa mère et sa sœur de deux ans son aînée, à table avec son bavoir taché et tenant sa cuillère comme un homme des cavernes son gourdin...)*

Je suis né ici. Jusqu'à dix ans j'ai toujours vécu ici. C'est ma mère qui gardait les plus petits, la maison faisait office d'école maternelle. On n'était pas très nombreux. Une quarantaine d'enfants pour tout le village. Il y avait un couple d'instituteurs très sympas qui venaient de Banff. Passer de la montagne à la mer, ils l'ont eu assez dur au début mais ils ont fini par s'habituer. Tout le monde était sympa avec eux. Maintenant ils sont repartis là-bas pour leur retraite. Je ne sais pas ce qu'ils deviennent. J'ai appris à lire et à écrire ici, on a eu aussi nos premières leçons de français, ça nous faisait beaucoup rire. Le soir, avec les autres gamins, on allait courir sur la plage ou au port voir les bateaux revenir. Souvent, pendant les vacances, papa m'emmenait avec lui à la pêche. On traversait toute la baie, puis on partait en haute mer, le soleil, le vent, l'odeur du poisson, c'était génial. Le soir j'étais tellement crevé que je m'endormais souvent pendant le trajet de retour sur un tas de cordages, on peut dormir n'importe où quand on est gamin. On allait aussi se balader sur Long Beach, on faisait des barbecues.

Au printemps on partait suivre les baleines et les orques, c'était magique. À l'époque, il y a vingt-cinq ans, il n'y avait presque pas de touristes. Pas tous ces hôtels et restaurants, ces sentiers aménagés en forêt, ces campings. On était alors vraiment au bout du monde. On avait la télé et du Coca, bien sûr, mais on vivait presque comme des petits sauvages. On était presque comme des trappeurs ou comme Davy Crockett. Il y avait parfois des élans et des ours qui traînaient, beaucoup plus que maintenant, on entendait même des loups régulièrement ; maintenant ils ne viennent plus, il y a trop de monde. Et puis, après l'école primaire, ça été le collège. Il a fallu quitter Tofino. Il n'y avait rien de prévu ici. Le collège, c'était un drame. Pour certains une aventure qui les excitaient un peu aussi, mais c'était la fin de l'insouciance, des balades le soir en bord de mer, la fin des vacances en quelque sorte. Le collège le plus proche était à Nanaimo, là où tu as débarqué avec le ferry. À l'époque c'était loin, on ne pouvait pas y aller tous les jours, alors on était en pension. Aujourd'hui c'est différent, il y a un collège à Ucluelet, c'est tout près, on part le matin et le soir on est de retour. Mais nous, il nous fallait partir de bonne heure le lundi matin et on ne revenait que le vendredi soir. On était enfermé dans des grands dortoirs, vieux, mal éclairés et pas chauffés, qui sentaient le renfermé, on avait des uniformes, la discipline était stricte, on ne voyait le soleil que pendant les récrés. J'en ai voulu à mort à mes parents de m'avoir envoyé là-bas. Mais je sais qu'ils auraient fait autrement s'ils avaient pu. La seule chose qu'on avait à faire, c'était étudier. Alors, pour ne pas déprimer, je bossais. Et les week-ends je partais sur le bateau avec mon père, ça me permettait d'éliminer le stress et la mauvaise humeur de la semaine.

*(Il me montre en même temps les photos de sa classe, mixte tout de même, tous avec leur uniforme bleu marine ou noir, on ne voit pas très bien, avec des revers blancs, genre soutane, hyper sexy et follement pratique.)*

Et puis on a commencé à grandir. J'allais avoir treize ans et j'étais le plus grand de la classe, plus grand même que certains vieux de quinze ans. On était en plein âge bête mais on s'intéressait déjà à d'autres jeux, les cigarettes d'abord, puis les filles, plus mûres que nous, elles commençaient à changer physiquement, elles mettaient des petites robes les mercredis après-midi où on n'avait pas à garder nos uniformes, elles faisaient des minauderies, elles aguichaient les garçons plus âgés. Il y avait une fille, elle s'appelait Nadia, elle était plus vieille que moi, elle avait une sacrée réputation, les plus jeunes et les plus ingénus disaient qu'elle embrassait avec la langue et tout, tu sais comment sont les gamins quand ils imaginent, en fait elle faisait beaucoup plus, elle s'était mis en tête de me dépuceler, elle y est arrivée assez rapidement, on s'est retrouvés un soir après l'étude, on a fait le mur et on s'est cachés dans un parc peu éclairé. Elle a expédié tout ça en un tournemain. Le lendemain, elle faisait comme si elle ne me connaissait pas. C'est tout ce qui l'intéressait, se faire le plus de mecs possible. Elle n'avait pas quinze ans, je n'ose pas imaginer où elle doit en être maintenant. Bref, en attendant j'avais perdu ma virginité et j'en étais vachement fier. L'été qui a suivi, j'ai commencé à sortir avec Diana. Elle était plutôt mignonne.

*(Je dois avouer que sur la photo sur la plage ils sont tous les deux super mimis.)*

On s'entendait bien. On est restés ensemble toute l'année et l'été suivant. À l'époque on n'a pas couché ensemble. On faisait que des trucs de gosses. Des bisous et se tenir par la main ça nous suffisait largement. J'aurais bien aimé aller plus loin mais je n'osais pas lui en parler. Je n'étais plus vierge, c'est vrai, mais ce dépucelage rapide n'avait pas vraiment répondu à toutes mes questions. J'en savais beaucoup moins après qu'avant. Mais on fait peut-être de nouvelles découvertes à chaque fois...

*(Il me jette un de ces regards qui me donne envie de lui sauter dessus aussi sec.)*

En cours d'année, j'ai passé un concours et j'ai obtenu une bourse pour aller étudier à Montréal l'année suivante. Je me débrouillais plutôt bien en français et j'ai été dans les quinze premiers au niveau national. Mes parents étaient très fiers. Et moi encore plus. Diana m'a fait la gueule mais elle a fini par accepter l'idée de la séparation temporaire. Pour moi, ce n'était pas comme quand j'avais dû quitter Tofino pour aller en pension. Je n'avais plus le même âge, j'avais quinze ans et vraiment envie de partir voir autre chose. Je n'étais plus un enfant et l'idée d'aller à l'autre bout du monde était très exaltante. Et excitante. Bref, en septembre j'ai laissé une Diana en larmes avec force promesses, des parents tristes mais très fiers, des copains morts de jalousie. Mais je ne partais que pour trois mois, je suis revenu pour les vacances de Noël. L'arrivée à Montréal a été fantastique. Bien sûr j'avais été plusieurs fois à Vancouver, mais seulement pour une journée ou un week-end de shopping et pour voir la famille, ça n'a rien à voir avec partir vivre dans une grande ville. C'était immense, et fabuleux, et immensément grand et vivant, j'étais comme un petit sauvage ou un paysan qui débarque de son trou et arrive dans LA ville. Mais c'est bien ce que j'étais. J'adorais me promener dans les rues du centre, j'y allais le dimanche après-midi, juste pour me balader. C'était plein de voitures, de monde, de lumières, de boutiques, d'activité. L'école était en plein centre.
Ce n'était pas la pension noire et sale et fermée de Nanaimo. C'était un bâtiment grand et moderne qui donnait sur la rue, on avait de petites chambres pour deux, on pouvait sortir comme on voulait, c'était la liberté totale, le pied. Ça a certainement beaucoup contribué à me faire aimer cette ville. Bon, bien entendu, il fallait bosser. Justifier ma bourse. On avait des contrôles tous les mois. En fait c'était la rigueur de l'enseignement privé dans une structure publique. C'était les cours généraux d'après le collège, ce qui correspond à la préparation du bac en France. On étudiait beaucoup d'économie, un peu de droit, mais surtout les langues. L'anglais

et le français, bien sûr. Mais aussi de l'espagnol. J'ai également fait un peu d'allemand. C'était très exigeant au niveau des études et des résultats qu'ils attendaient de nous, mais j'adorais le lieu, l'ambiance, la ville, les copains de cours. J'en ai profité pour aller au cinéma, c'est quelque chose que j'ai découvert là-bas. Tu sais, on n'a pas ça par ici. J'ai été dans quelques bars aussi, je suis plus ou moins sorti avec d'autres filles, sans le dire à Diana évidemment, j'ai pu répondre à quelques questions que ma première expérience avait posées, ça a été de très bons moments. Petit à petit, en cours d'année, j'ai aussi un petit peu changé de look, j'avais encore grandi et je faisais beaucoup plus que mes quinze ans, j'ai fait une autre coupe de cheveux.
*(Il va falloir recommencer je crois !)*
J'ai fait aussi pas mal de sport, on a de super piscines là-bas, tu peux y aller tout le temps même quand il fait moins vingt degrés dehors. Quand je suis revenu la première fois pour Noël, on m'a fait une fête de tous les diables, on aurait dit le retour du messie. Il faut dire que personne encore dans l'île n'avait réussi à obtenir cette fameuse bourse. C'est pendant ces vacances-là que j'ai fait l'amour la première fois avec Diana. Ça n'a pas été très concluant, mais il faut dire qu'on manquait tous les deux d'expérience. La séparation début janvier a été d'autant plus difficile que je partais pour six mois. Je ne devais rentrer que fin juin. C'est pendant cette période que les choses ont le plus changé. Le sport, les sorties, les amis qui venaient de grandes villes, j'ai beaucoup changé. Physiquement surtout. J'avais dû acquérir ce charme particulier qui n'est plus celui de l'enfance mais pas encore celui de l'âge adulte. Et puis, je n'étais pas complètement idiot, je voyais bien le regard des autres, des filles principalement, quand on sortait il y en avait toujours une, ou parfois plusieurs à me tomber dessus. C'était dur de résister. D'ailleurs je ne résistais pas toujours... mais il fallait aussi beaucoup étudier. Au contraire de Nanaimo, je n'étais plus le premier de la classe. Ici se trouvaient réunis tous les meilleurs du pays et il fallait se battre pour réussir. Si au collège

j'étais le meilleur de la classe, à Montréal je devais seulement être le plus beau.
*(Je ne vais pas m'en plaindre !)*
Mais pour moi ce n'était pas important, même si on me faisait facilement des avances dans les bars, je ne m'en rendais pas forcément compte non plus. En fait je voulais absolument réussir à faire de bonnes études, pour avoir un métier où je gagnerai beaucoup d'argent, ce rêve qui était celui de mes parents, mais aussi quelque part celui de Tofino, comme une revanche sur l'histoire de ce village abandonné du monde. Mais les premiers germes du doute ont été semés dans mon esprit lors de la fête de fin d'année. On est allé en boîte, c'était exceptionnel, et, au milieu de la nuit, un gars d'une quarantaine d'années, très bien habillé, ou ce qui me semblait être très bien habillé, costume de marque et tout et tout, vient m'accoster. Il me paye à boire et d'emblée il me dit qu'il bosse pour une agence de mannequins et qu'il aurait du boulot pour moi. Je crois que j'ai éclaté de rire, je le prenais pour un charlot, j'avais seize ans et je ne me voyais pas dans un boulot comme ça parce que ça ne m'attirait pas et que je ne pensais pas avoir la tête de l'emploi, comme on dit. Il a dit que je devais y réfléchir et qu'il passerait me voir à la rentrée en septembre. Aussitôt le dos tourné et mon verre vide, je l'ai complètement oublié. Mais l'idée avait été jetée tout au fond de mon esprit, même si pendant ces deux mois de vacances avec ma famille, mes amis d'enfance et Diana, je n'y ai pas pensé une seule fois.
Quelques semaines après la rentrée, fidèle à sa promesse, il est venu me voir à l'école, m'a laissé une carte, demandé à nouveau de bien y réfléchir et de passer le voir quand je voudrai. Quand j'ai raconté ça à mes copains, on a bien ri. Pour la plupart, c'était un mec qui recrutait des acteurs porno, mais je n'y croyais pas, pour d'autres j'allais me retrouver sur un trottoir en Amérique du Sud. J'ai réfléchi toute la semaine et je me suis dit que je pourrai peut-être me faire un peu d'argent de poche avec ça. Tu sais, mes parents ne roulaient pas sur l'or, ça pouvait les

soulager un peu, même si ma grande sœur prévoyait de quitter la maison dans les prochains mois avec son copain. Finalement, le samedi j'ai été à l'agence. C'était un vrai chantier, des gens partout, qui couraient, parlaient fort, criaient, beaucoup de filles, grandes, minces, jeunes, des bureaux avec des secrétaires, des photos sur tous les murs, mais personne qui ne se souciait de moi. Un inconnu dans la foule. C'était complètement surréaliste. Mais ce n'était pas les coulisses de réalisations porno comme prédit par certains de mes camarades. J'étais paumé et je me demandais vraiment ce que j'étais venu faire dans ce foutoir. J'ai fini par montrer la carte à une secrétaire qui passait par là après m'être fait bousculer par les tas de personnes qui me prenaient pour un objet gênant le passage. La secrétaire a regardé la carte, m'a dévisagé, et enfin m'a indiqué un grand couloir, « allez voir Gloria, au fond à gauche », avant de déguerpir d'un pas pressé.
Devant le bureau mentionné, j'ai ralenti le pas et me suis avancé en hésitant. La porte était ouverte. Il y avait derrière un bureau encombré de toutes sortes de papiers une femme, plutôt bien en chair, la bonne cinquantaine, une crinière flamboyante rousse. Elle parlait au téléphone. Elle a levé la tête vers moi et m'a regardé un instant avant de me faire signe d'approcher. Je lui ai tendu la carte, qu'elle a prise sans cesser de me dévisager, sans cesser de parler au téléphone, discussion d'affaires apparemment. Elle m'a détaillé comme le ferait un maquignon devant une vache avant d'en marchander le prix, puis a annoncé tout de go à son interlocuteur : « Bon, je crois que j'ai trouvé ce qu'il te faut, je t'envoie les photos dans deux heures, tu les auras demain matin », et elle a raccroché. Sans avoir jeté un regard à la carte, sans cesser de m'examiner, je peux te dire que c'en était gênant, comme si j'étais tout nu devant elle ou si j'étais un simple objet. Elle m'a dit : « Alors, c'est Helmut qui vous envoie ? » Elle m'a demandé aussitôt mon âge. « Seize ans ? Mais il fait la sortie des maternelles maintenant ? Bon, il vous a expliqué en quoi consiste le travail ? » Comme je lui répondais par la

négative, elle m'a dit que le mieux c'était de faire quelques photos et puis qu'on verrait après. Et sans me demander mon avis, elle a appuyé sur un bouton de son interphone et crié : « Georges, viens me voir de suite », tellement fort que je me demande si elle n'aurait pas eu mieux fait de crier directement par la porte. Trente secondes plus tard, Georges rentrait dans le bureau en dodelinant du cul. Cinquante ans, petit, chauve, un pantalon qui le serrait tellement qu'il devait marcher à petits pas, folle perdue. « Bon, je te présente... euh... – Tom », je lui ai répondu. « Tom, c'est pour Paris, tu me le prépares, il faut qu'il soit chez Gregory dans un quart d'heure. »
Le Georges m'a toisé d'un air hautain malgré sa petite taille en maugréant « ben, c'est pas gagné ! ». Puis Gloria m'a fait signe de le suivre et de revenir la voir après la séance photo. Le Georges m'a conduit dans une cabine de maquillage, toujours en tortillant des fesses. Il m'a fait asseoir dans un fauteuil, et là c'était parti pour une séance de nettoyage et de maquillage digne des plus grandes stars d'Hollywood. Shampooing, coupe de cheveux, brushing, rasage, manucure, exfoliant, parfums, maquillage, à un moment donné ils ont été trois sur moi. J'étais hyper excité, mais en même temps impressionné et intimidé. Je comprends qu'on puisse prendre facilement la grosse tête. On s'occupe tellement de toi que tu arrives à te croire très important. En fait, je crois que j'avais surtout envie de rire. Quinze minutes plus tard, montre en main, Georges m'a conduit, m'a ordonné de le suivre et, après trois couloirs, je me suis retrouvé chez le photographe. La trentaine, viril, macho, à qui on ne la fait pas.
« C'est encore pour la Parisienne », lui a fait la folle maquilleuse. « Je crois qu'on n'y arrivera pas », lui a répondu, pragmatique, le photographe. « Il s'appelle comment, celui-là ? – Tom », a fait Georgie en secouant la tête et en sortant.
Il nous a laissés seuls. Enfin. Je ne le supportais déjà plus. Aussitôt, Gregory m'a donné les consignes. « On a dix minutes pour faire ces photos. Tu fais exactement ce que je te dis. OK ? »

J'ai acquiescé sans oser ouvrir la bouche. « T'inquiète pas, ça va bien se passer. » Il m'a tendu un jean blanc et une chemise immaculée. « Bon, enfile ça. » Comme je cherchais une cabine du regard pour me changer, il m'a souri et m'a fait : « Ne te gêne pas pour moi. Et tu ne risques rien, Georges est parti. » Et je me suis déshabillé devant la porte ouverte. Dans le couloir, il n'arrêtait pas de passer du monde, j'ai enfilé rapidement mon jean en ayant l'impression d'être complètement exhibitionniste, que tout le monde me regardait. En fait, ça ne gênait ni ne choquait personne. Pendant que je me changeais, le photographe a préparé son matériel tout en me dictant ses consignes. « Non ne remets pas tes chaussures. La chemise hors du pantalon. Ne la boutonne pas. Approche-toi par là. » Et en moins de dix minutes il a fait peut-être plus de deux cents clichés. « Debout. Assis. De face. De profil... Souris. Ne souris plus. Regarde-moi. Gentil. Méchant. » Bref, je n'y comprenais rien mais me soumettais bien volontiers à ses « caprices ». Je me suis rhabillé aussitôt après et suis reparti voir Gloria. Elle m'a expliqué alors ce qu'ils faisaient : des défilés de mode, des réceptions de grand standing, de la pub de temps en temps... Et pas de porno. « Mais une séance photo ne veut rien dire. Bon, je peux te rappeler à quel numéro, au cas où ? »

Finalement, je suis reparti chez moi pour le moins dubitatif. Ça avait été une expérience très étrange, enrichissante par certains côtés et certainement sans lendemain. C'est du moins ce que je pensais. Mais quatre jours plus tard, je devais me rendre d'urgence au studio. Et là, Gloria m'a expliqué. Depuis plusieurs semaines, un client à eux, parfumeur à Paris, recherchait un modèle pour le lancement de la campagne publicitaire d'un nouveau parfum pour homme. Ils venaient de recevoir les photos, c'était moi qu'ils voulaient. Heureusement que j'étais assis. Même si je ne comprenais pas tout ce qui se passait. Elle m'a tendu un contrat, déjà rempli avec mes coordonnées et tout et tout. « Il me le faut signé par tes parents dans deux jours. » A commencé alors un vrai marathon, une course contre

la montre. Coups de fil à Tofino pour les convaincre, « ça va me rapporter mille dollars », fax en urgence – et il n'y en avait qu'un à Tofino à l'époque...
Finalement, j'étais au rendez-vous le jour dit et à l'heure pile avec une copie de mon contrat signé par mes parents, après tout très fiers, bien qu'un peu sceptiques. Séance photo par la suite, chèque, cuite avec mes copains pour fêter ça. Puis plus rien. Jusqu'au début du mois de décembre pour le lancement mondial du parfum et de la campagne publicitaire. Photos dans tous les magazines de mode et la presse hebdomadaire grand public, mise en avant dans tous les grands magasins, une campagne qui a du coûter des millions de dollars. Mes mille à côté, c'était rien du tout. Et à la vue des photos, ça a été la grosse déception. Ils avaient fait une photo très artistique, complètement floue, on distinguait vaguement un visage, des yeux très clairs. La photo était très belle, il n'y a aucun doute, mais il était impossible de me reconnaître, j'ai été hyper déçu.
*(Je me souviens de cette pub, le parfum s'appelait Orage, une des filles du lycée en était folle et l'avait collé sur tous ses classeurs.)*
Bref, je ne comprenais pas pourquoi ils avaient fait tout ce foin pour ça. Ils auraient pu prendre n'importe qui d'autre. Bon, suite à ça j'ai fait quelques défilés à Montréal. Rien de transcendant. Seuls mes copains de Montréal étaient au courant, je n'en avais pas parlé à mes parents ou à Diana. Ils pensaient que ma vocation de mannequin avait pris fin avec ma première expérience. Mais au mois d'avril, Gloria m'a parlé de plusieurs défilés à New York pour les nouvelles collections. J'ai dû choisir. Les études ou le mannequinat. Devant l'argent facile qu'elle me proposait, je n'ai pas beaucoup hésité. J'ai laissé tomber les cours, l'agence a remboursé l'intégralité de ma bourse et je suis parti travailler. Je ne l'ai dit à personne. Pas même à ma famille ou à Diana. Je ne suis pas rentré cet été-là. J'ai dit que je partais camper avec mes amis de l'école. Je ne suis revenu à Tofino que six ans plus tard. Après New York, on m'a proposé d'aller m'installer à Paris.

*(Ah tiens ?)*
Je suis parti. Quelques semaines plus tard j'ai dit à mes parents que je continuais mes études en France, que j'avais une bourse... Pieux mensonge. Ils ne se sont doutés de rien. J'ai pris un studio tout près de Montmartre. J'ai rencontré un jeune créateur dont on commençait à parler et qui était le chouchou des stars du show-biz. Il a fait de moi son mannequin fétiche pour sa collection homme. J'ai alors commencé une vie incroyable dans la plus belle ville du monde. Tout le monde rêve de Paris et moi j'en étais un des princes. Tournées dans toutes les grandes capitales de la mode, Milan, Barcelone, Tokyo, New York, j'ai fait plusieurs fois le tour du monde, c'était une vie de rêve, d'insouciance, d'alcool, de sexe. J'avais les plus belles filles du monde pour moi, très vite j'ai arrêté d'écrire à Diana, puis je n'ouvrais même plus ses lettres. Elle a fini par abandonner. J'avais plein de tunes, j'allais dans les plus grands restaus, je portais des fringues hors de prix, quand j'étais à l'étranger je dormais dans des palaces, en boîte on ne buvait que du champagne. Je ne fréquentais que des gens riches, des artistes, des stars, je vivais surtout la nuit. C'était hyper superficiel mais on s'éclatait bien. Je savais très bien que les gens qui m'accostaient étaient seulement intéressés par mon statut de mannequin en vue.
*(En même temps, il feuillette son book, de très belles photos, sensuelles, défilés, en tenues pas croyables, ce défilé chez Gautier en robe, des photos très suggestives, comme on en trouve dans ces superbes albums en vente aux Mots à la bouche, un mec jeune, beau, souriant, la vraie star.)*
Mais je savais faire la part des choses. Je n'avais pas encore dix-huit ans, je profitais de l'autorisation signée par mes parents deux ans plus tôt, ils croyaient que je poursuivais mes études, ils pensaient que je ne pouvais pas revenir parce que Paris c'était loin et le trajet très cher. Alors ils m'écrivaient souvent, me racontaient les petites histoires de la vie de Tofino et de mes amis d'enfance, et moi je lisais les lettres sans réellement

m'y intéresser. J'avais une vie que des millions de gamins et de gamines dans le monde rêvent d'avoir, alors Tofino, c'était devenu une autre galaxie. Un soir, après un défilé, on a été à une fête au Queen. Il y avait un spectacle de transformistes. Je n'avais jamais été attiré par ce genre de spectacle, peut-être parce que par certains côtés ça ressemblait beaucoup à mon travail, j'en avais déjà vu des tonnes mais ça ne me plaisait pas vraiment. Et puis il faut dire que dans le milieu dans lequel je bossais il y avait une faune très hétéroclite. Beaucoup d'homosexuels, beaucoup de folles, des tas de gens bizarres. Bien sûr j'avais déjà été dragué par des tas de mecs, mais ce n'était pas mon truc, j'avais jamais essayé et je n'en avais pas envie non plus. Ce soir-là il y avait un jeune mec qui faisait un spectacle de flamenco. Il était très jeune, très androgyne, très troublant, impossible de savoir si c'était un garçon ou une fille, sauf que là on le savait dès le départ. C'était très troublant et très beau.
*(Je me souviens, je l'ai vu aussi dans d'autres spectacles et d'autres lieux, il était vraiment très pro et très beau, je crois qu'il est toujours à Paris, même si ça fait un bon bout de temps que je n'ai plu entendu parler de lui.)*
Après son spectacle, il est venu à notre table. Bien sûr on lui a offert un verre, il n'a pas arrêté de me draguer. Il y avait dans son regard, mais surtout dans son sourire, quelque chose de magique. Beaucoup de tendresse et d'ironie.
*(Et de tristesse dans celui de Tom alors qu'il m'en parle !)*
Il m'a écrit son numéro de téléphone au rouge à lèvres sur la main avant de nous laisser. Je l'ai appelé le lendemain. Quinze jours plus tard on emménageait ensemble, en plein Marais.
*(Alors on a été voisins !)*
Je n'avais jamais été aussi bien de ma vie. Au niveau boulot j'avais de plus en plus d'opportunités. Hervé, lui, en partie grâce à mes connaissances, commençait à se faire un nom dans le milieu de la nuit, on sortait toujours ensemble, inséparables, amoureux, on est même passés dans certains magazines, pages « people ».

*(Oui, je vois le genre !)*
On s'est payé un voyage d'amoureux à Bali dans un palace hyper luxueux avec une suite et une piscine pour nous tout seuls, le rêve de tout jeune couple d'amoureux. Ça a duré quatre ans. J'avais oublié toute ma vie et ma famille au Canada. J'appelais de temps en temps, pour Noël, pour avoir quelques nouvelles, mais chaque fois c'est Hervé qui me poussait à le faire. J'avais une vie comme je n'aurais jamais rêvé d'en avoir. Mais un jour, je suis rentré d'un défilé à Milan plus tôt que prévu. Je suis rentré de l'aéroport en taxi sans prévenir Hervé, je voulais lui faire une surprise et je l'ai retrouvé, euh... et bien... comment... je... euh...
*(Bon, je reprends le fil sinon on va y passer des heures : il a retrouvé son copain avec deux autres mecs, avec, soyons clair et précis, une bite dans le cul et une autre dans la bouche. Douche froide. Retour sur terre. Fin des illusions. Retour du pays des merveilles. Dégoût. Trahison. Haine. Fracture ferme et définitive.)*
J'ai tout laissé tomber. Du jour au lendemain j'ai tout plaqué. À cause du contrat que j'avais j'ai tout perdu. Mais je m'en foutais. Je n'avais pas d'amis. Que des parasites. Hervé en tête. Mes seuls vrais amis étaient à Tofino. Je suis revenu au pays. Chez moi. J'ai expliqué qu'après mes études j'avais trouvé du travail en France, mais que ça ne me convenait pas, j'avais le mal du pays... ils m'ont cru. Ou ils ont fait semblant de me croire, peu importe. Je suis certain que les gens d'ici savaient ce qu'était ma vie à Paris, Tofino est au bout du monde mais les journaux arrivent quand même ici. Et on trouve *Paris Match* à Victoria ! Bref, personne ne m'a rien dit mais je pense que tout le monde a compris. Surtout que je n'avais pas vraiment l'air très heureux de revenir, à trimballer ma tristesse à longueur de journée. Mais je n'aurais pas non plus supporté cette vie à Paris plus longtemps.
Voilà, tu sais tout. Je n'avais parlé de ça à personne. Tu es le premier. Les autres n'ont pas besoin de savoir.

# 23

# Yalta ou la Berezina

La matinée touche à sa fin. Tom s'est tu depuis un bon moment déjà. Je ne sais pas comment réagir à ses confessions. J'avais compris qu'il avait un secret. Ou plutôt des tas de secrets. Mais pas ça. Quatre ans de vie commune avec une folle des nuits parisiennes ! Qu'il a laissé tomber parce qu'elle le trompait. Me raconter tout ça est certes une grande preuve de confiance. Mais il se méprend peut-être sur mon compte. Je n'ai pas vraiment non plus une vie des plus, comment dire, ordonnée, sage ? Comment lui expliquer tout ça ?

Au bout d'un moment, il range petit à petit les photos, les coupures de presse, les papiers, à nouveau dans le carton à chaussures. Il ne me regarde pas, n'ose peut-être pas. Je ne sais pas trop la réaction qu'il attend de moi. Un verdict ? une approbation ? un mensonge ? une promesse ? J'ai vraiment du mal à le définir. Mais vivre avec tous ces mensonges aussi longtemps n'aide pas non plus à l'expansion.

« Tu sais, je ne suis pas vraiment un saint non plus. » Façon d'avouer que je me suis déjà trouvé dans la même situation qu'Hervé. Parfois même à plus que ça. Il se tourne vers moi en rigolant.

« Ça, j'avais bien cru comprendre. » Ma réputation m'a précédé, merci Marc ! « Mais, toi, au moins, tu ne m'as pas fait de promesses. » Pas encore. Il ne l'a pas dit. L'a-t-il pensé ? L'as-tu pensé ? Je ne sais pas. Mais ce n'était pas un reproche non plus. Au contraire. Plutôt pas de promesses que des promesses que l'on sait ne pas pouvoir ou vouloir tenir.

« Ce que tu as fait, ce que tu as été, ça m'est égal.

– Surtout que si je dois tout te raconter, on en aurait pour un bon moment.

– Alors on va éviter ça.

– C'est plus sûr, oui !

– Allez viens, on va boire un café. »

Il se lève et je le suis tranquillement jusqu'à la cuisine. Je le regarde préparer les tasses, la cafetière, tout installer sur la petite table en Formica blanc, absorbé dans sa tâche, me regardant seulement quand ses gestes le forcent à se tourner vers moi, en silence, m'octroyant un sourire, son regard qui hésite entre soulagement et appréhension. Puis il m'apporte une tasse fumante, s'assied en face de moi et se lance dans une observation rigoureuse et soutenue de mon propre visage, à la recherche de mes pensées, d'une remarque ou d'un jugement, ce type de regard que l'on espère parfois dans les bars ou les saunas, mais que j'ai du mal à supporter ce matin, ça me rend un peu mal à l'aise, ce n'est pourtant pas dans mes habitudes. Je crois que finalement il n'attend rien, ni jugement, ni approbation, ni réconfort, juste ma présence, mes yeux dans ses yeux, partageant nos doutes, ses doutes et mes doutes, sans arrière-pensées. Le café refroidit lentement dans nos tasses devant nous, le silence se prolonge dans l'éternité de cette fin de matinée, où tout reste possible, où tout est impossible mais réalisable, où le temps et le monde ont disparu, chacun de nous perdu dans ses propres souvenirs et dans ceux de l'autre, réels ou imaginés, peu importe, souvenirs passés ou à venir, souvenirs de ce qui sera, dans les prochaines heures, dans les prochains jours, de ce qui sera peut-être mais n'est pas encore.

L'arrivée du père de Tom nous interrompt dans notre échange silencieux. À son entrée, nous levons ensemble les yeux vers lui, Tom avec son sourire d'enfant bien élevé, moi mon regard d'étranger poli. C'est un homme grand, au visage bronzé et

buriné de ceux qui ont passé leur vie au grand air, les mains calleuses et fortes des travailleurs manuels, le regard bleu empli des mers du monde. Autrefois ce devait être un homme beau, même si aujourd'hui les années de labeur lui font paraître plus que son âge. Il devait être beau, mais à Tofino ça ne devait pas lui être bien utile, sauf peut-être à prendre du bon temps, si c'était possible à l'époque. Il rentre dans la cuisine d'un pas décidé et lance un *« hi ! »* tonitruant et chaleureux. Il vient s'asseoir à la table, me jette un bref coup d'œil et me fait, dans un français à l'accent déplorable à faire rougir de honte la Céline : « Vous devez être le Français. » Tout est dit. Le Français. Comme si j'étais le seul Français en ce moment en vacances à Tofino. Si j'étais Ivoirien ou Vénézuélien, pourquoi pas ! Ce qui veut dire qu'en l'occurrence, le Français c'est celui dont on parle en ce moment. Donc il est au courant de toutes mes « aventures », extravagances ou tout ce que l'on peut raconter d'autre, de mon histoire avec Tom aussi certainement. Cela signifie que maintenant tout le village me connaît. La fin de mes vacances risque de ne pas être triste !
Cela dit, la voix, l'intonation, le regard, la remarque elle-même ne sont qu'une constatation d'un état de fait et non pas une réprimande ou un jugement. Comme si tout ça ne l'intéressait pas. Ou plutôt que ce ne sont pas ses affaires. Mais les miennes et celles de Tom. Et qu'il s'attendait très certainement à me rencontrer un de ces jours, comme quelque chose d'inéluctable, sinon de logique. Bref, peu importe. Tom lui sert un café puis nous le laissons là sans avoir échangé d'autres paroles que ces simples présentations. Une fois dehors, je fais part de mes impressions à Tom concernant son père. Il me dit surtout que son père ne peut pas blairer Diana. Tiens, c'est bizarre... Lui non plus ? En fait, il la trouve immature, mégère et qui se la joue starlette. Moi je le trouve bien physionomiste cet homme. Et ma foi fort sympathique quoique pas très expansif. Comme son fils.

Bref, il se fait tard et Tom doit aller bosser. Il n'est pas en vacances, lui ! Il me laisse donc au coin de la rue et part vers le port. Je rejoins d'un pas lent et distrait la maison de Marc, perdu dans l'imbroglio de mes pensées, cette vie passée de Tom, ses révélations, la rencontre avec son père. J'étais la tête dans les étoiles, comme on dit, quand soudain, au détour d'une rue, horreur ! malheur ! je tombe sur la Diana suscitée et je manque lui rentrer dedans. Elle m'attend. Fermement campée sur ses deux jambes sexy (il faut leur reconnaître ça), ses bras fins sur ses hanches, telle une Maïté sylphide, le regard dur, le sourire carnassier du félin qui sait que sa proie ne peut pas lui échapper. Et effectivement, telle une mouche prise au piège d'une toile d'araignée, je suis à sa merci. Impossible de l'éviter. Impossible de fuir. L'affrontement ou la mort. Autant dire l'affrontement et la mort. Elle a dû me suivre pour me tendre une embuscade. Il lui est plus facile de s'en prendre à moi que d'affronter Tom. Elle ne veut pas prendre de risques avec lui, on ne sait jamais...

*« Hi ! »*, me lance-t-elle d'un air triomphant. Mais elle semble pourtant oublier que pour l'instant c'est moi qui suis en train de gagner, c'est bien moi qui ai Tom, non ? Je m'arrête face à elle, à deux pas à peine, les bras croisés.

« Salut. » Du même air triomphant.

*« Where's Tom ?*

– Au boulot. »

Regards en chiens de faïence. Sur les quelques centimètres qui séparent nos yeux, toute la haine du monde se déverse en une fraction de secondes.

*« Leave him alone.*

– Vas le lui dire à lui. »

Nouvelle décharge électrique.

*« You're just a bitch. »*

Là je dois avouer qu'elle touche un point sensible. Je lui fais un petit sourire. Hum. Salope ? Évidemment ! Et fière de l'être avec ça. L'échange visuel, les yeux dans les yeux – et ce ne sont pas ceux de l'amour – se poursuit. Cette fois-ci elle n'ose pas tenter l'échange physique. Ma détermination est autre que celle d'hier. J'ai dans les mains de nouvelles cartes, la partie engagée est différente, la proie acculée est capable de toutes les audaces. La meilleure des défenses est l'attaque, pas vrai ? Je vais reprendre l'avantage.

« Qu'est-ce que tu veux ?

– *I want you to give him a rest.*

– Et lui, il veut quoi ? »

Pas de réponse. Évidemment elle ne sait que ce qu'elle veut elle. Ce que veut réellement Tom, personne, pas même aujourd'hui, ne le sait. Je profite de mon avantage.

« Alors, laisse-nous tranquille. »

Elle me toise d'un air méprisant, c'était elle qui voulait me dire ça, pas l'inverse. Elle essayera quand même d'avoir le dernier mot. C'est mal me connaître...

*« Anyway, you bore will be off in a week !*

– Peut-être. Ou peut-être pas...

– *What do you mean ?* »

Elle vacille, je l'ai déstabilisée. Ou quand la proie devient prédateur. Mais moi je ne suis pas une bête féroce, je ne veux pas l'achever, je veux juste qu'elle disparaisse pendant cette semaine qu'il me reste à passer ici à Tofino.

« Vas-t'en. Enferme-toi. Cache-toi. Laisse-nous tranquilles. Et tu verras bien ce qui se passera dans une semaine. »

Elle me regarde, incrédule, au bord des larmes. Je la sens furieuse, mais aussi, et surtout, triste, désespérée. Et abandonnée. Je la plains. Sincèrement. Elle va éclater en sanglots et je ne veux pas assister à ça. Ne pas savourer ma victoire jusqu'au bout. Je descends du trottoir et reprends ma marche vers la maison, la laissant plantée là. Je ne me retourne pas, elle ne me poignardera pas dans le dos, je le sais, peut-être murmure-t-elle encore un *bitch* venimeux, mais je n'en suis pas certain. Quand j'arrive au coin de la rue, elle est peut-être encore là, debout, seule. À moins qu'elle ne soit repartie. Je ne sais pas, je ne veux pas

savoir. Tout ce que je sais, alors que cette semaine vient de se terminer aujourd'hui, c'est que je ne la reverrai plus, ne la croiserai plus, j'entendrai parler d'elle bien entendu, mais elle sera sortie de ma vie. Complètement. Définitivement.
Quelques minutes plus tard, j'arrive chez Marc. Je venais de conclure avec Diana un partage du monde et j'en étais le maître absolu. Plus rien ne m'empêchera de goûter les joies que me réservent les prochains jours, sans penser, sans oser penser, à ceux qui viendront après.
Marc est en train de préparer le repas, pas ces quelques *fish and chips* traditionnels, quelque chose de plus élaboré. Bizarre, il y a quelque chose de pas très clair. Son euphorie et son sourire ne peuvent avoir qu'une seule cause. Pas besoin de lui poser la question, il s'empresse de m'en faire part. Les secrets de Tom, le K-O de Diana, il s'en fout royalement.
« Eric vient manger avec nous. » Et il m'explique. Ils viennent de Victoria pour faire une descente sur une plage de Tofino fréquentée par des pseudo-hippies et où on aurait retrouvé des seringues. Il y aurait un trafic de drogue dans le coin.
« Quelle plage ? », je demande fiévreusement à Marc. Précisément celle où j'étais descendu me balader le soir de l'arrivée d'Eric. De cette rencontre fortuite dans les bois. De ces caresses sous l'orage.
« Merde ! Ils arrivent quand ?
– Je ne sais pas. Dans une demi-heure peut-être. »
Sans explication, je laisse un Marc stupéfait et pars en courant pour la plage. Une dizaine de minutes plus tard, à bout de souffle, je descends comme un forcené qui vient de s'échapper l'étroit sentier, faisant fi des ours et autres bêtes sauvages croisées lors de ma première visite. J'ai beau chercher du regard désespérément, pas la moindre présence humaine dans le quartier. Soit ils ont changé de plage, de lieu, de région, soit les informations de la police circulent rapidement et ils étaient au courant de la rafle (merci portable !), soit ils n'ont vécu que dans mon rêve et mes fantasmes. Je ne le saurai jamais. Au

moins j'aurai accompli mon devoir, essayer de prévenir, de sauver ce garçon, ce songe d'une nuit d'orage, pour le remercier de son aide, de m'avoir empêché de mourir sous les griffes et les crocs des ours affamés de cette nuit-là. Je ne peux cependant pas m'attarder au risque de me compromettre, même si on n'est pas non plus dans *Midnight Express*, et surtout de compromettre Marc et Eric par voie de conséquence. Je repars donc, sans reprendre mon souffle, l'ascension vers le parking, puis la route jusqu'à la maison, d'un pas rapide et nerveux. Je suis arrivé depuis à peine deux minutes, en train d'expliquer à Marc mon départ précipité, ma nuit de délire amoureux, qu'Eric arrive, juste pour nous dire bonjour, avant de repartir coffrer ses hypothétiques et invisibles pourvoyeurs de drogue. Marc me dévisage, incrédule.

« Tu es impossible. Tu n'arrêteras jamais.

– Que j'arrête ? Pourquoi ?

– Je ne sais pas... Tom ?

– Ce n'est pas une raison pour abandonner l'autre. »

Ben oui, on ne se refait pas.

# 24

# Le portrait en bleu

Que dire de ces derniers jours ? Si peu et tellement à la fois. Une semaine enfermés dans le monde que nous nous étions créé avec Tom, Marc, Eric, leurs amis. Diana et les jours d'après cette semaine en étaient exclus.

Tous les soirs, après une virée au pub, Tom venait dormir chez Marc. Tous les soirs on faisait l'amour. Positions variables. Je ne vais pas rentrer dans les détails, vous les connaissez (certainement, ou je l'espère) autant que moi. Puis on s'endormait dans les bras l'un de l'autre jusqu'au chant du merle. Nouvelles représentations du lever de soleil, chaque jour différentes, auxquelles nous assistions religieusement.

Les journées se déroulaient selon un scénario variable selon la quantité de clients de Tom. En fait, il s'arrangeait pour les refiler à ses collègues et rester plus avec moi, il aurait tout le temps de rattraper le temps perdu après mon départ. Je le comprends, je me serais fait porter pâle au BHV si la rencontre avait eu lieu à Paris. Deux après-midi nous sommes retournés à notre plage. La deuxième fois nous n'étions pas seuls. Nous avons tout de même exposé nos corps nus aux embruns, au soleil et au regard de ces quelques touristes au look typiquement nord-américain (casquette de base-ball, regard bovin, tee-shirt YMCA et surpoids, surpoids, surpoids). Mais, plus gênés que nous par notre nudité, ils ont quitté la plage assez rapidement. Si jamais ils partaient nous dénoncer à la police municipale,

on pouvait toujours faire appel à Eric pour éviter les ennuis et l'emprisonnement. En attendant (l'improbable) arrivée de la cavalerie – et on n'est pas à Hollywood où elle arrive toujours à temps pour sauver les gentils –, nous nous sommes roulés, dans des éclats de rire, dans le sable et l'écume glacée. Un autre jour, Tom m'a emmené au nord de Tofino jusqu'à des cascades et des trous d'eau tiède, en pleine montagne, dans un lieu féerique, entouré de verdure, de mousses et d'arbres géants, des piscines naturelles à l'eau incroyablement pure et douce et claire et tiède. Nous nous sommes baignés pendant des heures, parfois quelques touristes arrivaient, prenaient des tonnes de photos, trempaient le bout de leurs pieds, parfois se baignaient, puis repartaient. Nous ne sommes rentrés qu'en fin de journée, alors que le ciel se teintait déjà de toutes les couleurs dans la gamme des rouges, des orangés et des jaunes. Les gerbes d'eau soulevées par le bateau nous rendaient à la fois acteurs et public de ce spectacle hors du commun, autrement plus beau que si nous étions restés simplement à le contempler depuis le rivage.
Un jour, ne pouvant plus supporter sa coupe de cheveux à la Dave, vraiment trop ringarde et représentative du mauvais goût de Diana, j'ai réussi à persuader Tom de la changer. Et c'est moi qui me suis attelé à la tâche. J'ai expérimenté ce jour-là mes talents dans ce domaine. Avec des ciseaux de cuisine de Marc, j'ai taillé sans hésiter dans les mèches tombantes et créé une coupe résolument moderne, mais que je ne saurais reproduire en aucun cas. De beau, Tom est devenu tout simplement splendide, merveilleux. Et l'originalité de sa nouvelle coiffure a fait de lui la star de Tofino pour quelques jours.

Le plus surprenant pendant ces jours-là a été les réactions des gens dans la rue à mon encontre. Pas des touristes mais des autochtones. Ils me connaissaient tous. Ils me souriaient, me disaient bonjour. Même ceux que je ne connaissais pas. J'étais devenu, à l'égal de Marc, un habitant du cru. Peut-être avaient-

ils pris au pied de la lettre ma réflexion à Diana concernant mon hypothétique non-départ et accepté le fait que je puisse devenir l'un des leurs. Ou tout simplement ils aiment beaucoup Tom (ou détestent Diana) et m'acceptent sans se poser de questions.
Au supermarché, Mauresmo, qui en fait se prénomme Nancy et qui a survécu au cataclysme Diana – pourquoi les cataclysmes et autres tempête ont-ils toujours des noms de femme ? –, vient me faire la bise chaque fois que je la croise. Des gars me serrent la main. Un après-midi où Tom travaillait, un vieux monsieur bien sous tous rapports, un voisin de Marc, qui baragouinait quelques mots de français teintés d'un fort accent allemand, m'invite à boire une bière chez lui. Et moi, la naïveté incarnée, j'accepte. Ancien GI sur une base à Stuttgart, il a fini par rentrer au pays après des années d'exil. Il me fait visiter sa maison, copie conforme de celle de Marc, transformée également en *bed and breakfast*, me montre sa collection de soldats de plomb comme un gamin excité, ses aquarelles réalisées par « deux amies lesbiennes mais très sympas » (je cite), me parle de son copain policier monté (décidément, ça doit être un critère de sélection) et très poilu (enfin ! un vrai de vrai !). C'est quand il m'a proposé une banane que j'ai commencé à me poser des questions. Le symbole, puéril certes, n'échappera à personne. Quand il a insisté, j'ai trouvé ça louche. Quand il m'a pris la main pour y fourrer coûte que coûte sa banane à moitié écrasée, j'ai pensé qu'il valait mieux déguerpir. Devant son œil vitreux, la salive commençant à poindre à la commissure de ses lèvres, de sa main parkinsonienne j'ai pris sa banane, que je n'ai pas osé manger par la suite, l'ai remercié chaleureusement en serrant sa main moite et me suis enfui, manquant renverser au passage sur le coin de la pelouse le petit panneau qui indiquait « Edgar's B&B ». Ouf ! Je crois que je l'ai échappé belle cette fois-ci. Mais tous les habitants de la petite ville n'ont pas essayé de me faire des propositions aussi (peu ?) explicites.

Trois jours avant mon départ, un matin après notre retour de la représentation d'un nouveau lever de soleil sur la baie de Tofino, nous entrons dans le salon et là, surprise, une table de fête dressée, avec bouquet de fleurs, assiettes fines, verres de cristal, une montagne de fruits, de confitures, de gâteaux divers, tout ça pour le petit déjeuner. Bizarre. Marc sort de la cuisine en portant un plateau garni de muffins tout frais, de beignets et autres cookies fumants. Il me regarde avec un large sourire. Je ne comprends rien, je me retourne vers Tom complètement éclaté de rire. Je regarde à nouveau Marc, incrédule. Que se passe-t-il donc ce matin pour un tel festin ? Marc pose son plateau sur la table, s'approche de moi, me prend dans ses bras, « bon anniversaire ! », avant de m'embrasser à pleine bouche. S'il y a un truc que j'ai oublié, c'est bien ça. Je n'aime pas tous ces rituels imposés par le calendrier, les normes, les médias, les religions. En clair, dans le désordre et entre autres, je déteste les anniversaires, les mariages et la Coupe du monde de football. Pour ce qui est de mon anniv', je ne le fête plus depuis des années. Depuis longtemps j'ai le même âge, trente ans. Un de ces quatre je vais passer au lustre supérieur pour au moins la décennie suivante. Pourtant, chaque année, il y en a deux, pas des désenchantées mais des désenchanteuses, pour me rappeler cet événement mémorable. La première c'est ma mère. Elle se cache dans la chambre ou dans la cuisine ou attend que mon père soit aux chiottes ou sorti boire un verre, bref, dès qu'elle arrive à se retrouver seule au cours de cette journée, elle en profite pour me téléphoner, « et mon chéri comment tu vas on n'a pas de tes nouvelles qu'est-ce que tu deviens, bla-bla-bla... ». Rebelote le 25 décembre. Pourquoi le 25 décembre ? Il y a quoi de spécial ce jour-là ? Ce sont nos seuls échanges depuis des années, trois minutes au téléphone deux fois par an. Je vous ai déjà parlé de mes relations avec mon père, non ? Il va falloir que je relise sérieusement mes notes. Bref, la seconde à ne pas oublier mon anniversaire c'est la grosse Thérèse. Elle m'avait un jour piqué mon porte-monnaie pour s'amuser et voir ma photo sur ma carte d'identité, elle en a profité pour noter ma date de naissance, elle est très forte pour retenir ce genre d'infos, et, le jour fatidique, croyant me faire plaisir en étant la première à me le fêter et montrant ainsi l'intérêt qu'elle me porte (son amitié ?), elle me saute dessus et m'inflige deux bisous baveux sur les joues. Thérèse le matin et le coup de fil coupable de ma mère le soir, voilà de quoi rendre cette journée particulièrement pénible et peu digne d'intérêt.

Alors quand Marc, tel une Thérèse en folie, me saute dessus (oui, je sais, j'exagère un peu !), il y a de quoi se sentir un peu perdu. Et surpris. C'est la première fois qu'il me le souhaite. Il sait que j'ai horreur de ça et je lui avait fais promettre de ne jamais me le fêter. Par contre, de mon côté, début octobre, je pense systématiquement au sien. Je suppose qu'il a comploté tout ça avec Tom dans mon dos. Je ne sais pas quand ils ont pu en parler vu que je suis toujours avec l'un ou avec l'autre. Comme quoi les services de renseignements ne sont pas tout le temps au top niveau. J'espère seulement qu'il n'y aura pas de petit paquet emballé dans un papier brillant à fleurs, parce que là, oui, je le jure, là je suis capable de repartir sur-le-champ, quitte à rejoindre Vancouver à la nage ! Fort heureusement, ils ne sont pas allés jusque-là. Ils ont « simplement » préparé un petit déjeuner digne d'un roi, sur une table de fête de toutes les couleurs, avec bougies et tout et tout. Très sympa. Finalement, j'en aurais presque la larme à l'œil. Je les remercie très chaleureusement et les embrasse avec ferveur, mais j'abrège assez rapidement ces effusions, car cette chaleur que je sens poindre dans mon bas-ventre devient de plus en plus inquiétante et visible, tout ça pour avouer que, en fin de compte, ça me plaît assez.

Nous avons mangé comme des chancres. Gâteaux aux myrtilles, au sirop d'érable, au chocolat, jus de fruits de toutes sortes, *pancakes*, œufs sur le plat, en omelette, brouillés, thé, café... de quoi tenir un siège. Ou satisfaire tous les fantasmes culinaires de Rabelais et compagnie. Tous repus, rassasiés, voilà que Tom, une heure plus tard, sous prétexte de travail, nous quitte et nous donne rendez-vous en fin de journée. Il ne manque pas d'air, me laisser seul le jour de mon anniversaire !

Après une partie de la matinée à comater sur le canapé du salon, Marc, soudain, d'un air grave, m'annonce qu'il a quelque chose à me montrer.
« OK, vas chercher, je n'en peux plus, j'ai trop mangé, je t'attends là.
– Non, il faut que tu viennes, c'est... au garage. »
Au garage, ça veut dire dans son atelier de peinture. Je n'y ai pas mis les pieds depuis mon arrivée à Tofino. Je ne lui ai pas demandé ce qu'il peignait, même pas essayé une petite pointe d'humour, genre « tu peins quoi ? des nus ? », ou mieux « des Picasso ? ». Il m'en veut peut-être mais il ne m'en a pas parlé après ce premier jour. En fait, je crois surtout que je ne l'ai pas questionné parce que, comme je ne connais absolument rien à la peinture, et que par ailleurs je n'ai jamais mis les pieds au Louvre, sauf sous la pyramide pour draguer, j'ai peur de ne pas comprendre ce qu'il fait, pis, de ne pas savoir apprécier à sa juste valeur son travail ou, comble, de ne pas l'aimer. J'ai préféré me taire pour ne pas, devant ses tableaux, qu'il ressente mon ignorance mais aussi, peut-être surtout, mon indifférence. Je ne me suis jamais intéressé à aucun art, depuis que je vis à Paris – ça fait... vous croyez vraiment que j'allais vous dire combien d'années ça faisait, pour que vous puissiez connaître mon véritable âge ? faut pas rêver ! –, donc depuis... tout ce temps, je n'ai visité aucun musée, ni galerie, ni expos, sauf quelques photos de nus (masculins) accrochés parfois aux Mots à la bouche. Ces pages d'écriture que vous lisez, ce journal intime, ces « réflexions », ne font certes pas partie d'une quelconque catégorie artistique. Je ne suis donc pas descendu à son atelier par peur, par honte, pour moi et pour lui, pour ne pas qu'il comprenne le cas échéant, et tel qu'il me connaît il le comprendrait immédiatement, que je n'aime pas son œuvre.

Très certainement c'est pour ces mêmes raisons que lui non plus ne m'en a pas parlé ni ne m'a proposé de visiter son atelier plus tôt. Ou il attendait une bonne occasion. Ce matin, il est déterminé à ce que je fasse le grand saut culturel. Avec tout ce que j'ai à digérer en plus, ça va être vraiment difficile.
Je le suis d'un pas docile dans l'étroit escalier qui descend entre nos deux chambres jusque dans un couloir souterrain, une porte donnant dans l'appartement du sous-sol, une seconde dans le garage. La pièce est grande. Il y a quand même un bordel indescriptible, de celui que l'on peut imaginer dans un atelier de peintre (même sans en avoir jamais vu un seul). Des toiles partout contre les murs, des chevalets avec des tableaux à peine esquissés, des feuilles à dessin sur des tables, des crayons, des peintures, des chiffons... Et au milieu, seul, comme en exposition – il l'avait préparé avant –, un chevalet avec un tableau, de taille moyenne qui, au premier abord, donne l'impression d'être peint uniformément en bleu. Et pas d'un très beau bleu. Un bleu qui tend vers le gris, par moment un peu délavé, par moment, selon la lumière, plus foncé, un bleu somme toute assez quelconque. Je me rapproche, tant la couleur est étrange et attire immanquablement le regard. Et je m'aperçois que la toile n'est pas seulement d'une seule et même couleur mais qu'il y a, non pas des teintes mais, comment expliquer cela, des tonalités différentes de cette même couleur. Plus tard, Marc m'explique sa méthode de travail pour cette toile, un mélange d'aquarelle, d'application au couteau, de fusain, tous du même bleu et dont l'ensemble forme un portrait. Un portrait d'homme. Jeune et assez séduisant. L'effet est complètement irréel, surtout pour un profane comme moi, mais en même temps étrangement attachant. En m'approchant, je découvre peu à peu la forme du visage, des yeux, des lèvres, du nez, les cheveux, tout le visage de cette même et unique couleur. « C'est... » impossible à expliquer. Je n'avais jamais rien vu de tel, de si... différent. Même si mes connaissances en art sont on ne peut plus limitées, je sens bien que je suis devant quelque

chose d'unique où ce mélange de techniques différentes, déjà utilisé par d'autres, a été poussé à son paroxysme. Et cela suffit à rendre ce portrait exceptionnel. Même si la couleur choisie n'est pas la plus belle, on a tout de même du mal à détacher son regard de ce visage bleu, de ce regard bleu.

« C'est en montrant ce tableau que j'ai obtenu ma première expo. C'était dans une grande galerie, à Victoria, il y a quatre ans.

– Je n'y connais rien, mais c'est... » Un silence que je ne peux remplir faute de mots adaptés. C'est Marc qui le rompt.

« Ils disent exactement la même chose. » Je me retourne vers lui, surpris. Il ne se moque quand même pas de moi ? Il me sourit.

« Ils n'ont pas voulu le définir, le classer dans un genre, ça les intrigue beaucoup mais ça leur plaît aussi beaucoup. La galerie de Toronto l'a choisi pour faire la campagne de promo de l'expo. Mais ce sera la dernière fois qu'il sera exposé au public.

– Pourquoi ? Tu l'as vendu ?

– Disons... que je l'ai promis à quelqu'un et qu'il le récupérera à ce moment-là.

– Il ?

– Oui. »

De nouveau un silence entoure notre contemplation quasi religieuse de l'œuvre, ou plutôt la mienne car Marc, lui, s'y est habitué. Il s'en dégage une aura particulière, un tableau qui, à l'égal de celui exécuté par Basil Hallward, possède une âme mais qui, j'espère, ne vieillira pas.

« Mais pourquoi avoir choisi cette couleur, pourquoi pas un bleu un peu plus... euh... lumineux ?

– C'est la couleur de ses yeux.

– De ses yeux ?

– Oui, ceux du modèle.

– Ah ! »

Je connais bien Marc. Il tourne autour du pot. Il veut me dire quelque chose mais en même temps n'ose pas. Qui est son

modèle ? Pas Eric, c'est sûr. D'abord ils ne se connaissaient pas il y a quatre ans, et de plus il n'a pas les yeux bleus. Et c'est ce que je lui demande doucement en tournant la tête vers lui.
« Tu n'as pas reconnu cette couleur ?
– Tu veux dire que... je connais le modèle ?
– Oui. Regarde bien. » Énigmatique. Tel le sphinx au regard de pierre. Et bien entendu je ne comprends rien à ses énigmes.
« Approche et regarde bien. » Silence. « Tu vois ces yeux tous les jours...
– Tu veux dire... que... que...
– Oui, c'est toi le modèle.
– Mais... mais...
– Je l'ai peint en arrivant. À partir de mes souvenirs. Je n'avais qu'à fermer les yeux pour me rappeler aussitôt le bleu exact de ton regard.
– Oh, Marc ! Mais... pourquoi ?
– Pourquoi ? Peu importe. Ça n'a pas vraiment d'importance. »
Je saisis ses bras et les serre de mes mains, le force à relever la tête, à soutenir mon regard.
« Tu n'as pas pu faire quelque chose comme ça si ce n'était pas important. »
Il se dégage doucement de moi, recule pour s'asseoir sur un tabouret, baisse son regard et commence à parler.
« Tu te souviens de notre première rencontre ?
– Au Dépôt ? Oui. Quelle honte pour moi !
– Non. La toute première fois.
– Tu veux dire... au collège ?
– Oui, au collège. Je ne me suis pas assis à côté de toi par hasard. Je t'ai vu et je n'avais plus envie de te quitter.
– Mais on n'avait pas plus de dix ans !
– Et alors, ça change quoi ? Ça aurait été différent si on en avait eu vingt ? Quand je t'ai vu à l'entrée du collège au milieu des autres gamins, avec ton sac à dos tout neuf, tu n'avais rien de plus que les autres, juste ton regard bleu, ou gris, je me suis dit,

je veux me marier avec lui. Ça peut te faire sourire mais c'est ce que j'ai pensé. Alors je me suis approché de toi, je t'ai souri, tu m'as souri à ton tour...
– Je ne me souviens pas...
– Moi je n'oublierai pas, je n'avais jamais été heureux comme ça. Alors pendant toutes ces années où on a été ensemble, à faire toutes ces bêtises, tout ce que je voulais c'était rester avec toi, je voulais que tu ne me quittes jamais. Quand, en fin de troisième, on est parti, on s'est quitté, j'ai été malade pendant des semaines, je voulais mourir parce que je n'allais plus jamais te revoir. Quand mes parents m'ont annoncé qu'on allait quitter Toulouse pour aller vivre à Paris, j'aurais voulu les tuer, je ne leur ai pas parlé pendant des jours.
– Moi aussi, j'ai été triste.
– NON ! » Sa violence me surprend. « Je n'étais pas triste, j'étais désespéré. Jusqu'à ce que l'on se retrouve par hasard, il ne s'est pas passé un jour sans que je ne pense à toi. Mais toi, tu m'avais oublié !
– Oh, Marc ! Je suis désolé.
– Mais, non, Jessie », me dit-il, adoptant intentionnellement mon nom canadien, peut-être pour bien marquer qu'il s'agit du passé, que tout ça c'est passé, que maintenant c'est différent, parce qu'on a fait chacun notre vie et trouvé, enfin au moins lui, chacun notre voie. « Ces années ensemble à Paris ont été si... comment dire, pleines de bonheurs et de frustrations. On était tellement bien ensemble, tellement proches, tellement heureux. Quand tu baisais avec un mec je voulais te tuer. Mais ensuite quand tu t'endormais dans mes bras, je te pardonnais tout.
– Mais... pourquoi ?
– Attends. Laisse-moi finir. J'en suis arrivé à un point où la frustration et les peines sont devenues plus fréquentes et supérieures au plaisir que j'avais d'être avec toi. J'avais compris que tu me m'aimerais jamais de la même façon que moi je t'aimais. Oh, bien sûr, tu n'aurais jamais rien fait sans moi si

je ne voulais pas faire quelque chose ; alors tu ne voulais pas non plus le faire, tu voulais toujours qu'on soit ensemble, tu avais besoin de mes bras et de mon corps pour t'endormir, tu pouvais passer des soirées à me prendre dans tes bras, mais jamais tu ne m'as aimé comme j'aurais voulu que tu m'aimes. Alors j'ai craqué et je suis parti. Je n'en pouvais plus, je ne pouvais plus vivre comme ça, je devenais fou. La fuite, je n'ai rien trouvé de mieux.
– Et moi je n'avais rien remarqué. Pourquoi tu ne m'as rien dit ?
– Tu crois vraiment que ça aurait changé quelque chose ? », me répond-il d'un air triste et résigné. « Mais maintenant tout est différent, j'ai ma vie ici, j'ai Eric. Et toi tu as Tom. »
Je m'approche de lui, m'accroupis à ses pieds, pose ma tête sur ses genoux. Il me caresse doucement. « Si tu savais comme je suis désolé ! » Je me sens encore une fois tellement con.
Au bout d'un moment, Marc se secoue un peu et se relève.
« Bon, alors, tu le trouves comment ce tableau ?
– Il est vraiment superbe.
– Bien, je dois le garder jusqu'à l'expo de septembre et ensuite je te le fais envoyer à Paris.
– Mais ce n'est pas possible, tu l'as déjà promis.
– Tu crois que je pourrais vraiment le donner à quelqu'un d'autre qu'à toi ? Que j'aurais pu le promettre à quelqu'un d'autre ? J'ai toujours refusé de le vendre. On m'en a pourtant proposé un prix intéressant. Allez, viens, on s'en va. »
Nous remontons à l'étage, main dans la main, comme si (comme quand) nous étions amoureux.

# 25

# Suite…

Finalement, Tom est revenu en fin d'après-midi. « Bon », nous annonce-t-il, « ce soir on va manger chez Schimmer. » Manger. Depuis le petit déjeuner de ce matin, c'est un mot que je croyais avoir banni complètement de mon vocabulaire. À midi nous n'avons pu avaler qu'un thé avec un nuage de lait. Rien de solide. Et aucune envie de quelque chose de solide. Sauf bien sûr…

Schimmer, c'est un restaurant gastronomique. Ben oui, il n'y a pas de discothèque à Tofino mais il y a un restaurant gastronomique digne des Michelin et compagnie. C'est très snob, très sélect, très haut de gamme, très très cher et il faut réserver des jours à l'avance. Ou bien Tom, en sa qualité d'autochtone, bénéficie de certains privilèges, ou bien il s'agit d'une conspiration prévue de longue date. Et je ne me souviens pas avoir donné ma date d'anniversaire à Tom. « Eric sera là vers sept heures », ajoute Marc.

Bon, c'est donc une conspiration.

Huit heures. Nous arrivons au restaurant, à quelques centaines de mètres de chez Marc, une grande demeure en bois, typique, au milieu d'un grand jardin, une grande terrasse, une lourde porte ouvragée dans le style des Indiens, premiers habitants de l'île en guise d'entrée, des rideaux épais, une salle très haute, des poutres foncées et énormes, un luminaire de cristal importé très certainement d'Europe centrale, des tables rondes avec une vaisselle fine et ancienne, des couverts en argent, et pas besoin d'être spécialiste pour le savoir, ça se voit du premier coup d'œil ; c'est un lieu feutré, chaud, discret, un lieu de luxe dédié aux plaisirs culinaires pour gourmets en tout genre. Le genre d'endroit où je n'ai pas l'habitude d'aller. Déjà plusieurs personnes attendent à l'entrée. Soit ils n'ont pas réservé et espèrent que d'autres se désisteront au dernier moment, soit ils sont en avance et restent là, debout, en silence, avant de pouvoir pénétrer dans le saint des saints, dans ce lieu de luxe, calme et volupté. Dès notre entrée, une jeune fille, en tailleur noir, nous accueille et nous emmène aussitôt à notre table, au fond de la pièce. J'ose à peine m'asseoir sur ces fauteuils Louis XIII, Louis-Philippe ou Napoléon III, peu importe, dans tous les cas très vieux et, malgré leur style guindé, très confortables. À peine assis, un jeune homme, peut-être un surfeur, mais rien ne permet de le savoir avec sa tenue très chic cachant toute partie du corps autres que les mains et le visage, nous apporte sur un plateau des coupes pétillantes, du champagne, en guise d'apéritif.

Plusieurs tables sont déjà occupées, les autres se remplissent rapidement, l'ambiance est au calme, pas de rires forts, on vient ici pour la cuisine, certes, mais aussi pour ce calme, ce silence malgré les tables et les convives, nombreux, malgré l'effervescence et le ballet des serveurs. Parler du repas ? Il faudrait tout un chapitre pour décrire les menus, les présentations, les parfums, je ne suis pas spécialiste. Je peux juste dire qu'ici, à Tofino, trou du cul du monde, rien n'est à envier aux plus grands restaurants parisiens, pas besoin d'étoiles pour placer ce lieu en haut, tout en haut, à côté des meilleurs. Et ici on peut goûter des mets inhabituels sous nos latitudes européennes : du caribou, des oies sauvages, du requin, pour ne citer que ceux-là.

Le repas se déroule dans le calme. Instinctivement nous nous accordons à l'ambiance des lieux, nous parlons bas, nous évitons, sans même nous en apercevoir, les rires et les voix fortes. Nous sommes, tous les quatre, comme ces couples qui s'offrent une soirée chic dans un restaurant de luxe au bout du monde. Très aristocratie fin XIXe siècle. *So British*.

Mais le meilleur – ou le pire, chacun jugera – arrive à son comble à l'heure du dessert. Alors que nous attendons la carte des desserts, toutes les lumières s'éteignent en même temps, un chariot poussé par un jeune homme tout en sourire s'avance vers nous, portant un superbe et immense gâteau illuminé par une myriade de bougies vacillantes. Bon, le gâteau n'est pas assez grand pour qu'il y ait un gogo caché à l'intérieur, mais je m'en contenterai. Le gâteau s'approche de notre table sous l'œil surpris et admiratif de l'assemblée. Le jeune serveur vient se placer à côté de moi avec un très (trop) solennel (attends que je te croise dans les toilettes et je vais te dérider) « bon anniversaire, monsieur » dans un français impeccable. Je lui demande combien il y a de bougies. « Vingt-neuf, monsieur. » *Mejor !* Au-delà de vingt-neuf, ça fait belle lurette que je ne compte plus. Je me lève près du chariot et invite Tom, Marc et Eric à me rejoindre pour souffler avec moi aujourd'hui, à quelques jours, quelques heures, de mon départ, à notre amitié, à notre complicité, à notre amour. J'ai l'impression de devenir un peu cucul la praline. Bref ! Tous les quatre nous entourons le gâteau et, tel le loup de la fable (mais pas celle de Mylène), d'un seul et même souffle, unis dans la précision de ce geste, nous éteignons ces quelques bougies, et peu importe si elles sont plus de vingt-neuf, d'un mouvement unique. Nous nous rasseyons alors que les lumières se rallument sous les applaudissements des autres convives. Il leur en faut vraiment peu pour s'amuser ! Le calme revient rapidement.

Après le dessert, quand le serveur nous a apporté une nouvelle coupe de champagne, Tom, à travers la table, tend le bras et prend ma main dans la sienne, caresse mes doigts et, dans un mouvement furtif, se retire en laissant dans ma paume un petit objet métallique, rond. J'ouvre la main et laisse apparaître une petite bague, une alliance, de métal blanc, précieux peut-être, mais c'est sans importance, toute simple, le but de son absence de la journée, l'aller-retour pour Victoria. Je saisis le bijou entre le pouce et l'index, l'approche de mes yeux, je perçois, l'espace d'un instant, le visage souriant de Tom à travers la bague, entre deux reflets lumineux sur l'or blanc, j'aperçois, à l'intérieur de l'anneau, quelques imperfections. Je le rapproche davantage de mon regard. Il s'agit d'une inscription. *« I love you – Tom »*. Je sens mon sourire qui s'élargit, mais, pour cacher mon trouble – pourquoi est-ce toujours si difficile de dire ce que l'on ressent ? –, je contemple quelques instants encore l'objet. Puis je lève ma main gauche, et, sans réfléchir, enfile l'anneau sur un de mes doigts qui se trouve être à sa taille exacte. Hasard ? Conspiration englobant encore une fois Marc ? Je n'en sais rien et je m'en fous. Tom me dévore des yeux et n'a jamais été aussi beau. Alors, sans me soucier du lieu ni du voisinage immédiat, je me lève d'un bond pour me pencher vers lui et poser mes lèvres sur les siennes en un chaste baiser. Cette fois-ci pas d'applaudissements, mais apparemment pas de réprobation non plus. De toute façon le lieu ne se prête pas à ça. Mais aujourd'hui, après ces serments échangés il y a une éternité, une éternité de trois jours, alors que l'avion aborde les côtes françaises et que je termine ces lignes, ces trois cahiers achetés sur le bateau au départ de Nanaimo, je comprends que l'éternité n'existe pas, que rien n'est éternel, pas même l'éternité, que la distance et le temps viendront immanquablement à bout de ces serments.

Mais ce soir d'avant l'éternité et la fin des temps, mes lèvres sur les lèvres de Tom au milieu du restaurant, je ne pense pas à ce qui viendra après. *Carpe diem*.

Entre les dernières bulles de champagne et les heures de caresse et de tendresse, la nuit s'écoule paisiblement, les esprits à leurs paradis artificiels alcooliques et les corps à leur volupté nuptiale, jusqu'au petit matin au son du réveil mélodieux de ce petit merle disciple de Chopin. Ce matin encore, même rituel.

Départ d'Eric que je serre fort, trop fort, si fort dans mes bras et que je ne reverrai que... jamais. Ou dans une autre vie alors. Adieu, mon frère. Bonne chance et surtout ne laisse jamais Marc. Départ de Tom pour son boulot.
« Marc, tu te souviens de mon arrivée ici ?
– Oui. Il s'est passé tant de choses.
– Tu te souviens ce que je te disais sur les mecs ici, que tu avais dû passer à côté de beaucoup de choses ?
– Si tu dis ça pour le mec sur la plage dont tu m'as parlé...
– Non. Enfin, pas seulement. Tu vas voir. À midi on revient au restau de la plage. »

Cette fois-ci le restaurant est plein à craquer. Il ne reste qu'une table libre en terrasse. Prolongement de la grande salle sur la plage, elle est soumise aux aléas – et Dieu sait si elle se montre parfois frivole sous ces latitudes – de la météo. Aujourd'hui il fait beau. Mais il y a énormément de vent. Les parasols, solidement fixés au sol, flottent avec des claquements secs et forts, comme des coups de fouet. Le petit serveur, but de notre retour ici, est occupé à l'intérieur. Mais il nous a accueilli avec un grand sourire et un regard soutenu et expressif. Plein d'espérance. Sans un mot, rendez-vous est pris pour la fin du service. Même lieu, même punition.
Malgré le vent qui emporte les serviettes et renverse les verres, le repas se déroule assez calmement, seulement interrompu par moments par un jeune merle au bec rouge, celui-là même qui vient me réveiller le matin ou, si ce n'est lui, son frère. Attiré par les miettes de pain abandonnées sur une table voisine, il tente, essayant de repousser les limites de sa peur, des approches désespérées jusqu'au butin, mais à chaque fois, apeuré par la proximité des autres clients, le vent et le bruit des parasols qui claquent, le va-et-vient incessant du serveur, au tout dernier moment, d'un bond ou d'un coup d'aile, il se réfugie à quelques pas ou sur le bord du toit, et doit repousser son festin. Il n'en profitera qu'une fois tous les clients partis. Si

encore les serveurs lui en laisse le loisir. Mais il ne sait pas tout ça et tente tout de même sa chance.
À la fin du repas, entre dessert et café – il faut bien traîner un peu si on ne veut pas attendre le petit serveur dehors, devant les toilettes –, une brusque rafale de vent, digne des meilleurs mistrals en vallée du Rhône, balaye la terrasse, soulevant un léger voile de poussière et les fortes effluves de la marée descendante, emportant des les airs toutes les serviettes et détruisant en un instant tous les brushing confectionnés au terme d'heures de labeur et soulève, tel *Ariane* à Kourou, le parasol qui sépare notre table de celle du couple voisin qui finit de siroter une liqueur, un cognac j'espère, même si c'est beaucoup demander dans ce coin perdu du monde. Le parasol, transformé en parachute ascensionnel, menace d'entraîner, non dans sa chute mais dans son envol, tables, chaises, vaisselles, verres, serviettes, veaux, vaches, cochons... non, là je me laisse emporter par mon enthousiasme.
Dans un sursaut surhumain et pour éviter cette nouvelle catastrophe, je bondis de mon siège et, avec un cri « ah ! », hautement « ah ! » viril, sans parler de la discrétion de ce cri de guerre qui se poursuit en un hululement, halètement..., je m'agrippe au manche du parasol et l'empêche de regagner en quelques secondes la stratosphère avant de s'échouer plus tard au milieu de l'océan. Ma modeste contribution à la lutte contre la pollution et de là à l'équilibre écologique de la planète. Tout revient immédiatement en ordre alors que l'écho, « ah ! ah ! », continue de résonner sur la terrasse, dans le restaurant, sur la plage. Marc est saisi d'un violent éclat de rire hystérique qu'il ne peut réfréner, aussitôt relayé par une bonne moitié de la salle. Sans compter la grosse dame devant le bar qui, suite à mon hurlement, de surprise, a poussé un petit cri aigu de souris qui, dans la faune canadienne, représente un petit animal de plus de quatre-vingt-dix kilos. Bref, je me retrouve une fois de plus, et sans le rechercher, le point de mire de tout le restaurant. J'ai raté ma vocation, j'aurais dû faire du théâtre. Mais comme je

ne suis jamais meilleur que dans l'improvisation, ma carrière aurait été vite limitée. Heureusement pour moi, et encore plus pour ma dignité, la salle se vide rapidement, nous nous retrouvons bons derniers à quitter le restaurant alors que le nettoyage a déjà commencé. Le petit serveur nous jette un léger regard interrogateur. Mais non, mais non, je ne t'ai pas oublié.

« Bon, on fait quoi maintenant ? » me demande Marc.

« Rien, on attend. »

Accoudés à la balustrade au-dessus des flots, nous nous plongeons dans la contemplation de la mer et des vagues. Un quart d'heure plus tard, le *Latin boy* quitte enfin le restaurant, m'adresse un chaleureux sourire avant de pénétrer dans les toilettes. Je me tourne vers Marc, « bon, tu me rejoins dans cinq minutes ». Je vois bien que, même s'il a remarqué le manège du serveur, il ne veut toujours pas le croire.

Cinq minutes, c'est beaucoup plus qu'il ne faut pour nous retrouver, le petit serveur et moi, dans la cabine pour handicapé, les pantalons sur les pieds, à nous embrasser et à nous caresser. Il est accroupi devant moi, en train de me sucer avec une grande douceur, ce qui n'exclue absolument pas une réelle application et bonne volonté, quand j'entends Marc entrer. J'entrouvre légèrement la porte des toilettes et l'invite d'un geste à se joindre à nous. Le serveur lève les yeux devant l'intrusion, un éclair de surprise et d'appréhension passe dans son regard, vite relayé par des envies nouvelles et finalement heureux de cette arrivée inopinée, enfin, pas si opinée que ça ; il reprend son travail de plus belle. Marc se rapproche timidement, puis entre dans la cabine après avoir surmonté sa propre surprise, je le tire vers moi, pousse la porte et l'embrasse avec passion. Le Latino, tout en continuant de me sucer, caresse Marc à travers son jean, puis défait un à un les boutons de sa braguette jusqu'à se retrouver devant le choix cornélien de savoir lequel des deux sexes en érection devant sa bouche il doit satisfaire en premier. Je prends la décision pour lui et le pousse résolument vers Marc, ravis les deux, Marc pour *el morbo* de la situation, *the Latin boy* parce que, en fin de compte, et même si ça me coûte de l'avouer, Marc est un (petit) peu mieux monté que moi. Le serveur, à qui ce genre de situation ne doit pas arriver aussi souvent que cela, s'empresse de satisfaire ses envies et entreprend d'avaler le sexe de Marc avec une profonde délectation, les yeux fermés, afin de profiter au maximum de ces moments si rares. J'embrasse une dernière fois Marc sur la bouche, lui glisse un préservatif dans la main avec un clin d'œil, repousse doucement la main du serveur encore agrippée à mon pénis, me dégage d'eux pour les laisser à leurs propres affaires et quitte les toilettes.

Ben, oui, avant de partir de Tofino, il faut tout de même que je visite ce fameux Musée maritime qui jouxte le restaurant. C'est le meilleur, et dernier, moment pour ça. Et là, le plaisir, même s'il est foncièrement différent de celui des toilettes, n'en est pas moins réel. Le rez-de-chaussée est consacré aux Indiens, premiers habitants des lieux, leur civilisation, leurs modes de vie, leurs croyances, de nombreux panneaux explicatifs, en anglais et en français – c'est bien pour ça le Canada –, des gravures, des photos, des poteries, des objets d'artisanat, pour la chasse et la pêche... Une partie est réservée à l'implantation des premiers colons il y a juste un siècle, leur lutte pour s'installer, lutte contre la forêt et les éléments, pas contre les Indiens déjà assujettis depuis longtemps, et pour finir par fonder cette petite ville de Tofino, aujourd'hui répertoriée sur tous les guides touristiques, même sur le *Routard*, c'est pour dire. L'étage est totalement différent, occupé en grande partie par la reconstitution d'un sous-marin type *Nautilus*, celui de Cousteau, pas du capitaine Nemo. Et une documentation très complète sur la faune et la flore locales et sa biodiversité, oiseaux, poissons, cétacés bien entendu, mammifères carnivores et herbivores, les écureuils variés et nombreux, la forêt pluviale et ses essences très diverses, des mousses aux séquoias géants et millénaires, des fougères aux algues, l'explication de ce bioclimat si particulier, la migration des baleines, le danger que représentent la faune sauvage et

les ours en premier lieu, une somme de photos, de panneaux d'information, de documents, impressionnante. Il faudrait une demi-journée pour vraiment arriver à en faire le tour.
Mais malheureusement, Marc et son (maintenant ce n'est plus le mien) petit serveur finissent leurs affaires avant que moi je n'ai fait le tour du musée. Pas qu'ils aient bâclé le travail, connaissant et ayant testé les deux, je sais que ce n'est pas le cas, mais il y a beaucoup trop de choses à voir dans ce satané endroit. Le serveur finit par rejoindre sa copine qui l'attend sagement dans ce no man's land compris entre plage et parking, si belle, si jeune et pourtant si loin de son amoureux. Marc, quant à lui, sait où me rejoindre et me retrouve entre deux panneaux sur la vie des orques. Nous partons ensuite faire un (dernier) tour sur la plage. Dernier pour moi. Est-ce que je reviendrai un jour ? Je refuse de me poser la question.

Même si j'en connais déjà la réponse.

# 26

## ... et...

Dernier soir. Dernier repas avec Tom et Marc. Dernière nuit. Blanche. Les yeux dans les yeux. Enlacés, serrés, comme un seul être. Dernier chant de l'oiseau noir. Mélodieux. Triste à en crever. Quitter les bras de Tom. Ne plus le tenir contre moi. Jamais. Dernier lever de soleil sur la baie. Matin froid. Si froid. Dernier déjeuner. En silence. Car sinon, les mots ne seraient que larmes. Derniers baisers. Derniers effleurements. Du bout des doigts. Derniers mots, la gorge serrée. *I love you.* Vraiment nécessaires ? Et coulent les rivières. Départ par le bus. Ils auraient pu, il aurait pu surtout, m'accompagner jusqu'au bateau. Jusqu'à Vancouver. Jusqu'à l'avion. Non. Je n'ai pas voulu. Le deuil commence ici. Ne pas prolonger la séparation. Ni la peine au-delà du nécessaire. Une rupture brutale, mieux qu'un déchirement qui s'éternise. Je monte dans le car. Je ne les regarde pas. Ne veux pas. Ne peux pas. Les dents serrées. Le regard fixe. Départ sans fin. Sans un regard en arrière. Marc et Tom m'avaient parlé des choses à voir sur la route, les séquoias géants, parmi les plus grands et les plus vieux au monde, les maisons au toit d'herbes et les chèvres qui broutent tout en haut, tout ce que le brouillard de l'aller m'avait empêché de voir. Je n'ai rien vu là non plus. Au port, pris mon ticket comme un automate. Sur le bateau, accoudé à la balustrade, le regard vers le large. Pas en arrière. Je ne veux pas. Ne peux pas. Au milieu de la mer, une envie irrépressible. Me débarrasser de cette histoire, de cet amour (puisqu'il existe !), oublier. Tout. Définitivement. Recommencer depuis le début, il y a trois semaines, pendant le voyage d'aller. Tout sortir de ma mémoire, de mon esprit. Le mettre sur papier. Pour le brûler ensuite ? Trois cahiers et un stylo achetés à bord. Assis face à la mer, à la côte opposée qui se rapproche, face au vent, face à ma tristesse, les premiers mots viennent subitement. Plage d'Es Cavallet. Ibiza. Juillet. Là où tout aurait dû commencer. Je tiens ce stylo depuis quinze, vingt heures ? Pas arrêté un seul instant. Pourrai pas me servir de ma main pendant un bon bout de temps. Des crampes. Atroces. Pourrai même pas arriver à me branler tellement j'ai mal. Mais je dois terminer. Ma thérapie. L'oubli passe par là. Il ne me reste plus que quelques lignes dans le dernier cahier. Nous avons abordé les côtes françaises depuis quelques temps déjà. Le signal « attachez vos ceintures » s'est allumé. Nous tournons autour de Paris avant d'atterrir. Pascal et Fred m'attendent peut-être. Peut-être pas. Peu importe. J'ai fini mon histoire. Je rentre chez moi. Je sais maintenant ce qu'il me reste à faire. RER. Métro. Je poserai ma valise chez moi, je filerai à Univers Gym, je trouverai vite fait bien fait deux mecs et, une bite dans le cul et l'autre dans la bouche, je pourrai commencer à oublier Tom.

... fin

# Livre II

Bon, les choses ne sont pas passées tout à fait comme ça.

L'été est passé. L'automne est passé. L'hiver commence déjà et les choses ne se sont pas passées du tout comme je le croyais.

J'ai atterri fin juillet, fermement décidé à me lancer dans une frénésie de sexe pour tout oublier. Y a-t-il une meilleure thérapie ? Soigner le mal par le mal. C'était, à mon avis, mieux que de me cloîtrer chez moi à broyer du noir et à me perdre dans des souvenirs et des espoirs irréalistes. Rien ne pouvait changer ce que j'éprouvais pour Tom, mais rien ne pouvait changer non plus le fait qu'il vivait à l'autre bout du monde, inaccessible. Me cloîtrer, pleurer, ça aurait changé quoi ? Nous avons donc atterri, j'étais pressé de récupérer mes valises pour les déposer chez moi, de m'enfermer dans un bain de vapeur à la recherche de corps, de sexes.
À l'aéroport il n'y avait ni Pascal, ni Fred. Mieux comme ça. Le RER et le métro sont déserts. Ça tombe bien, ce n'est pas de cette promiscuité-là dont j'avais besoin. Je traîne mes affaires sous la chaleur accablante de cette fin d'après-midi et si inhabituelle à Paris. L'appartement est dans le même état que celui dans lequel je l'ai laissé trois semaines plus tôt, c'est-à-dire pas forcément rangé mais sans bordel superflu non plus. Seul le ficus n'a pas supporté mon absence et la chaleur, je le retrouve desséché sur pied. Il rejoindra la poubelle demain matin. C'était l'ultime vestige de ma vie commune avec Marc. Tout un symbole. Cette page de ma vie, de notre vie, est définitivement tournée. Je n'ai

pas vidé ma boîte aux lettres, certainement pleine de courrier et de prospectus divers, une carte d'Ibiza sans aucun doute. Mon répondeur téléphonique clignote comme un désespéré. Lui aussi. Certainement ma mère inquiète de mon absence. Mais, bordel, on est en plein été ! Elle ne croit quand même pas que je suis resté à Paris juste pour qu'elle puisse m'appeler pour mon anniversaire ! J'écouterai tout ça dès mon retour de la rue des Bons-Enfants.

Bon, fallait pas rêver non plus ! Un plan sauna, fin juillet, à Paris, en pleine canicule, il faut être taré ou désespéré ou approcher allègrement du quatrième âge et n'avoir pas d'autres solutions ! Bref, c'est complètement désert. Et je n'ai pas envie d'essayer de tirer quelque chose (au propre comme au figuré !) des octo et nonagénaires présents ce soir-là, tous plus proches du macchabée que du vivant. Je fais le tour du propriétaire en trois minutes et commence déjà à me prendre pour Sidney Fox : chasseur de reliques. De rage, je rentre dans le hammam. Il y fait à peine plus chaud que dans la rue, quatre-vingts degrés contre les soixante au moins à l'extérieur. Vous aviez remarqué aussi cette vague de chaleur et les décès occasionnés partout dans le pays ? Mais il y a aussi des masos qui n'en ont jamais assez, des suicidaires qui osent venir traîner dans un sauna au lieu de profiter de la douceur extérieure. Bref, quatre-vingts degrés, pas de lumière, j'entre à tâtons, déjà persuadé de ressortir aussi vite que j'y suis entré, non parce que ça ne me plaît pas, mais pour absence de marchandise disponible.
Pourtant, aussitôt après moi une autre personne entre et, d'après l'ombre qui se découpe sur la porte, est au minimum trois fois moins âgé que les autres clients présents, ce qui n'en fait pas non plus un gamin. Bon, peut-être que finalement ça ne se terminera pas aussi mal que je le craignais. Même si à la place des deux bites rêvées je n'en aurai qu'une. Il vient s'asseoir tout à côté de moi et, presque aussitôt, commence à me caresser la cuisse. J'étends ma main pour tâter la marchandise et me

retrouve en présence d'un morceau de belle taille qui semble vouloir gagner rapidement encore en volume et en consistance. Tom, même s'il est présent dans mon esprit, ne s'en trouve pas moins à plus de huit mille kilomètres. Je m'agenouille devant le mec pour assouvir la première de mes envies. Je me penche entre ses jambes, ma bouche se rapproche inexorablement des vingt et quelques centimètres. Au même instant, un envoi de vapeur juste sous les cuisses du garçon fait monter la température de quelques degrés supplémentaires et me renvoie en pleine figure une odeur acre, à mi-chemin entre le lait caillé et le sperme séché. Irrésistiblement, mon estomac se soulève et je ne peux éviter un renvoi biliaire aux pieds du jeune homme qui ne s'attendait certainement pas à celle-là, il se lève d'un bond en gueulant et quitte le hammam en courant et en me traitant de toute une série de noms d'oiseau et d'autres dont je préfère taire les termes exacts, pendant que, toujours à quatre pattes, je finis de vider mon estomac. Écœurant. J'ai regagné les vestiaires en catimini avant de quitter les lieux la queue entre les jambes sous le regard soupçonneux, mais uniquement soupçonneux parce qu'il n'était pas encore allé juger l'ampleur des dégâts par lui-même, du petit jeune, mignon au demeurant, à l'entrée.
Aujourd'hui, alors que cet après-midi mémorable n'est plus qu'un mauvais souvenir (de plus !) – la troisième plus grande honte de ma vie, dont deux en l'espace de quelques semaines, ça fait un peu beaucoup pour mon ego –, je ne sais pas si c'est la brusque émission de vapeur ou l'odeur de ce jeune homme, non qu'il ait senti mauvais ou qu'il ait été sale, mais plutôt la simple différence avec l'odeur du sexe de Tom qui m'a fait vomir tripes et boyaux.

J'ai regagné mon appartement comme un voleur, en rasant les murs, plus pour la honte que j'éprouvais que pour trouver un semblant de fraîcheur à l'ombre des immeubles. J'ai vidé ma boîte aux lettres où se mêlaient dans un désordre indescriptible, apocalyptique presque, des factures (ça commence bien !), des prospectus divers pour les soldes déjà terminées (et donc inutiles !), une lettre de Toulouse (ma mère, c'est nouveau ça, un carte d'anniversaire, mon père n'a pas dû la lâcher de la journée et elle a décidé d'écrire), une carte d'Ibiza sans enveloppe avec un beau mec à poil (merci Pascal et Fred, ça va me remonter le moral !), des courriers de ma banque (et là ça ne risque pas de s'arranger dans les semaines à venir), bref, rien de vraiment intéressant. Il est vrai que je n'attendais pas autre chose de la part de La Poste.

Je monte comme un enragé les trois étages pour m'enfermer chez moi, fermement décidé à n'en ressortir que lundi matin pour aller au boulot. Ruminer seul cette fin de vacances et ma neurasthénie. Puisque le sexe ne m'apporte pas la guérison attendue, je vais me retrancher sur la télé, Allô Pizza m'empêchera de mourir de faim, une pizza le matin, une le midi et une le soir, je ne sortirai pas de chez moi, je ne veux rien faire, juste rester assis sur le canapé, vautré plutôt, devant la Six, à attendre que ça passe. Je m'enferme à double tour, je jette mon courrier sur la table, me jette à mon tour sur le canapé qui gémit sous l'assaut.

Du coin de l'œil je remarque le répondeur téléphonique qui clignote sournoisement. Bon, il faut effacer tout ça, me débarrasser de cette corvée-là aussi. J'appuie sur *Écoute*. « Bonjour mon chéri... » Oui, je sais, ma mère, mon anniversaire. Et merde. Je tape d'un geste rageur sur *Efface*. « Bonjour, c'est Didier... » Didier ? C'est qui ça ? « J'espère que tu te souviens de moi... Voilà, je ne sais pas quand tu devais rentrer exactement... » Ah oui ! C'est ce petit mec que j'avais rencontré juste avant de partir, je l'avais complètement oublié celui-là ! Mais comment a-t-il eu mon téléphone ? « Comme promis je te rappelle... » Et merde, c'est vrai, c'est moi qui le lui ai donné. C'est vraiment pas le moment. *Efface*. « Bonjour, c'est encore Didier, je te redonne mon tél si tu... » *Efface*. « Coucou, c'est nous. » Fred et Pascal. « Alors, ces vacances dans ton trou... » Ils vont pas commencer à me gaver avec le nombre de bites qu'ils ont sucées à Ibiza, laisse tomber, c'est pas le moment non plus. *Efface.* « Bonjour... » Je me redresse d'un bond. Je reconnaîtrais cette voix, sa voix, son accent entre mille, entre un million... « C'est Tom... Je sais que tu n'es pas encore arrivé... », mais pourquoi je n'ai pas écouté ça en déposant mes valises, « ... mais tu me manques déjà terriblement... », NON, je ne veux pas entendre ça... « Écoute... », NON, « ... je te rappelle quand tu seras là, je t'embrasse, à bientôt... [long silence] », clic. Je sens comme une envie de pleurer. Nouveau message. « *Aujourd'hui, à dix-sept heures quinze.* » Dix-sept heures quinze ? J'étais en train de gerber aux pieds de monsieur vingt et quelques centimètres. « [Un silence] C'est Tom... Tu n'es peut-être pas encore arrivé... » Ce n'est pas un reproche, juste une constatation. « C'est... euh... j'espère que tu as fait un bon voyage... [silence]... euh... ce soir je serai chez Marc mais je ne pourrai pas t'appeler, ce sera en pleine nuit à Paris... et puis tu ne seras peut-être pas là, tu dois avoir envie de voir tes amis... », surtout pas eux, pas maintenant, « [silence]... je te rappelle demain en milieu de journée... [autre silence, puis clic]. » Non.

Je me jette sur mon radioréveil. Programmation trois heures du matin. Dans les pubs accumulées pendant ces trois semaines, je récupère une promo pour livraison de pizza à domicile, une *margarita*, vingt minutes, OK, nom et adresse... Une heure plus tard, je me couche alors qu'il fait encore jour pour longtemps. Auparavant j'ai débranché le téléphone pour n'être dérangé par personne et, finalement, anéanti par le décalage horaire, je m'endors comme une souche. À trois heures du mat' précises, je me lève, comme mû par un réflexe et, à la simple lumière de la rue qui pénètre par les persiennes, compose automatiquement, comme si je le faisais depuis des années et comme je l'ai fait jusqu'à hier encore, le numéro de Marc, 00, puis 1 pour le Canada, 604 pour Vancouver, puis finalement le numéro de Marc. Il doit être vingt et une heures là-bas. Ça sonne trois

fois avant que Marc ne décroche, un arrière-fond de musique country, « c'est moi », il pousse un petit cri de surprise.
« Jessie ? C'est toi ? Mais on est en pleine nuit à Paris. Tu rentres tôt ce soir.
– Non, je me lève juste pour t'appeler.
– Ah bon ? Je te passe Tom.
– Merci.
– *Hi, Jessie.*
– *Hi...* »
Après avoir échangé quelques banalités sur le voyage, le décalage horaire, nous restons en silence, sans nécessité d'exprimer ce que chacun sait déjà, comme si nous étions serrés l'un contre l'autre, bouche contre bouche, les yeux dans les yeux, tous nos échanges concentrés dans le regard et notre haleine. Cette magie se reproduit, à travers ce fil qui se déroule de Paris à Tofino, le long de ces lignes qui longent la Seine et traversent la Normandie, à vingt mille lieues sous les eaux de l'Atlantique, et ensuite continue au Québec, à travers les grandes plaines canadiennes, escaladant les montagnes Rocheuses, à travers les forêts, enjambant les torrents glacés, jusqu'à Vancouver, encore une petite ligne sous-marine, sortie à Nanaimo, puis de nouveau à travers montagnes et forêts, jusqu'à Tofino, chez Marc, nos voix, notre silence, à la vitesse de la lumière, à peine exprimées, aussitôt entendues, pas encore exprimées, déjà comprises, instantanément, la distance ne connaissant pas la durée, le temps.
« Tu me manques... »
La même pensée exprimée par tous les deux, en même temps.
« [Silence]...
– Je vais raccrocher, ça va te coûter une fortune...
– [Silence]... »
Clic. Bip, bip, bip...
Je raccroche lentement à mon tour et retourne me coucher, somnanbulement (je sais, le mot n'existe pas, mais ce serait celui qui décrirait le mieux cet instant), et finis par m'endormir,

recroquevillé comme un bébé, l'oreiller, faute de mieux, serré dans mes bras.

J'ai passé toute la journée du dimanche somnanbulement (voir remarque précédente !). Le téléphone a sonné plusieurs fois, mais je ne voulais voir ni parler à personne, pas même à Fred ou à Pascal qui essayaient certainement de me joindre.
Le lundi matin, j'ai bien été obligé de me lever pour aller bosser. Inutile de raconter l'état d'excitation de la (grosse, et c'est un pléonasme !) Thérèse quand elle s'est jetée sur moi dès mon arrivée. « Et tes vacances, et t'es pas trop bronzé, et y'avait de beaux mecs, et tu t'es pas trop fait chier, et comment va Marc », et patati, et patata. Une véritable diarrhée verbale. Mais la bougresse me connaît bien et a très vite compris que ma tête des mauvais jours et ma mauvaise humeur n'étaient pas seulement dues à la fin des vacances et à la reprise du travail. En effet, chaque année, en rentrant de vacances, d'Ibiza en l'occurrence, je passe une semaine à faire la gueule à tout le monde. Là, cette fois-ci, elle a senti que c'était différent. Je n'avais pas ma tête des mauvais retours de vacances ou de week-ends, mais une tête de déprime.
Trois jours. J'ai tenu trois jours, à force de harcèlement, d'allusions, de « et il s'appelle comment ? », à n'importe quel moment de la journée, de « oh, la menteuse, elle est... », prouvant ainsi sa grande culture musicale, de sourires entendus (qui se veulent tels mais sont en vérité niais), de regards perçants et soutenus censés découvrir la fleur de mon secret, comme le mardi matin où elle n'a pas cessé de me regarder fixement tout en expliquant les vertus et avantages d'un robot mixeur à une vieille bourge descendue spécialement du XVI^e^ pour profiter de la super promo moins vingt pour cent sur l'électroménager, et qui aurait mieux fait d'envoyer sa cuisinière sri lankaise, si tant est qu'elle comprenne le français, ou pire, qu'elle ne soit pas simplement retenue en esclavage dans l'arrière-cuisine du duplex de six cents mètres carrés de ladite vieille bourge. Bref,

j'ai bien fini par lui avouer – et j'aurais certainement mieux résisté à la fameuse question du temps où les curés gouvernaient le monde qu'aux assauts de l'éléphantesque Portugaise – ce que je jurais qu'il ne m'arriverait jamais, que j'étais, et ô combien désespéré maintenant, amoureux. Moqueries, niaiseries, il ne faut jamais dire..., etc. J'ai eu droit à tout. J'ai résisté deux jours de plus, soit le samedi de la rentrée, avant de lui dévoiler le nom et les qualités de l'heureux élu. Tom ? C'est vachement romantique. Pêcheur ? Et pourquoi pas bûcheron tant qu'on y est ! Bon, je ne lui ai pas parlé du passé de mannequin de Tom, elle aurait réclamé une photo.

Elle l'a réclamée de toute façon. Mais là, prouvant ma force de caractère, j'ai résisté jusqu'à la pause du mercredi suivant avant de la lui montrer. Et j'ai eu alors la plus grosse, la plus mauvaise surprise de ma vie. Elle regarde la photo, ouvre d'immenses yeux, pas de biche mais de baleine, de surprise elle les lève vers moi, puis regarde de nouveau la photo...

« C'est lui ?

– Ben oui.

– C'est pas possible ! »

Alors elle court chercher son sac à main et en ressort son fameux petit carnet de photos des plus beaux mecs du monde – c'est écrit sur la couverture, je peux le voir, d'un violet crasseux –, elle l'ouvre d'une main experte, le tourne vers moi pour me montrer un portrait d'un jeune homme souriant, bien connu de nous maintenant, avec écrit dans le coin « à Thérèse » et signé... Tom. Je le crois pas ! Cette grosse vache se balade avec une photo de mon mec dans son sac à main ! C'est pas possible ! J'ai piqué la plus grosse colère de ma vie et, prise de peur, Thérèse m'a donné la photo. Elle collectionne les photos des plus beaux mecs du monde selon elle et elle avait réussi à se faire dédicacer celle de Tom après un défilé, puis elle avait été surprise (émue ?) de ne plus le voir du jour au lendemain, mais, après toutes ces années, il figure toujours au Panthéon des plus... OK, OK, j'ai compris. Elle en est quitte pour cette fois, même si elle a versé, tout de même, une petite larme, non de contrition, mais pour la photo perdue.

Bon, ça c'était deux semaines après mon retour. Mais il s'est passé des tas d'autres choses entre-temps. Un été caniculaire certes, mais aussi très riche en événements. J'avais, bien entendu, retrouvé Pascal et Fred, noirs comme des nègres tellement ils étaient bronzés, courbaturés tellement ils avaient baisé, ulcérés (l'estomac) tellement ils avaient picolé, explosés tellement ils avaient fumé. Pas besoin de leur demander comment s'étaient passées leurs vacances. FANTASTIQUE. Comme ça en grand. Et s'en est suivi la description de leur séjour, en insistant bien sur la liste des mecs qu'ils s'étaient tirés. On peut leur faire relativement confiance sur le nombre, même si je doute que certains soirs ils aient réussi à tenir le compte ; sur la description des mecs en question je suis très soupçonneux, la nuit, les backrooms et le multipartenariat n'aidant pas beaucoup au souvenir de ces détails. Quant à connaître le prénom ou autres détails plus personnels sur ces garçons, inutile de demander, de toute façon eux aussi venaient pour baiser et ne s'intéressaient pas non plus à leur CV, juste à leur cul ou à leur bite, selon les envies. Bref, rien de nouveau à Ibiza.

J'ai eu droit aussi, rapidement de leur part, aux récriminations de Carlos, oui, celui du premier chapitre de ce livre, surpris, peiné (?) de ne pas me voir, mais qui s'est tout de même bien éclaté avec mes deux acolytes d'amis. Ça n'est pas non plus une surprise. Ensuite, tout de même, ils ont voulu savoir comment s'étaient passées les miennes, de vacances. Sympa, content de retrouver Marc, c'était très beau, très agréable, très calme comparé à Ibiza. J'ai essayé de mettre un peu de poésie dans leur monde de sexe. Sans grand résultat, je dois l'avouer.

Deux jours plus tard, le mercredi fatidique où la grosse chèvre a réussi à m'extirper le secret de mes vacances, Pascal et Fred

débarquent de nouveau chez moi avec un copain à eux, Pierre, qu'ils ont rencontré, et avec qui ils ont baisé, cela va sans dire, à Ibiza. C'est un mec, comment dire... très classique, pas très grand mais hyper sexy, pas de ces bodybuildés qui courent comme des gallinacés dans tout le Marais, un corps travaillé mais naturel. J'apprendrai des tas de trucs sur lui assez rapidement. Sans lui, toute cette histoire n'existerait pas. Nous lierons une véritable relation d'amitié, qui se poursuivra même quand quelques mois plus tard il s'installera avec Pascal. C'est un mec ouvert et très gentil, pas prise de tête pour trois sous et hyper intelligent, genre bac plus vingt-cinq, enfin, pas autant, il n'est pas si vieux, il fait de la recherche en maths. Ben oui, ça existe. Moi, après le collège, je n'ai plus rien appris dans ce domaine, je savais déjà tout ce que j'avais besoin de savoir pour le restant de mes jours, même si je vis très vieux, mais vraiment très vieux. Et il y a des gens qui eux n'en savent jamais assez et étudient ça toute leur vie. Le pire c'est qu'ils sont payés pour ça. Où va-t-on, je me le demande. À part son job extrêmement déprimant, qui invite au suicide, Pierre est un super gars. Et ce soir-là, alors que Pascal et Fred essayaient de me convaincre d'aller boire un verre à L'Amazonial, il jette un œil discret et non voyeur sur un lot de trois cahiers, dont un est ouvert. Il lit quelques lignes puis me demande, sans curiosité malsaine :
« C'est quoi ?
– Oh, juste un roman.
– Je peux jeter un œil ?
– Oui, si tu veux. »
J'aurais refusé ça à n'importe qui d'autre et je l'autorise à ce cerveau sur pattes, sans le connaître et sans que je sache vraiment pourquoi. Une heure plus tard, accoudés au bar où ils avaient finalement fini par me traîner, Pierre, derrière ses lunettes d'intellectuel et au-dessus de sa vodka caramel – imaginez un peu, boire une vodka caramel un soir de semaine alors qu'il fait encore plus de quarante degrés à l'extérieur, si ce n'est pas du suicide, je me demande ce que ça peut être, et c'est pour ça

que je n'accorde qu'un crédit très relatif à ses commentaires –, il me dit donc : « Tu sais, j'ai un copain qui travaille chez ***, ton bouquin, ça pourrait l'intéresser. » Comme il fait vraiment trop chaud pour réfléchir à ça, je lui donne vaguement mon accord. Résultat : en octobre, *Tofino Beach* sortait dans toutes les bonnes librairies de France. Enfin, les trois ou quatre de Paris, celle de Lyon, celle de Toulouse (oui, j'ai appris qu'ils avaient ouvert une librairie pédé là-bas aussi), et dans quelques autres ailleurs. À ce jour, fin décembre, on en est à plus de huit cents exemplaires vendus. Un exploit paraît-il. Une trahison plutôt. Tout le monde connaît maintenant en détail ma vie sexuelle et sentimentale. Et Thérèse ne me parle plus. Ça, ce n'est pas bien grave. Allez, promis, je vais lui rendre la photo dédicacée de Tom.

Eh bien oui, parlons de Tom, maintenant.
Samedi soir de mon retour en France il m'a téléphoné, vous vous souvenez ? Je n'étais pas là, on ne va pas revenir sur les détails. Depuis on s'est téléphoné beaucoup et longtemps. Si France Télécom annonce des résultats en hausse cette année, ce sera très certainement grâce à moi. Quelques semaines plus tard, il a acheté un ordinateur et une webcam et on est passé à une relation sexuelle quasi quotidienne *via* Internet. Je vous passe les détails de ce type de sexualité, liée totalement aux fantasmes et à la masturbation. Plutôt frustrant. Mais pour rien au monde je n'aurais manqué ces rendez-vous, nocturnes pour la plupart, à cause du décalage horaire. Très vite j'ai acheté un gode aussi proche que possible des mensurations de Tom pour satisfaire autant que faire se peut tous mes désirs et envies. Tom, de son côté, a fait la même chose, mais je ne sais pas si j'ai le droit de vous raconter ça. Enfin, trop tard maintenant. Selon ses disponibilités, ou les miennes, il m'arrivait parfois de me lever à trois heures du mat', juste pour le voir à travers l'écran de mon ordinateur ; je l'imaginais me caresser, me toucher, me pénétrer en pensant très fort que ce n'était pas

moi mais lui qui me touchait, me caressait, me pénétrait et non pas mes propres doigts ou le froid du latex. Mais malgré la frustration de l'absence, je prenais un plaisir immense à rêver à ses mains, à sa peau, à son sexe, et le voir jouir sur son ventre en même temps que moi, à des milliers de kilomètres de moi, était toujours aussi excitant. J'étalais le sperme chaud sur mon ventre comme si c'était son sperme à lui qui avait franchi cette distance dans une jouissance unique universelle, ou ses doigts qui s'attardaient sur mon bas ventre. Nous nous quittions chaque fois au bord des larmes.

Il m'a confirmé aussi très vite qu'il avait rompu totalement et définitivement avec Diana, que le jour de notre confrontation, ce n'était pas la bataille qu'elle avait perdue mais bel et bien la guerre, pas d'armistice, mais une reddition pure et simple sans compensation. J'ai constaté aussi qu'il passait de plus en plus de soirées chez Marc, souvent d'ailleurs il dormait chez lui, de temps en temps ils descendaient tous les deux dans un des rares bars de Victoria, le BJ's Lounge, il avait gardé cette coupe échevelée que mes doigts inexperts avaient créée. Il était plus beau que jamais.

Pour nos séances, quand finalement nous nous retrouvions face à face, il m'attendait, le plus souvent nu, déjà excité. La seule vue de son visage, de son corps, de son sexe sur l'écran de mon Mac suffisait à me mettre dans un état d'excitation extrême et mon sexe, s'il ne l'était déjà, tel un bon garçon obéissant, se mettait instantanément au garde-à-vous.

Et puis, un jour, c'était fin octobre, on venait juste de changer d'heure – sortir du boulot à dix-neuf heures, en pleine nuit, c'est toujours déprimant, je ne supporte pas ce moment de l'année –, au lieu de trouver Tom nu sur mon écran, je trouve à sa place un papier qui, après une seconde de doute, se révèle être un billet d'avion et, aussitôt après, un message qui s'inscrit, « je viens te voir à Noël ».

Nous n'avions jamais parlé de la possibilité de nous revoir un jour. Aucun projet de prévu, pas une remarque dans ce sens, ni à court ni à plus long terme. Nous nous contentions de ces rendez-vous au maximum tous les deux jours, même si les quelques mois écoulés n'avaient en rien émoussé l'intensité de notre désir, notre plaisir venait maintenant de ces relations virtuelles, de ces contacts, non pas imaginaires, mais par procuration. L'avenir n'existait pas au-delà de la nuit suivante, du rendez-vous suivant. De plus, je savais que Tom n'aimait pas Paris, pour tout ce qu'il y avait vécu, tout ce qu'il y avait laissé, ce qu'il y avait perdu. Il n'aimait pas cette ville et n'avait pas envie d'y revenir. Et moi je n'avais pas vraiment la possibilité financière d'envisager un nouveau séjour à Tofino. Sa décision de venir me voir a donc été une vraie surprise, inespérée dans la mesure où je ne l'attendais pas.
Et aujourd'hui, en ce matin de Noël, alors que j'écris ces lignes, les deux lettres prêtes à être expédiées devant moi, je contemple le corps de Tom, couché dans mon lit, je peux deviner les courbes de son dos, de ses cuisses, de ses fesses, son visage fin et paisible dans le sommeil, heureux dormeur dans ses rêves sans nuages, je prends conscience – et ces deux lettres que je viens d'écrire, plus la troisième, celle pour Marc, en sont la preuve – que ma vie, une fois de plus, va prendre une tournure différente et inattendue.

Tom a débarqué hier en France. J'ai tout fait au boulot pour avoir mon après-midi de veille de Noël libre. Ça n'a pas été simple mais je l'ai eue. Et pour les quelques jours qui vont suivre je vais me faire porter pâle. Ils m'ont refusé les vacances demandées, eh oui, fêtes de fin d'année et préparation d'inventaire ce n'est pas possible, alors je me débrouillerai autrement. Il est hors de question que je passe moins de vingt-quatre heures par jour avec Tom pour les dix jours où il sera là. Surtout que cette occasion n'est pas prête de se renouveler de si tôt. Bref, tout est planifié.

24 décembre. 17 heures. L'avion de Vancouver *via* Amsterdam (ah, Amsterdam… mais c'est une autre histoire) a atterri il y a quelques minutes. J'attends Tom avec impatience. Je l'aperçois dès qu'il passe le portillon et mon cœur soit cesse de battre, soit fait du quarante pulsations minute, soit les deux à tour de rôle, je ne sais plus, je souris et j'ai envie de crier et de me jeter sur lui. Il ralentit et regarde la foule des gens qui attendent, rient, font un geste de la main vers un parent, un ami, une femme, une maîtresse venus passer les fêtes avec eux. Ce sont des rires, des larmes, des cris, des embrassades. Tom me cherche et puis, m'apercevant, son visage s'éclaircit d'un sourire gigantesque et ses yeux s'illuminent d'un bleu qui pourrait remplir tout le ciel gris de Paris. Il aurait pu se rapprocher de moi comme dans un mauvais film de série B sur la Six (pléonasme !), en courant, en jetant sa valise par-dessus la tête et dans un ralenti-fondu-enchaîné, sur une musique sirupeuse, se jeter dans mes bras sous le regard attendri de la foule. Bien évidemment, ça ne s'est pas déroulé comme ça. Nous sommes dans la réalité, pas dans un roman à l'eau de rose, ne l'oubliez pas. Il s'est approché rapidement de moi et m'a simplement serré très fort dans ses bras en murmurant mon prénom, « Jessie, oh ! Jessie », tout doucement. Nous sommes partis en silence, réapprenant la présence de l'autre dans l'affluence du métro de cette veille de Noël, nos corps compressés par la foule et serrés l'un contre l'autre, sans l'intimité, sans l'amour, sans le plaisir espérés, étouffés par les odeurs, la chaleur, la promiscuité, déplaisantes, obsédantes, espérant seulement le silence et la solitude de mon appartement, en égrenant, angoissés, désespérés, les stations, l'attente, ce moment où nous nous retrouverons seuls, vraiment et enfin seuls.

Mon appartement est minuscule. En plein cœur du Marais, avec mon boulot de caissière au BHV, je ne peux pas me payer un loft de cent quatre-vingts mètres carrés. Tom jette son sac au pied du lit et me prend dans ses bras. Je lui propose quelque

chose à boire, un Coca pour le dépaysement.
« Je suis crevé par le voyage, j'ai envie d'une bonne douche. »
Je lui attrape une serviette et le regarde se déshabiller devant moi. Je contemple son corps qui se dévoile peu à peu, ce corps que je rêvais de serrer, de posséder encore, si souvent contemplé sur mon ordinateur, ce corps que je veux toucher à nouveau. D'un commun accord, et sans avoir à l'exprimer, avant de nous jeter l'un sur l'autre et d'assouvir ce désir qui nous étreint, qui nous excite, ce besoin de baiser qui nous dévore, nous laissons le désir monter en nous, nous voulons prolonger jusqu'au dernier moment, jusqu'à ce que nous ne puissions plus nous retenir, cette envie, arriver à la jouissance simplement par le regard, par le désir, sans contacts charnels, sans autre intervention que celle de notre volonté. En silence, dans mon appartement que n'éclaire plus qu'une vague lumière hivernale et parisienne, ce silence bercé par la timide rumeur de la rue et des gens pressés dans leurs derniers achats de Noël, Tom me fixe de ses yeux purs. Sa parka tombe à ses pieds, rejointe bientôt par son pull et sa chemise de flanelle, dévoilant son torse sur lequel je rêve de m'endormir ces prochaines nuits. Puis il quitte ses chaussures et chaussettes, se redresse pour défaire sa ceinture et la braguette en boutons de son jean, qui tombe à ses pieds. Puis c'est au tour de son CK. Je n'ai pas besoin de baisser le regard pour connaître l'état d'avancement de son désir. Puis soudain il me tourne le dos pour rejoindre la salle de bains.
L'eau n'a pas encore commencé à jaillir de la douche que j'arrache, que je déchire presque mes vêtements et les jette en tas au pied du lit pour le rejoindre sous la douche. Sous le jet bouillant, nous nous savonnons doucement, langoureusement, à tour de rôle, l'eau ruisselant régulièrement le long de nos torses, de nos bras, de nos jambes, le gel douche aux saveurs marines forme une mousse légèrement bleutée sur nos peaux blanches. Je frotte lentement tout le corps de Tom, je l'enduis entièrement de cette senteur de vacances qui me rappelle légèrement mais agréablement la plage de Tofino à marée

montante, son dos, sa poitrine, ses bras, ses jambes, pour cela je m'agenouille alors devant lui, son sexe tendu à seulement quelques centimètres de mon visage et que je savonne aussi délicatement. Puis, Tom me relève et enduit à son tour mon corps de cette même lotion. Nous restons face à face, les yeux dans les yeux, excités au-delà du dicible. Nous laissons le jet d'eau détacher de nos corps cette saveur marine, nos peaux à quelques centimètres, quelques millimètres l'une de l'autre, longtemps, le désir, l'envie de nous serrer l'un contre l'autre, de nous embrasser, de nous lécher, de nous baiser, ne diminuant pas un seul instant, ce désir, cette envie qui montent sans cesse et qui passent uniquement à travers nos regard, nos souffles, nos lèvres à se toucher, se souder.
Soudain, la douche s'arrête. Tom – ou bien est-ce moi ? – l'a coupée, d'un geste aveugle et précis. J'attrape la serviette la plus proche et commence à sécher Tom de gestes lents et doux, par petits tapotements successifs.
Quelques minutes plus tard, nous nous jetons sur le lit, bouche contre bouche, nos corps emboîtés, liés, comme un seul être unique dans le désir et la jouissance. Par des caresses de nos mains, de nos peaux, de nos sexes, de nos bouches, souffles, sans besoin de pénétration, nous arrivons rapidement à la jouissance, au même instant, dans un accord parfait, à l'explosion de nos spermes contre nos ventres hermétiques. Et peut-être même nous sommes-nous endormis dans cette position d'un seul et même corps.

C'est un vrai réveillon de Noël, le premier depuis des lustres (décennies ?) que j'ai préparé pour cette fête que je ne célèbre pas habituellement. Mon dernier repas de Noël remonte à mes dix-sept ans, le dernier avant que mes parents n'apprennent mes préférences sexuelles et que mon père décide de ne plus me parler. Je crois me souvenir que les huîtres, le saumon, le foie gras, la dinde et la bûche sont obligatoires. Alors c'est ce que j'ai préparé pour nos retrouvailles.

Il fait déjà nuit, mais il fait toujours nuit de bonne heure à cette époque-ci, et à Paris plus qu'ailleurs, et malgré le chauffage nous tressaillons sur le lit, quand nous nous levons enfin. Un tee-shirt, un caleçon, c'est notre costume de Noël. De toute façon il est hors de question de sortir ce soir. Ce soir, cette nuit, nous resterons seuls, enfin seuls, ensemble, tous les deux. Et personne, ni Pascal, ni Fred, ni Pierre n'ont le droit de nous déranger. Amour, bouffe et sexe, tel est le programme. *Exit* la soirée beauf habituelle de TF1. Pas de Patrick Sébastien. Pas de cuite ensuite à l'Okawa. Juste nous.
Apéro au champagne. J'ai hypothéqué les dix prochaines années de ma vie pour célébrer ces retrouvailles. Évidemment, comme nous nous sommes attardés dans le lit, et ça j'aurais pu le prévoir facilement, le repas prend du retard, la faute à cette grosse dinde (non, non, je ne parle pas de Thérèse) qui ne veut pas cuire dans mon minifour plus habitué aux crêpes et autres tartes surgelées. Les cuisses du bestiau empêchent la porte du four de se refermer. Je crois qu'on la mangera finalement pour la Saint-Sylvestre. Bref, en attendant on se gave de saumon, de foie gras, de toasts et de champagne. Très vite notre état d'ébriété nous fait pouffer comme des collégiennes qui viennent de voir la première bite de leur vie.
Pendant que nous dégustons, ou plutôt engouffrons, les huîtres, alors que je raconte à Tom la tête de Thérèse quand je lui ai pris sa photo dédicacée du plus beau mec du monde (je dirais pas le contraire), une envie soudaine, mais prévisible elle aussi, me prend. Sous la table en pin Conforama – Ikea c'est trop cher pour le pédé de base que je suis, et puis entre Ikea et un appart dans le IV$^{e}$, il faut choisir –, tout en continuant de déguster mes huîtres, de mon pied nu je caresse la jambe, puis l'entrejambe de Tom qui, très vite, ne peut cacher son extrême émotion, ou, pour être plus juste, son extrême bandaison. J'avale un dernier mollusque bien baveux et sans même terminer la phrase que j'ai commencée, « elle ne m'a plus parlé... », je plonge sous la table entre les jambes de Tom et avale son sexe d'un coup.

Je veux goûter, m'imprégner jusqu'au plus profond de moi-même, mon estomac en l'occurrence, de lui. Petit retour en arrière. Trois semaines plus tôt, nous nous sommes envoyés par e-mail une copie de nos statuts sérologiques, négatifs, et avons décidé d'un commun accord de fonder ces retrouvailles sur la confiance, de ne pas utiliser de préservatifs. Je veux donc goûter ce que je n'ai jamais goûté de ma vie, pour n'être pas né au bon moment, que je n'ai jamais goûté sous peine de mort. Je m'accroche au sexe de Tom comme si ma vie en dépendait. De ses mains sur ma tête il imprime le va-et-vient de ma bouche le long de son pénis. Sans voir son visage, je sais qu'il a fermé les yeux sous le plaisir, et finalement ses mains enserrent plus fort mon crâne, son corps se tend, se crispe, se cambre et je sens une soudaine explosion de chaleur dans ma bouche, cette saveur, écœurante, visqueuse, unique, enfin l'élixir, le goût de l'amour, âpre et doux à la fois, qui remplit par saccade ma bouche, que j'avale, que j'intègre à mon propre être. Puis je me relève, regagne ma place, « jusqu'à hier quand elle... », attrape une nouvelle huître que j'assassine d'un trait de citron avant de l'avaler à son tour et rejoindre les spermatozoïdes de Tom au fond de mon estomac.
Comme attendu, le volatile, plat de consistance du repas, n'est pas cuit. Demain, promis, quand nous serons remis de nos émotions, nous le découperons, enfin, Tom le fera, parce que moi je ne suis pas expert en volatiles malgré la présence quasi quotidienne de la grosse Thérèse, et lui qui s'est farci Diana pendant des années en connaît un rayon, et nous la cuirons par morceaux. En attendant, fromage puis bûche traditionnelle de la seule vraie boulangerie gay du Marais.
Je sens soudain le pied de Tom remonter le long de ma cuisse à la recherche de mon sexe qui, fidèle soldat obéissant, se met aussitôt au garde-à-vous. Tom me regarde avec insistance et me dit, prosaïque et sans commentaires superflus : « Prends-moi. » Aussitôt il se lève et me présente son (admirable) postérieur. Je ne suis pas du genre à me faire demander les choses plusieurs

fois. La bouche encore pleine de bûche au chocolat, je cours m'agenouiller derrière lui et dévorer avec entrain son entre-fesses qui, bientôt, dégouline de crème et de salive mêlées. Puis, d'un doigt, je titille son anus, je l'entends souffler plus fort, haleter doucement à chaque fois que mon index s'aventure plus loin. Enfin je me redresse, enduis largement mon pénis de salive et l'enfonce d'un coup au plus profond des entrailles de Tom. Il pousse un cri horrible de bonheur retrouvé. La dernière fois c'était... il y a trop longtemps. Je le besogne rudement et avec amour, et nous haletons comme deux chiens en rut. C'est aussi de l'amour ! La douceur, les caresses, les étreintes viendront après. Nous avions besoin, après ces mois d'abstinence, de forniquer, de copuler comme des animaux en chaleur. Assouvir à tout prix ce besoin de sexe, jouir au plus profond de l'autre, un besoin de bestialité absolu. Enfin repus, nous retournons terminer sagement notre dessert.

Au moment de servir le champagne, Tom m'annonce qu'il a quelque chose pour moi. On avait pourtant juré de ne pas faire de cadeaux. C'est trop ringard un cadeau à Noël. « C'est une lettre de Marc. » Dans ce cas ça change tout. Alors que les bulles de champagne remontent lentement mourir le long des flûtes achetées le matin même pour l'occasion, je décachète fébrilement l'enveloppe et j'ai soudain l'impression, non, pas l'impression, la certitude, que tout va alors basculer.

(Que se serait-il passé si je n'avais pas ouvert cette enveloppe ce soir-là ? Si je ne l'avais ouverte que deux semaines plus tard ? Après le départ de Tom. Ou si je l'avais simplement déchirée ? Mais il y a maintenant deux ans que tout ça s'est déroulé, deux années pendant lesquelles tant de choses ont changé, ma vie a été bouleversée du tout au tout, peut-être pas totalement dans le sens rêvé ce soir-là, tout ces événements, avec Tom, avec Marc, avec Diana aussi et son ultime pied de nez, mais aussi avec Thérèse dont le destin semble être de devoir me persécuter toute ma vie, ou toute la sienne si je ne l'étrangle pas un de ces jours.)

En décachetant cette enveloppe blanche, d'une simplicité banale, avec juste écrit dessus à la main mon nom, ou celui qui est mien désormais, Jessie, j'ai compris, avant de lire les mots et d'en saisir pleinement la signification, que ma vie actuelle était terminée. Voici donc le contenu exact de cette lettre.

*Mon cher Jessie,*

*Quand tu liras ces lignes je ne serai pas à Tofino. Je pars quelques jours à Victoria passer les fêtes chez les parents d'Eric. Voilà, c'est officiel, je rencontre beau-papa et belle-maman. Je ne sais pas comment les choses vont se passer, mais cette vie en nous voyant si peu commençait à nous peser. Nous avons donc décidé de passer à la vitesse supérieure... et de nous installer ensemble. Tu vois, une nouvelle page est en train de se tourner. Nous emménageons début janvier dans un appart à Victoria.*

*Je ne veux pas revendre la maison de Tofino, elle est trop importante pour moi. Je voudrais la louer. Mais plutôt à des gens que je connais. Tu sais, en louant à des touristes, même avec le crédit à rembourser, j'arrivais quand même à gagner correctement ma vie. Et en plus, ici, tu pourrais imaginer la suite de ton roman. Eh oui, tu vois, je l'ai lu. Et je te ferai le loyer au prix de mon crédit. Qu'est-ce que tu en penses ? À moins que tu n'ais pas envie de revoir Tofino.*

*Bref, à toi de voir. Je ne ferai rien avant d'avoir ta réponse.*

*Profite bien de tes vacances et ne bois pas trop de champ.*

*Bisous* hermano.

*Marc.*

*P-S : je n'ai rien dit à Tom de mes propositions.*

Je lève la tête, regarde Tom, replie la lettre. Est-ce que j'ai envie de quitter Paris pour m'installer à Tofino ? La question ne s'est jamais posée et ne se pose même pas. Je repose la lettre sur la table, au milieu des restes du repas, prends ma coupe de champagne que je bois lentement tout en continuant de regarder Tom. Il ne me pose pas de question sur le contenu de cette lettre. Est-ce que, malgré ce que m'a écrit Marc, il est déjà au courant ? Peu importe. Je finis par poser mon verre vide et lui dit doucement : « Viens, on va se coucher. » Sans un regard pour le chantier qui règne sur la table, sans regrets nous nous enfermons sous la couette pour nous adonner à nos rêves les plus fous.

Et quelques minutes plus tard, bien au chaud dans les bras de Tom, alors que le sommeil me gagne, je perçois un glissement discret dans la bouche d'aération de l'immeuble. Le Père Noël est en plein travail.

25 décembre, onze heures du matin. Tom dort toujours, le décalage horaire sans doute. Dans la pénombre de l'appartement baigné par la lumière blafarde de ce jour de fête, j'ai entassé la vaisselle sur un coin de la table et écrit mon courrier de ce jour. Pas de cartes de vœux. Trois lettres. Une à Marc. Une à mon boulot. La troisième à l'agence de location. À Marc, juste un mot : « OK. » Les autres, lettres de démission et de départ de l'appart.

Le téléphone sonne alors que je ferme la dernière lettre. 25 décembre, onze heures, c'est forcément ma mère. Comme chaque 25 décembre à onze heures. Enfermée dans la cuisine, en cachette de mon père pour qui je n'existe plus. En chuchotant au cas où il traînerait dans le coin. Pour une fois elle pourrait pas téléphoner plus tard, on est en pleine matinée, il y a des gens qui travaillent et ont besoin de repos, merde. Je décroche et me dirige aussitôt avec le combiné vers la salle de bains pour ne pas réveiller Tom.

« Bonjour, maman.

– Bonjour mon chéri, comment vas-tu ?

– Ça va bien, merci.

– Quoi de neuf, mon chéri ?

– Rien. Toujours pareil, maman. »

Et puis là, silence. Comme toujours. Pas grand-chose à se dire.
Eh bien merde. J'en ai marre maintenant de leurs conneries. Plein le cul. Ça fait quinze ans que mon père ne me parle plus. Ça fait quinze ans que ma mère se cache pour avoir de mes nouvelles sans avoir rien d'autre à me demander que « comment ça va ? ». Ça fait quinze ans que je supporte ça deux fois par an. Mais quelle famille de merde ! Bande de crétins.
À mon tour maintenant. J'espère qu'elle est bien assise.
« Maman ?
– Oui ?
– Je me marie. »
Je n'entends aucun bruit sourd. Soit elle était déjà assise, soit elle est plus solide que je croyais.
« Avec un ancien mannequin. »
À travers le combiné je perçois juste son souffle qui se fait un peu plus précipité. Et autour de moi le silence de la salle de bains, le silence de l'appartement, le silence de la rue en ce jour férié. Et la jubilation.
« Et je vais déménager. »
Elle retient son souffle, espérant, redoutant, ce que je vais continuer à lui dire.
« Je pars vivre au Canada.
– Oh ! mon Dieu ! »
Je me tais. C'est à elle à présent de poser les bonnes questions.
« Mais... alors... on ne va plus te voir.
– Ça fait quinze ans qu'on ne s'est pas vus.
– Mais... mais... oh, mon Dieu ! »
Elle ne va pas se mettre à chialer en plus. J'attends toujours.
« Mais, qu'est-ce que tu vas faire là-bas ?
– Écrire.
– Écrire ? »
Bien sûr, elle n'a pas entendu parler de mon premier bouquin. Pas surprenant. Je n'ai pas fait Pivot non plus. Et même si je l'avais fait elle ne s'en serait pas rendu compte non plus.

« Oui. Entre autres choses. » Silence encore.
« Et comment elle... euh... il... s'appelle euh... ton... euh... ta...
– Tom. » D'une voix ferme et sans concession.
« Mais... » Elle ne dit rien mais je sais ce qu'elle allait dire. Tu ne peux pas te marier avec un garçon. Peut-être qu'au Canada c'est permis. C'est permis ? J'en sais rien. Et je m'en fous.
« Tu m'enverras ton adresse.
– Non. »
Là oui, j'ai entendu un bruit sourd. Une porte qui claque. Mon père. Qui comprend immédiatement la trahison derrière son dos.
« On descend à Toulouse après-demain. Je te la donnerai quand on sera là.
– Tu... tu viens à Toulouse ?
– Oui.
– Mais pour quoi faire ?
– Il est peut-être temps, non ? » Temps qu'ils apprennent à accepter les autres. Je ne suis pas un monstre. Je ne suis pas un dégénéré. Les dégénérés, ce sont eux. Alors qu'ils apprennent à vivre avec leur imbécillité.
« Pas la peine de préparer ma chambre, on ira à l'hôtel. On sera là après-demain à trois heures.
– Euh... euh... oui.
– Et dis à papa qu'il se défile pas.
– Euh...
– Bon, nous on va finir la dinde. Et joyeux Noël.
– Euh... Joyeux Noël. »
Je raccroche, assis sur le bidet. Je souris. Il était temps que je prenne les choses en main. Voilà qui va alimenter les conversations de ce repas toulousain. Je vais connaître mes neveux. Combien sont-ils, au fait ? Je ne l'ai jamais su, je n'ai jamais reçu de faire-part de naissance. J'ai envie de rire. Je lève les yeux. Tom se tient à l'embrasure de la porte. Nu. Il me sourit.
Oui, j'ai eu raison.

Retrouvez tous nos livres sur
**www.adventice.com**

Envoi de manuscrits,
demandes de catalogues,
commandes par correspondance :

Adventice éditions
13, rue Georges Auric
75019 Paris

N° Azur : 0 810 811 480 (prix appel local)

edition@adventice.com

Cet ouvrage a été imprimé par France Quercy à Cahors
pour le compte des éditions Adventice

Dépôt légal : février 2006
Numéro d'impression : 60053

*Imprimé en France*

*à détacher et renvoyer sans affranchir*

**Oui je souhaite recevoir gratuitement vos catalogues :**

☐ Mlle ☐ Mme ☐ M

Prénom Nom ______________________________

Adresse ______________________________

______________________________

Code Postal ____________ Ville ______________________

Pays ______________________________

Date de naissance : ____________

**Oui je souhaite recevoir vos informations par email :**

Mon email ______________________________

Produit acheté *Tofino Beach* ______________________

Lieu d'achat : ______________________________

Comment avez-vous connu ce livre : ______________________

Votre avis sur le livre nous intéresse :

Je suis intéressé(e) par :

☐ Livres à thématique gay / lesbien

☐ romans ☐ nouvelles ☐ essais ☐ autre :

☐ DVD à thématique gay / lesbien

☐ films ☐ séries TV ☐ courts métrages ☐ documents

J'achète le plus souvent mes livres et DVD dans ces magasins :

France métropolitaine
uniquement

ECOPLI

M 20 g

Validité permanente

ADVENTICE
AUTORISATION 41121
75482 PARIS CEDEX 10